피에타 pieta

피에타 pieta

1판 1쇄 발행 2012년 9월 10일
1판 2쇄 발행 2012년 9월 15일

각본·연출 김기덕
소설 황라현

발행인 김성룡
펴낸곳 도서출판 가연
주 소 서울시 금천구 가산동 37-50 에이스하이앤드 3차 1407호
구입문의 02-858-2217
팩 스 02-858-2219

ISBN 978-89-966824-6-2 13810

* 이 책은 도서출판 가연이 저작권자와의 계약에 따라 발행한 것이므로
  본사의 서면 허락 없이는 어떠한 형태나 수단으로도 이 책의 내용을 이용할 수 없습니다.
* 잘못된 책은 구입하신 서점에서 교환해 드립니다.
* 책 정가는 뒷표지에 있습니다.

피에타

김기덕 각본 | 황라현 소설

가연

| 차례 |

몽정(夢精) · 6
1. 잔인한 남자 · 15
〈여자〉 미안해, 널 버려서 · 62
2. 장어 · 75
3. 섬집 아기 · 109
4. 낯선 엄마 · 131
〈여자〉 제일 따뜻하고 부드럽게 · 157
5. 개미지옥에 빠진 정어리 떼 · 171
6. 사람은 누구나 죽어 · 196
〈여자〉 애증(愛憎) · 218
7. 용의자들 · 228
8. 영성 정밀, 이상구 · 253
〈여자〉 내 아들 · 272
9. 엄마 · 282
〈여자〉 복수 · 290
10. 이강도 · 300
부록 : 영화사 보도자료 · 305

몽정(夢精)

또 시작이다.

아랫도리에 욕지기가 일었다. 열기인지 한기인지 모를 것이 사타구니를 파고들었다. 깊이 잠든 와중에도 허벅지 안쪽에 힘이 들어가는 게 느껴졌다. 게걸스럽게 먹이를 삼키는 돼지처럼 몸이 푸륵거린다. 욕정은 가둘 데 없는 식욕과도 같았다. 고프니 이는 것이다. 시도 때도, 끝도 없었다.

이강도. 그는 잠들어 있었다.

입맛을 다시듯 우물거리던 강도의 입과 아래턱에 잔뜩 힘이 들어갔다. 입에 문 것이 뭔지는 몰라도 씹어지질 않아 마음이 급했다. 목이 막히고, 뱃가죽이 당겼다.

섹스 몽유병. 이강도는 뭔지도 모를 수면 장애를 앓고 있었다. 잠결에 격렬한 섹스를 하고, 깨어난 뒤엔 아무것도 기억하지 못하는 몹쓸 병이었다. 유난히 깊이 잠드는 밤이면 분출할 곳 없는 성욕이 자아를 찾아 그의 몸을 가지고 놀았다.

흐으. 신음이 흘러나왔다.

번들거리는 눈두덩 아래, 눈알이 데굴데굴 좌우로 구른다. 마땅히 꿈을 꾸는 것도 아닌데 꿈속에 든 것처럼 의식이 제멋대로 까무러친다. 짧은 경련이 일어나기를 수차례, 강도는 이불 속에서 몸을 옆으로 틀었다. 바지가 말려 올라가 드러난 무릎 사이에 눅진한 이불이 겹으로 말려, 끼었다.

열 오른 가랑이에 문지르고 비빌 것이 생기자, 강도의 몸이 바빠졌다. 두껍게 말려 부피를 더하고 단단해진 이불이 무릎에서 허벅지로, 좀 더 위로 올라간다. 상체는 여전히 옆으로 누운 채, 하반신만 엎드렸다.

발기한 곳에 이불이 닿았다.

격한 흥분이 아랫도리로 몰려왔다. 동시에 사정감이 올라왔다. 강도의 몸은 어느새 땀투성이였다.

그때였다.

– 이강도!

여자다.

일그러진 눈매에 짧은 경련이 일었다. 느릿하게 움직거리던 눈알도 눈두덩 아래서 못 박힌 듯 얼어붙었다.

동시에 자연스레 떠오르는 잔상.

어깨에 닿을 듯 부드럽게 구부러진 검은 머리가 작은 얼굴을 감싸고 흘러내렸다. 한 손으로 쥐라면 그럴 수도 있을 것 같은 얼굴이다. 색이 빠진 피부는 시체처럼 창백했지만 입술은 붉었다. 어떻게 생겼더라. 이목구비가 잘 떠오르지 않았다. 정수리부터 가슴 언저리까지 희뿌옇지 않은 것이 없는데 오직 그 한 쌍의 눈동자만은 선명했다.

어느 날인가 보았던 죽은 강아지처럼.

새카맣고 시커먼 눈.

간헐적으로 들썩이던 강도의 엉덩이가 파도를 타듯 빠르게 넘실거렸다. 누르고 문지르고, 들썩거리기를 반복하다가 다시 여자를 떠올렸다.

- 강도야!

여자가 그를 불렀다.

새된 소리.

검은 머리가 단발이었던가, 그보다 조금 길었던가. 작은 얼굴은 보잘것없이 평범한 것 같았다. 당연히 그중 어느 것도 뚜렷하게 와 닿지 않았다. 그저 여전히 기억나는 거라곤 새카맣고 시커먼 그 눈동자.

으르릉. 이를 갈았다. 울분이 열기가 되어 치솟았다. 오르

가슴을 향해 달리는 강도의 허리 짓이 점점 빨라졌다.

　해방을 향해 치닫는 애처로운 몸부림. 강도는 침대가 덜컹거릴 정도로 온몸을 떨었다.

　그리고 마지막 절정의 순간, 땀으로 얼룩진 그의 눈꼬리에 축축한 눈물방울이 맺혔다.

　사정이 끝났다.

　강도는 그가 밤마다 근육이 얼얼할 정도로 몸을 흔드는 이유를 알지 못했다. 그저 몽중에 몸부림이 지나쳤거니 여길 뿐이었다. 혹은 전날 행했던 폭력에 이유를 달았다. 어쨌거나 그는 제가 기억하지 못하는 간밤의 사정에 관심이 없었고, 속옷을 축축하게 적신 멀건 물기 역시 소변이 새는가 보다 하고 대수롭지 않게 여겼다.

　커튼조차 없는 삭막한 방 안을 햇살이 파고들었다. 눈이 부셨다. 침대 위에 엎드려 누워 있던 강도의 얼굴이 서서히 일그러졌다. 때마침 핸드폰에서 문자가 도착했다는 알림 음도 들려왔다.

　강도는 잠결에 대충 한 손을 움직여 핸드폰을 집어 들고 문자를 확인했다. 채무자의 이름과 주소, 받아야 할 돈의 액수가 적혀 있었다.

　쯧. 강도가 낮게 혀를 찼다.

　정오가 다 된 시간에 일어난 그는 집 안 가득 스민 한기에 멀뚱히 주먹을 쥐었다. 손가락을 오므리고 다시 쭉 펴길 몇 번 반복하다가 벌떡 상체를 일으켰다.

어깨며 뒷목이며 안 아픈 곳이 없었다. 컨디션이 저조하니 치우는 손길도 자연 거칠어졌다. 침대에서 일어난 강도가 방을 빠져나와 엉망으로 어지럽혀진 거실을 밟았다.

휑한 거실은 온통 강도의 신발 자국으로 뒤덮여 있었다. 잠이 덜 깬 그의 눈이 거실을 훑었다.

어제 먹다 버린 도미 뼈가 통째로 굴러다녔다. 누릿한 점액으로 가득한 콧속을 뚫고 역겨운 생선 비린내가 흘러들었다. 강도는 한쪽 발로 큼지막한 도미의 뼈를 거실 구석으로 슥 밀었다. 그리고 화장실을 향해 움직였다.

화장실 안은 더 가관이었다. 거실엔 그나마도 뼈만 남아 있었지만 껍질과 내장을 비롯해, 먹다 남은 음식 찌꺼기가 그대로 세면대와 화장실 바닥에 널려 있었다. 하지만 강도는 오물이나 다름없는 그 흔적에 눈길조차 주지 않았다. 맨발로 들어와 습관처럼 발로 밀고, 세면대 앞에 섰다.

"씨발."

그리고 물을 틀었다.

차가운 물이 쏟아져 나왔다. 가만히 손을 대고 있자 얼얼한 감각이 점점 통증으로 치달았다. 강도는 수돗물로 얼굴을 씻고, 이를 닦았다. 입안을 헹굴 때가 되어서야 물은 뜨거워졌다. 모락모락 수증기가 올라오는 그 뜨거운 물을 강도는 한참 동안 바라보았다. 그리고 꼭지를 눌러 샤워기를 틀고, 비린내가 진동하는 욕실에 뿌렸다.

  도미 내장을 쓸어 담은 것으로 보이는 검은 비닐봉지가 물줄기의 힘을 이기지 못하고 우그러졌다. 욕실 바닥을 점점이 물들이던 생선 피도 천천히 씻겨 내려갔다. 하수구 구멍으로 모여든 도미 찌꺼기가 배수를 방해해 부연 물이 고였다. 강도는 다시 발을 움직여 생선 찌꺼기를 밀어냈다. 호로록 소리와 함께 물이 내려갔다.

          *   *   *

  이강도는 고아였다. 세상에 널리고 깔린 엄마 없는 새끼들 중 하나. 이강도의 성질은 사회에 부적격하며, 그는 남들만큼의 도덕심을 가지지 못한 채 지금까지 살아왔다. 황폐한 사춘기를 지나면서, 그는 자신의 마음이 결핍하고 열등하다는 사실을 어렴풋이 깨달았다. 하지만 그건 자신의 탓이 아니라고 여겼다. 이기적이고 덜 자란 그의 자아는 삶의 모든 불평불만을 쏟아 낼 적절한 대상을 찾기에 이르렀다. 어려운 일이 아니었다. 이강도는 고아였고, 엄마에게 버림받은 자식이었으니까.

  자신의 죄악을 얼굴조차 기억나지 않는 생모에게 떠넘기고 나니 한결 마음이 편했다. 주위 어른들이 그를 근본도 없는 고아 새끼라고 욕해도 스스로 그 사실을 인정해 버리자 그 모든 것은 '내 잘못'이 아니라, '나를 버린 엄마의 잘못'이 되었다.

만능이나 다름없는 면죄부를 손에 넣은 것이다.

사춘기는 그렇게 지나갔다. 사실 지나간 것이 아니라 머물러 있는 것이었지만 아무래도 괜찮았다. 그의 자아가 나이에 맞게 자라지 못한 이유는 바로 '그를 버린 엄마'라는 원망할 대상이 있기 때문이었다. 눈앞에 없는, 영원히 용서하지 않아도 되는 존재.

몸만 커다란 어른이 된 뒤, 강도의 엄마에 대한 집착은 갈수록 심해졌다. 시멘트처럼 굳은 얼굴과 벽돌처럼 단단해진 팔다리는 그를 깡패, 범죄자, 사채꾼으로 만들기에 충분했고 사람들은 그를 악마 같은 남자라고 불렀다. 그래도 괜찮았다.

엄마에게 버려졌던 그날부터 이강도는 그래도 괜찮은 존재가 되었으니까.

― 이강도!

밖으로 나가려는데 여자가 또 그를 불렀다.

"아, 왜!"

강도의 얼굴이 일그러졌다. 환청임을 아는데도 대답할 수밖에 없는 이유는 반쯤은 이미 인정하고 있기 때문이다. 널 버려서 미안하다고 용서를 구하는 여자. 머리가 굵기 전엔 하루에도 수백 번 상상하곤 했던 그 짜릿한 장면이 실제로 그의 눈앞에서 일어났기 때문이다.

어느 날 갑자기 나타나 이강도의 쓰레기 같은 인생에 끼어든 여자.

걸걸한 목소리로 고함을 내지른 그가 몸을 돌려 거실 한쪽 벽에 붙여 둔 사진을 향해 성큼성큼 걸어갔다.

손바닥 크기의 사진 속엔 검은 단발머리를 한 여자가 뒷모습을 보이며 앉아 있었다. 하지만 여자의 뒤통수는 형편없이 찢어지고 파여 성한 구석이 없었다. 강도가 한 손을 들어 올려 사진에 꽂혀 있던 단도를 뽑았다. 그리고 날카로운 칼끝으로 여자의 뒤통수를 그어 대기 시작했다.

"엄마…… 엄마라고? 하!"

찌이익. 찌익. 너덜너덜한 종이가 하얗게 찢어져 바닥으로 떨어졌다. 사진 속의 여자는 형체만 남아 있게 되었다. 강도는 엉망이 된 사진을 떼어 내 바닥에 던져 버리고, 테이블 서랍에서 똑같은 여자의 뒷모습이 있는 새 사진을 꺼냈다.

강도는 무시무시한 얼굴로 사진을 노려보다 벽에 걸었다. 그리고 등을 돌려 현관을 향해 걸어 나갔다.

하나 둘 셋 넷 다섯.

현관이다. 강도는 다시 등을 돌려 사진을 마주했다. 새카맣고 시커먼 여자의 눈동자가 떠올랐다.

목표를 정했다. 그가 단도를 쥔 손을 휘둘렀다. 휘익. 작고 날카로운 칼이 거실 공간을 찢고 날아가 정확하게 여자의 머리에 꽂혔다.

탁.

수백, 수천 번이나 해 왔던 짓이다.

그가 던진 칼날은 절대 빗나가는 법이 없었다.

1

잔인한 남자

 기계가 돌아간다. 검은 먼지로 가득 찬 낡은 공장 안에 온몸에 그 먼지를 뒤집어쓴 작업복 차림의 남자가 연신 욕을 내뱉으며 쇠를 깎고 있었다. 선반 기계가 거친 소리를 내며 불똥을 쏟아 내고, 남자는 그 와중에도 입술을 움직거리며 대상 없는 욕설을 풀어내는 걸 잊지 않았다.

 한쪽 구석에 놓인 작업대에 엉덩이를 걸치고 앉아 있던 남자의 아내, 명자가 불안한 얼굴로 남편을 바라보았다. 명자는 무딘 손놀림으로 완성된 기어를 닦고 있었다. 손에 들린 장갑이나 걸레나 온통 시커먼 먼지투성이라 몇 번을 문질러도 그리 깨끗해지진 않았다. 명자의 손놀림은 타성적이었고,

포기에 가까웠다.

그러는 명자를 바라보는 남편의 심정도 딱히 좋진 않았다. 시끄러운 기계 소리에도 남편이 내쉬는 한숨은 명자의 귓바퀴에 정확하게 파고들었다.

무능한 남자. 한숨 쉬는 것밖에 할 줄 모르는. 명자는 그 말을 차마 입 밖으로 내밀지 못해 꾸역꾸역 삼켰다. 그리고 되레 큰 소리로 물었다.

"그렇게 해서 땅이 꺼져? 아주 청계천이 무너져 내리라고 쉬어야지!"

"시끄러!"

남편이 버럭 소리를 질렀다. 명자도 지지 않고 되받아쳤다.

"뭘 잘한 게 있다고 소리를 질러!"

"야이…… 아악!"

바락바락 대들던 명자에게 고함을 지르려던 남자가 갑자기 비명을 질렀다. 그래도 남편이라고, 명자는 들고 있던 기어를 내려놓고 벌떡 일어났다.

"왜, 왜 그래!"

남편은 어느새 기계 뒤로 두어 걸음이나 물러나 있었다. 명자의 눈에 남편이 끼고 있던 장갑 한 짝이 기계 속으로 빨려 들어가 팽팽 돌아가는 모습이 보였다. 아찔한 소름이 명자와 남편의 등줄기를 오르내렸다.

조금만 늦었어도, 까딱 잘못했으면 저 안에 들어가 팽글팽글 돌고 있는 것이 남편의 손가락이 될 수도 있었다. 추운 날씨에도 순식간에 식은땀으로 얼굴이 번들번들해진 남편이 잇새로 씨발, 한 소리를 했다.

"어차피, 어차피……."

남편이 중얼거렸다. 명자는 이번에는 소리를 질러 남편을 윽박지르지 않았다. 남편이 이토록 불안해하는 데는 다 이유가 있었다. 이제 곧 그 남자가 온다. 잔인한 남자. 더 이상은 돈이 없다고 울며 애원하는 명자에게 남편의 손 한 짝이 딱 그만큼이니까 걱정 말고 진통제나 사다 놓으라던 새파랗게 어린 놈. 명자는 아직 잘리지도 않았는데 펄떡거리며 경련하는 남편의 손을 물끄러미 바라보았다. 그래, 어차피 저 손은 곧 병신이 될 것이다.

덜덜 떨리는 손으로 전화기를 집어 든 남편이 어딘가를 향해 급하게 전화를 걸었다. 그리고 다짜고짜 큰 소리로 애원하기 시작했다.

"원봉이냐! 나 훈철인데 돈 좀 해 주라! ……당장, 좀! 안 그럼 나 오늘 병신 된다! 집을 팔아서라도 좀 해 줘! ……야! 원봉아! 야! ……씨발-! 친구라는 새끼가-!"

명자는 엉거주춤 일어나 불안한 얼굴로 시계를 쳐다보았다. 하루는 또 왜 이렇게 긴지, 어디 도망가지도 못하고 이렇게 붙박이처럼 주저앉아 남편 병신 될 때만 기다리고 있자니

잔인한 남자 | 17

미칠 것만 같았다.

"어떡해? 곧 올 텐데……."

명자가 중얼거렸다. 남편에게 하는 말이었지만, 남편에게 하는 말이 아니기도 했다. 이제는 더러운 팔자를 하소연할 곳도, 돈을 빌려 달라고 떼를 쓸 곳도, 어디 멀리 달아날 구석조차 없었다. 공장, 집, 모든 것을 지긋지긋한 청계천에 못 박은 게 벌써 십 년 전이다. 명자와 남편의 몸은 이미 청계천의 더러운 시멘트 골목에 반쯤 파묻혀 있는 상태나 다름없었다. 그러니 이곳을 벗어나 도망친다는 건 있을 수 없는 일이었다. 죽지 않는 이상은.

물론 도망을 친다고 해서 붙잡히지 않을 자신도 없었다. 그건 무식하고 무능한 남편조차 알고 있는 사실이었다.

사채. 그것이 어디 달아날 길이나 있는 구덩이던가.

어수선하게 공장을 돌아다니던 남편이 몇 군데 더 전화를 걸어봤지만 이제는 아예 받는 사람조차 없었다. 시간은 무정하게도 흘렀다. 놈이 올 시간이다. 답답해진 명자가 빽 소리를 질렀다.

"아, 어떡하냐니까!"

"뭘 어떡해! 설마, ……설마 죽이겠어. 삼백만 원 때문에……."

"삼백만 원이야? 삼천만 원이지!"

명자가 악에 받쳐 소리 질렀다. 남편은 입술을 우물거리며 뭐라 반박하려다 말고 거칠게 눈을 깜박였다. 억울해 울분이 터지는 모양이었다. 남편이 새된 소리를 내뱉었다.

"개새끼들! 삼 개월 만에 열 배로 느는 이자가 어디 있어?"

"그러게 그 돈은 왜 썼는데! 이렇게 될 줄 알고 쓴 거 아냐? 어떻게 그렇게 생각이 없어. 이제 우린 어떡하냐고!"

명자의 입에서 누구를 향한 것인지 모를 원망이 흘러나왔다. 사실 일이 이렇게 된 게 남편 탓만은 아니었다. 부부는 고작 삼백만 원을 빌려 썼을 뿐이다. 하루를 벌어도 하루를 먹고 살지 못하는 시궁창 같은 인생이라면 누구나 한 번쯤 매달리게 된다던, 그 알록달록한 사채 전단지를 손에 쥐었을 뿐이다. 그들의 죄는 고작 그것이었다. 삼백만 원. 그 냄새 나는 만 원짜리 삼백 장이 없어, 멀쩡한 손을 하나 떼어 내야 할 지경이 되어서야 목에 올가미가 드리워진 듯 숨이 차올랐던 것이다.

명자는 남편이 사채업자에게 돈을 빌려야 한다고 말했을 때 말릴 수 없었다. 빠져나올 수 없는 구덩이에 스스로 제 몸을 들이미는 짓이라 해도, 말릴 수 없었다. 그렇게라도 하지 않으면 부부는 당장 집 밖으로 쫓겨나 노숙자가 되어야 했기 때문이다.

"진짜 병신 만들까?"

이렇게 멀쩡한데. 남편이 중얼거렸다. 명자는 속이 터져 주먹으로 가슴을 두드렸다. 속에서 천불이 났다.

"그러게 왜 보험에 도장을 찍었어! 오늘 안 갚으면 병신 만들어 보험료 가로챈다며!"

"그러는 넌 뭐 다른 방법 있었냐? 아, 씨발…… 너라도 팔고 싶은 심정이다. 어떻게 좀 해 봐. 같이 썼잖아? 병신은 나만 되고!"

"자기 병신 되면 안 되지! 그럼 내가 먹여 살려야 되는데……."

"능력도 없는데 빌려 준 이유가 보험이었어! 씨발!"

남편은 순진한 사람이었다. 명자는 배운 게 없어 기계 돌릴 줄밖에 모르는 남편의 유일한 장점이라면 반드시 그것을 꼽았다. 나이 마흔이 다 되도록 세상 물정 모르는 순진함. 지금이야 창창할 줄 알았던 미래가 온통 병신 손가락질뿐이니 저렇지, 전엔 한 점 그늘 없이 웃을 줄도 알던 사람이었다. 어른들이 흔히 말하는 요즘 보기 드물다던, 순한 남자.

하지만 명자는 이제 알았다. 그건 사기꾼들이 호구 병신을 가리킬 때나 쓰는 말과 다를 바 없었다. 남편은 이제 순진하지 않았다. 대신 천하고 무식하고, 저 자신의 무능함을 아내를 향한 폭언과 폭행으로 풀어내기 급급한 시정잡배가 되었다.

푸르르 떨어 가며 불안을 티내던 남편이 돌연 명자를 향해 다가와 손모가지를 움켜쥐었다. 그리고 작업대 선반 위에 명자를 엎드리게 한 뒤 치마 속을 더듬기 시작했다.

"지금 뭐 하는 거야!"

"가만히 좀 있어 봐!"

차가운 손이 허벅지를 더듬다 우악스럽게 팬티를 끌어내렸다. 명자는 화들짝 놀라 발버둥 쳤다.

"이 상황에 진짜! 겁나지도 않아?"

명자가 소리쳤다. 그래도 남편은 그만둘 생각이 없어 보였다.

"씨발! 겁나니까 이러지! 병신 되기 전에 한 번 하자!"

남편이 몸으로 명자를 찍어 누르며 급하게 바지와 팬티를 한꺼번에 내렸다. 식은땀으로 축축한 고환이 둔부에 닿았다. 명자의 등 위로 남편의 습한 날숨이 떨어져 내렸다.

― 가고 있어?

장 사장이 느른하게 뇌까렸다. 강도는 건성으로 고개를 끄덕였다. 하지만 전화기 너머에서 그가 고개를 끄덕였는지 아닌지 알 리 없는 장 사장은, 강도가 성에 차는 대꾸를 하지 않자 대뜸 화부터 냈다.

― 새끼야, 가고 있냐고!

청계천 상가 골목을 휘적거리며 걷던 강도가 우뚝 걸음을 멈췄다. 검은 눈동자에 번들거리는 살기가 맺혔다. 강도는 쯧, 짧게 혀를 차고는 느릿하게 말했다.

"다 왔습니다."

- ……사람이 말을 하면 대답을 해야지. 새끼가 가정 교육을 뒷구멍으로 받았나.

골목 어귀에 멈춰선 강도도, 사무실에서 전화기를 붙들고 있을 장 사장도 한동안 말이 없었다. 강도는 번들거리는 시선으로 그가 쭉 걸어온 길을 돌아보았다. 그의 거친 숨소리가 전화기 너머로 흩어졌다.

- 미란이네 갈 거니까 일 끝나면 집에 가.

장 사장은 요즘 종로에서 옷가게를 하는 배미란이란 삼십 대 여자에게 푹 빠져 있었다. 그는 옷가게 건물 주인과 작당해서 미란에게 가게를 늘려 보라고 바람을 넣은 뒤, 사채를 쓸 수밖에 없게끔 만들었다. 그게 벌써 넉 달 전이다. 이자는 몸으로 대충 때우게 했다. 백치 같은 웃음이 특징인 미란은 가끔 사무실에서 마주치는 강도를 오빠라고 불렀다.

어쨌든 덕분에 사무실까지 갈 일은 없을 것 같았다. 강도는 전화를 끊어 버렸다.

장 사장은 아마도 강도에게 가정 교육 운운했던 것을 후회하고 있을 것이다. 웃기는 일이었다. 엄마 없는 이강도는 그런 말을 들어도 아무렇지도 않았으니까. 한두 번 들어 본 것도 아니고. 부리는 놈에게 겁부터 집어먹을 거였으면 도대체 왜 이딴 일을 하고 있나, 하는 생각만 들었다.

장 사장은 언제나 강도에게 화를 냈다. 처음 만났을 때는 건방지다고 화를 냈고, 강도를 부리게 된 뒤에는 일을 못한다고 화를 냈다. 일을 잘하게 된 뒤에는 너무 한다고 화를 냈고, 이제는 그냥 화를 냈다.

장 사장이 사채를 시작한 지는 이십 년이 넘었지만 강도는 고작 사 년 남짓이었다. 장 사장 밑에서 일하는 깡패들은 이 강도를 병신 전문이라고 불렀다. 신체 일부를 자른 뒤, 보험금을 가로채는 수법 때문이었다.

형형색색의 사채 명함들이 길바닥을 어지럽혔다. 많은 날은 한 가게 입구에 하루 서른 장씩 모인다는 알록달록한 종잇조각. 검은 헬멧을 쓴 아르바이트가 두 명씩 짝을 이루어 오토바이를 타고 돌린다. 그들에게도 나름의 기술이 있어서, 노련한 놈들은 달리는 오토바이 위에서도 상가의 닫힌 문틈새로 절묘하게 명함을 날릴 수 있었다.

강도의 다리가 다시 움직이기 시작했다.

그가 긴 숨을 내뱉을 때마다 하얀 입김이 부서졌다. 청계천의 어느 골목도 강도에게는 낯설지 않은 장소였다. 물론 청계천에 묻어 있는 가난한 사람들에게도 강도는 낯설지 않은 존재였다.

"여긴 왜 또 왔어?"

간판도 없는 구멍가게를 정리하던 노인이 강도를 향해 누런 이를 드러냈다. 노인의 핏발 선 눈동자, 그 주위 흰자도 온통 누런색이었다. 노화가 가져온 변색일 텐데, 마치 담뱃진이 말라붙은 것처럼 탁하고 텁텁해 보였다.

강도는 노인이 자신에게 쏟아 내는 혐오와 경멸을 물끄러미 바라보았다.

"왜 왔냐니까!"

"일하러."

툭 내던지듯 내뱉어진 강도의 대답에 노인이 쭈그러든 입가를 우물거렸다. 뭐라고 욕을 하는 것 같긴 한데, 도통 알아들을 수가 없었다.

반응도 없고, 그렇다고 가 버리지도 않는 강도 때문에 노인은 점점 더 화가 났다. 우물거리는 입을 벌려 제대로 된 원망을 뱉었다. 치우려고 들고 있던 종이 박스 뚜껑이 덜렁덜렁 흔들렸다.

"너 같은 새끼들 때문에……!"

강도는 웃기지도 않는다고 생각했다.

"나 같은 새끼가 왜?"

강도가 물었다. 노인은 다시 우물거렸다. 늙으면 이가 빠져 잇몸을 우물거리는 건가. 강도가 그런 생각을 하는 사이, 노인이 들고 있던 종이 박스를 강도에게 집어 던졌다.

버스럭.

깡통이 깨지는 것도 아니고 어디 뼈 하나 부러지지도 않는, 하물며 생채기 하나 남기지 못할 폭력이었다. 강도는 허리춤에 부딪쳤다 힘없이 떨어지는 종이 박스를 힐끗 내려다보았다.

"썩 꺼져, 이놈아! 이 악마 같은 놈!"

"내가 뭘 어쨌는데?"

"그걸 몰라서 물어! 돈 위에 사람 있지, 사람 위에 돈 있는 거 아녀. 이놈아. 니가 그렇게 사는 걸 부모가 알아봐라! 억장이 무너질 텐데! 이 빌어먹을 놈! 후레자식!"

이 역시 웃기지도 않는 소리다. 강도는 장승처럼 서서 노인의 굽은 허리를 바라보았다. 아무리 생각해도 그는 노인에게 잘못한 일이 없었다. 구멍가게 노인의 가족은 사채를 쓰지 않았다. 아니, 가족이 있는지도 의심스러웠다. 노인의 허리가 지팡이 손잡이처럼 굽은 것도, 입에 풀칠하기도 어려운 청계천 골목 구석에서 구멍가게나 하고 있는 것도 강도와는 아무 상관이 없었다.

강도가 물었다.

"늙은이 미쳤어?"

가게 안으로 들어가려던 노인이 끄응 못마땅한 신음을 내뱉었다.

강도가 다시 물었다.

"그럼 죽고 싶어?"

그리고 움직였다. 강도가 밀고 들어오기 시작하자, 노인은 잔뜩 어깨를 움츠리고는 가게 안으로 뒷걸음질 쳐 들어가고 있었다. 강도는 노인이 뒤로 걷다 가게 안에 쌓여 있는 물건에 걸려 휘청거리든 말든 하등 관심이 없었다. 그저 노인이 서둘러 닫으려는 문을 발로 밀고 들어가, 가게 안을 한 바퀴 휘익 둘러보았다.

싸구려 철제 책상으로 만든 조잡한 카운터 위에 구식 금고와 담배 진열대가 있었다.

"안 돼! 이놈아, 이 도둑놈!"

강도가 책상 위로 손을 뻗었다. 금고에서 돈을 가져가려는 줄 알고 노인이 고래고래 소리를 질렀지만 강도는 금고엔 눈길조차 주지 않았다. 그저 그 위에 매달려 있는 진열대에서 몇 갑의 담배를 꺼냈다.

노인이 입을 다물었다.

강도는 그가 꺼낸 몇 종류의 담배 중 하나를 집어 들어 포장을 뜯었다. 얇은 비닐이 벗겨지고, 종이 뚜껑을 밀어 열고, 그 안에 들어 있는 은박 포장을 뜯고 나니 라이터가 없었다.

쯧.

이번에는 카운터를 뒤지기 시작했다. 서랍을 열고, 신문지를 들춰 봐도 라이터는 보이지 않았다. 그러자 강도가 하는 양을 가만히 지켜보던 노인이 카운터 한쪽 구석에 세워 놓은 일회용 라이터 박스를 손으로 가리켰다.

치익. 담배에 불이 붙었다. 입에 담배를 문 강도가 노인을 물끄러미 바라보았다.

하얀 담배 연기가 흩어졌다.
"자식 없어?"
노인은 대답하지 않았다.
강도가 다시 물었다.
"돈 안 필요해?"
이번에도 노인은 대답하지 않았다. 사채꾼에게 그런 말을 해서는 안 된다는 사실을 알고 있는 것이다. 청계천에서 평생을 가난하게 살아온 구멍가게 노인의 하나 남은 지혜였다. 강도는 입술 끝을 일그러뜨리며 웃었다. 그리고 입에 물었던 담배를 구멍가게 바닥에 집어 던지고 발로 비벼 껐다.

채무자의 선반 공장엔 인기척이 없었다. 기계 돌아가는 소리조차 나지 않았다. 강도는 마른 모래가 버석거리는 보도블록 위에서 고개를 한쪽으로 기울였다.
튀었나.
그렇진 않을 것이다. 도망칠 놈은 티가 난다. 강도는 굳게 내려진 셔터 앞으로 바짝 다가섰다.
안에서 조급한 신음 소리가 들렸다. 작업대가 삐걱거리며 벽을 긁어 대는 소리도 났다. 강도는 기다리지 않고 한 손으로 셔터를 잡았다. 그리고 한꺼번에 끌어 올렸다.
드르륵 셔터가 올라가는 거친 소음과 후두둑 떨어지는 검은 먼지, 그 사이로 화들짝 놀란 명자가 강도를 돌아보았다.

무릎까지 내려온 팬티, 엉망으로 헝클어진 머리, 눅눅하게 열이 오른 눈동자. 긴 치마를 명자의 허리 어름까지 걷어붙이고 사타구니를 밀어붙이던 남편이 흐억, 쉰 소리를 삼켰다. 명자는 남편을 떨쳐내고 얼른 치마를 내렸지만 속옷을 끌어 올리기 위해 다시 걷어 올렸다가, 강도를 돌아보고 다시 내렸다.

겁에 질린 남편은 이미 눈에 뵈는 게 없었다. 소용없는 짓인 줄 알면서도 득달같이 달려와 강도가 잡고 있는 셔터를 내리눌렀다.

"저리 가! 저리 가!"

하지만 얼마 내리지도 못하고 한 손으로 버티는 강도의 힘에 밀려 뒤로 물러났다.

드르르르.

강도가 다시, 천천히 셔터를 올렸다. 알루미늄 셔터가 올라가면서 소름 끼치는 소리를 내고 있었다. 남편은 이번에는 공장 미닫이 문 손잡이를 잡았다. 뒤에서 명자가 여보, 힘없는 애원을 했다.

"이…… 씨발, 씨발!"

남편은 두 손을 덜덜 떨고 있었다. 강도를 막지 못하면 지금부터 자신에게 무슨 일이 일어날지 잘 알고 있기 때문이었다. 남편이 간신히 뻑뻑한 미닫이문을 움직였을 때, 얼마 남지 않은 틈 사이로 강도의 손이 불쑥 튀어나와 문을 잡았다.

"안 돼! 씨발!"

덜컹. 덜컹덜컹덜컹.

아무리 흔들고 밀어도 문은 닫히지 않았다. 남편이 밀 때마다, 강도가 딱 그만큼 당겼기 때문이었다. 표정 하나 없는 무시무시한 강도의 얼굴이 미닫이문을 사이에 두고 나타났다가 사라지기를 반복하고 있었다.

"으아아악!"

남편은 두려운 마음에 없던 힘까지 만들어 냈다. 괴성을 지르며 온몸으로 손잡이를 밀었다. 공장 모래가 껴 있어 뻑뻑하기만 하던 미닫이문이 순식간에 미끄러지며 닫혔다. 쾅 소리가 났다.

하지만 강도는 손을 빼지 않았다.

뼈가 부러졌을지도 몰랐다. 손잡이를 쥔 제 손이 아플 정도로 세게 닫았지만 강도는 눈썹 하나 꿈쩍하지 않았다. 그저 여전히 감정 없는 눈동자로 남편을 노려보고 있을 뿐이었다. 강도의 손이 끼어 벌어진 그 작은 틈새로 두 남자의 시선이 마주쳤다.

"이…… 이 독한 새끼."

남편이 중얼거렸다. 그는 비틀거리며 한 걸음, 두 걸음 뒤로 물러서고 있었다.

한동안 가만히 서서 무시무시한 얼굴로 남편을 노려보던 강도가 다친 손으로 문을 열었다. 그리고 공장 안으로 들어서자마자 남편의 얼굴을 후려쳤다.

철썩. 살과 살이 마찰하는 끔찍한 소리가 났다.

"악!"

차마 눈 뜨고 볼 수가 없어, 명자가 비명을 질렀다.

남편은 마지막 발악이라도 하듯 강도를 향해 분노를 쏟아 냈다.

"이 시발놈이!"

강도가 다시 손을 들었다. 남편이 움찔하며 한 걸음 물러섰지만, 강도는 그 한 걸음을 기어이 다가와 큰 손아귀를 휘둘렀다.

철썩. 더 큰 소리가 났다. 명자는 두 손으로 얼굴을 가린 채 울먹이고 있었다. 남편이 덜덜 떨리는 턱을 한 손으로 감싸고 강도를 바라보았다. 입안이 터져 비릿한 쇠 맛이 났다.

강도는 드물게 인상을 찌그러뜨리고 있었다. 그리고 남편을 향해 씹어뱉듯 한마디를 했다.

"단추 채워. 새끼야!"

남편은 그제야 자신의 옷차림이 어떠한가를 깨달았다. 바지는 발목까지 내려가 있고, 속옷도 반쯤 내려가 엉덩이 아래에 간신히 걸쳐진 채였다. 풀 죽어 덜렁거리는 성기 위로, 남편은 얼른 속옷과 바지를 챙겨 입었다. 그가 지퍼를 올리기가 무섭게 강도의 발길질이 날아들었다.

사타구니를 걷어차인 남자가 악 비명을 지르며 자리에 주저앉았다. 그는 두 손으로 바지춤을 붙잡고 온몸을 부르르 떨었다.

그제야 본래의 무표정으로 돌아온 강도가 공장 안을 두리번거리더니 커다란 드릴 날을 집어 들었다. 강도가 무슨 짓을 하려고 하는지 깨달은 명자의 얼굴이 하얗게 질렸다. 남편은 여전히 사타구니만 붙잡은 채 바닥을 뒹굴고, 명자는 채 다 올리지도 못한 팬티를 엉성하게 입고 서 있었다.

강도가 굵은 드릴을 선반 기계에 물렸다. 한 치 망설임도 없는 능숙한 손놀림. 그 모양이 더 소름끼쳤다. 이제 곧 멀쩡히 살아 있는 사람의 손을 자를 거면서, 혀 차는 소리조차 내지 않는 무감함이 정녕 징그러웠다.

이제야 자신의 처지를 깨달은 남편이 고개를 쳐들었다. 아픈 사타구니보다, 이제는 손가락이 걱정이었다. 그는 저도 모르게 두 손끝을 동그랗게 말아 손바닥에 갖다 댔다. 아직 잘리지도 않았는데 아프고, 감각이 없는 듯 느껴졌다. 그동안엔 달려 있는지도 몰랐던 제 몸인데, 이 무지막지한 새끼가 잘라 버릴 거라 생각하니 갑자기 목숨보다 소중하게 느껴졌다.

그런데.

"저, 저기요."

명자가 다가왔다.

기어를 닦던 장갑 낀 손이 강도의 팔뚝을 쥐어 잡았다. 약하고 보잘 것 없는 힘이었다. 명자는 그녀를 뚫어져라 노려보는 강도를 잡고 남편을 바라보았다. 그리고 엉거주춤 일어난 그를 다른 손으로 일으켜 세웠다.

"왜 이래?"

명자가 남편을 문 밖으로 밀었다. 왜 이러냐고, 남편이 재차 물었지만 명자는 대꾸하지 않았다. 허옇게 질린 얼굴엔 표정이 없었다. 갈라진 입술만 꾹 깨물고, 빨리 나가라고 남편을 채근했다.

"왜 이러냐니까!"

"잠깐! 나가 있어 봐!"

남편이 짐짓 화를 내며 명자에게 윽박을 질렀다. 명자는 남편보다 더 큰 소리로 고함을 질렀다. 강도는 기가 막힌 얼굴로 그런 두 사람을 노려보고 있었다.

"아, 뭐 할라고?"

"병신 되기 싫음 나가 있어!"

명자가 머뭇거리는 남편을 바깥으로 확 밀어내고 셔터를 내렸다. 드르르르. 벌써 몇 번째인지 모를 셔터 소리가 들렸다. 공장 밖으로 나간 남편은 바깥에서 주먹으로 셔터를 내리치고 있었다. 그마저도 몇 번 치다 말았다. 가슴께도 안 오는 작은 아내가 무슨 힘이 있다고 남편을 밀어내나 했더니, 그런 것이었다. 쫓겨난 남자는 누가 듣기에도 열기 없는 목소리로 웅얼거렸다.

명자야. 아이 참……. 야, 명자야! 너 지금 도대체…… 명자야! 그러지 마…….

사는 게 그렇다. 달아나거나 맞설 의지조차 없는 남편이지만 그래도 병신으로 만들어선 안 됐다. 명자의 머릿속엔 온통 그 생각뿐이었다. 꼼꼼하게 제일 아래까지, 틈이 보이지 않도록 셔터를 내린 명자가 큰 숨을 몰아쉬었다. 그리고 강도를 향해 몸을 돌렸다.

강도는 기가 막힌 얼굴로 작은 명자를 내려다보고 있었다.

명자의 얼굴에서 표정을 읽을 수가 없었다. 강도는 그게 무슨 뜻인지 아주 잘 알고 있었다. 물러설 데가 없으면 여자는 덤빈다. 남자처럼 완력이나 폭력을 사용해 덤비지 않아도 제가 지불할 대가가 남아 있다고 생각하는 것이다. 가난과 폭력 앞에 수치심 따위는 사치라는 걸 여자는 알았다. 남편의 손가락이 병신 된다는 사실이 슬프고 안타까운 것이 아니라, 병신 남편을 모시고 살아야 할 스스로가 가여워 옷을 벗는 것이다.

명자는 옷을 벗었다.

기어를 닦느라 한 손에만 끼고 있던 장갑이 툭 바닥에 떨어졌다. 하얀 손가락이 뻣뻣하게 움직이고 있었다. 명자의 현실은 고뇌와는 거리가 멀었다. 마치 번거로운 박스 포장 벗기듯 겹겹이 싸매고 있던 옷가지를 훌훌 벗어 던졌다. 더러운 공장 바닥에 명자의 옷이 하나씩 쌓여 갔다.

잔인한 남자 | 33

강도는 여전히 아무 말도 하지 않았다. 명자는 점점 더 오기가 생겼다. 까짓 거 별거 아니야, 열 번쯤 씩씩거리고 나니 정말로 별것 아닌 것처럼 느껴졌다. 명자는 절대 병신 남편을 먹여 살리고 싶지 않았다. 그녀는 남편을 아주 잘 알았다. 의지박약하고 이기적인 남편은 손가락이 잘리는 즉시 세상에서 가장 무거운 짐 덩어리가 될 것이었다. 죽지도 못할 거면서 방구석에 틀어 앉아 죽을 날만 기다리는 산송장이 될지도 몰랐다.

명자가 큰 숨을 몰아쉬었다. 그리고 강도에게 말했다.

"마음대로 하고 일주일만 시간을 더 줘요. 남편이 병신 되면 우린 끝이에요."

명자는 속옷만 걸친 상태였다. 강도가 들이닥칠 때 미처 제대로 추켜올리지 못한 팬티가 돌돌 말려 엉덩이에 비뚤어진 채 걸려 있었다. 명자는 애썼다. 스스로를 위해 이를 악물었다. 남편조차 묵인하는 이 거래가 수치로 남을지라도, 제 발로 지옥으로 걸어 들어가는 결과를 낳는다 해도, 어쩔 수 없다고 생각했다.

강도가 번들거리는 눈으로 명자의 몸을 훑었다. 고된 손과 오기로 가득 찬 얼굴, 흰 몸뚱어리 전부를 훑어보았다.

한 걸음.

강도는 명자가 있는 곳으로 한 걸음을 걸었다. 명자는 견디다 못해 눈을 감았다. 강도의 시선이 소름 끼쳤다. 조금만,

조금만 참으면 될 일이었다. 일주일만 벌어 두면 남편이 돈을 마련할 것이다. 미안해서라도. 그렇게 못 하면 도망이라도 칠까.

"······악!"

그때 강도의 커다란 손아귀가 명자의 가슴을 쥐었다. 차갑고 거친 손이 피부에 닿아, 명자는 흠칫 몸을 떨었다. 공장 안의 싸늘한 공기가 명자의 몸을 더욱 딱딱하게 긴장시켰다.

뚜둑. 강도가 브래지어를 한 손으로 뜯어냈다. 명자의 상체가 크게 흔들리며 살 위에 붉은 생채기가 남았다. 저도 모르게 두 손으로 가슴을 가린 명자가 그제야 두려운 듯 떨리는 눈으로 강도를 올려다보았다.

동시에 명자의 얼굴로 그녀의 브래지어가 날아들었다.

짜악. 악. 짜악. 아악. 강도는 아무 감흥 없는 얼굴로 한 손에 브래지어를 든 채 명자의 얼굴을 후려치고 있었다. 곱슬곱슬한 머리가 흘러내려 산발이 되었다. 명자는 이제 더 이상 가슴을 가릴 여유가 없었다. 얼굴을 가리면 몸을 때리고, 몸을 가리면 얼굴을 때렸다. 명자의 비명과 신음이 계속되는데도, 셔터 밖에 있는 남편은 무슨 일이냐는 한마디 말도 건네지 않았다.

비명이 신음으로 바뀌고, 그 신음마저 울음이 되었을 때. 강도가 폭력을 멈췄다.

그는 바닥에 웅크려 엎드린 명자의 뒤로 걸어가 셔터를 들어 올렸다. 담배를 피우고 있었던지, 셔터에 등을 기대고 있던 남편이 화들짝 놀라 뒤를 돌아보았다. 그리고 강도와 눈을 마주쳤다.

명자는 웅크려 엎드린 채 고개만 들어 강도를 노려보았다. 명자의 얼굴에 덕지덕지 묻어 있는 감정은 이제 오기가 아니라 증오였다. 몸을 내어 준대도 느끼지 않았을 모욕과 수치가 고스란히 명자의 눈에 남았다.

불안해진 남편이 버럭 소리를 질렀다.

"개새끼! 뭐야, 이 미친 새끼!"

남편이 강도를 칠 요량으로 주먹을 내뻗었으나, 강도가 먼저 남편의 무릎을 구둣발로 걷어찼다. 강도는 악 소리를 내며 기울어진 남편의 멱살을 잡고 공장 안으로 끌고 들어왔다.

간신히 몸을 추스른 명자가 바닥에 떨어진 브래지어를 향해 손을 내밀었다. 하지만 그마저도 강도가 발로 차 멀리 바깥으로 날려 버렸다. 명자가 몸을 일으켜 공장 바깥으로 나가자, 아예 셔터를 내리고 고리를 걸어 버렸다. 알몸에 간신히 팬티 한 장만 걸친 명자는 졸지에 공장 밖으로 쫓겨나고 말았다.

탕. 탕탕. 탕탕탕! 명자가 애타게 셔터를 두드렸다. 안 돼! 여보, 여보! 고래고래 소리를 지르고 울부짖었다. 남편은 그에 합창이라도 하듯 으아아, 괴성을 질러 댔다.

강도가 남편의 옷을 잡고 질질 끌었다. 늘어진 팔소매를 잡아당기더니 그 끝을 드릴에 돌려 감았다. 그리고 두려움에 몸을 떠는 남자의 입에 장갑 두 짝을 한꺼번에 우그려 넣었다.

 여보! 여보! 살려 주세요! 여보……. 명자의 목소리는 이제 비명에 가까웠다.

 손으로 레버를 돌려 옷깃이 중간에 빠지지 않도록 확실히 물리고, 강도는 반항하는 남자의 목을 움켜쥐었다. 컥. 두려움에 물든 몸뚱어리가 보잘것없이 덜덜 떨렸다. 강도는 뜸들이지 않았다. 여전히 능숙한 동작으로 팔을 뻗어 작동 스위치를 눌렀다.

 셔터 안팎으로 부부의 비명과 신음이 맞물렸다. 그리고 동시에, 기계가 돌아가며 시끄러운 소리를 내기 시작했다. 셔터 바깥에서 휙 돌아가는 소리를 들은 명자가 찢어지는 소리로 비명을 지르고 있었다. 살려 주세요. 안 돼. 여보. 제발. 당신 죽여 버릴 거야. 여보. 여보. 비명은 애원이 되고, 원한으로 변했다. 강도는 휠로 딸려 들어가는 남편의 손을 물끄러미 지켜보았다.

 "으아아악!"

 남편의 손가락이 으스러졌다. 손바닥이 빨려 들어가고, 손목에서 그 위까지 완전히 기계 속으로 들어간 걸 확인한 강도가 그제야 스위치를 눌러 전원을 껐다. 남편은 목이 터져라 비명을 지르며 울고 있었다. 핏줄이 터져 나와 붉어진 눈에서 눈물이 뚝뚝 떨어졌다. 기계의 힘에 딸려 들어간 한쪽 손 때문에 남편의 몸은 반쯤 들려 기계 위에 엎어져 있었다.

셔터 밖은 여전히 명자의 울부짖음으로 시끄러웠다. 강도는 껄끄러운 입안에 마른 침을 한 바퀴 돌려 퉤 하고 뱉었다. 기계 밑으로 비릿한 피와 기름이 한데 섞여 흘러내렸다.

"됐지? 오른손, 삼천."

강도가 말했다. 남편은 듣지 못한 것 같았다.

일을 끝낸 강도가 셔터를 열고 나오자, 명자가 우두커니 서서 그를 노려보고 있었다.

"아아아악! ⋯⋯개 쓰레기 새끼! 너⋯⋯ 이 새끼 천벌을 받을 거야!"

부들부들 떨리는 몸은 새파랗게 질려 있었다. 강도는 우두커니 서서 무표정한 얼굴로 명자를 바라보았다. 그러더니 입술을 비죽이며 한마디를 내뱉었다.

"남의 돈 신 나게 쓰고 설마 어쩌겠어, 하는 니들이 쓰레기지."

그리고 무덤덤하게 골목 밖으로 걸어가기 시작했다.

명자가 공장 안으로 달려 들어갔다. 남편은 여전히 울음인지 신음인지 모를 것을 뱉어 내고 있었다. 완전히 기계 속으로 딸려 들어간 남편의 손을 보고, 명자가 비참한 울음을 터뜨렸다.

　　　　＊　　　＊　　　＊

 보폭이 큰 강도의 걸음이 청계천 공장 골목을 가로지른다. 냉담한 초겨울 바람이 골목 안으로 들어와 낡은 천막을 흔들었다. 강도는 슬쩍 고개를 숙여 내려앉은 천막을 피하고 다음 골목으로 거침없이 걸었다.

 더러운 골목은 온통 쓰레기 천지였다. 다시 쓰지도 못할 기계 부산물들이 녹이 슬어 붉은 핏물을 흘리며 겹겹이 쌓여 있었다. 시멘트 담벼락과 쓰레기 사이를, 강도는 우뚝 서서 걸었다. 그는 이 처량한 길을 싫어하지 않았다. 이강도에게 골목 쓰레기와 돈, 인간은 하등 다를 게 없는 존재들이었다. 경시당하고 냄새난다는 점에서 그토록 절묘하게 상통하니, 인간이 돈을 멸시하고 쓰레기를 혐오하는 건 아이러니였다.

 강도는 집으로 가는 길, 근처 시장에 들러 닭을 한 마리 샀다. 언제나처럼 죽은 고기가 아닌 살아 있는 닭을 원하는 그에게, 주인은 껄끄러운 얼굴로 닭을 내어 주고 돈을 받았.

 묵직한 암탉이 홰를 쳤다.

 도살장에 끌려갈 때 발악하는 모습은 돼지나 인간이나 다를 게 없다. 살겠다고 미친 듯 푸드덕거리는 이 닭도 마찬가지다. 다 헛된 지랄이다. 어차피 교배시켜 알이나 뽑다가 잡아먹힐 인생, 억울하면 태어나질 말든가.

잔인한 남자 | 39

강도는 잊을 만하면 한 번씩 꾸엑 비명을 지르며 날개를 퍼덕이는 닭을 엉성하게 고쳐 쥐었다.

그가 크게 한 걸음을 내디딜 때마다 버석거리는 모래가 신발 밑창에 쓸려 지익- 기분 나쁜 소리를 냈다. 강도는 성큼성큼 걸어가면서도 일부러 끝엔 발을 조금 끌어, 그 기분 나쁜 소리를 길게 내었다.

평소에도 인적이 드문 편이지만 오늘따라 유난히 조용했다. 복잡하고 좁아터진 뒷골목은 강도에게나 익숙했지 초행인 사람들은 헤매기 일쑤여서, 여기 사는 사람이 아니면 아예 들어오려고 하질 않았다.

그래서 강도의 발소리가 더욱 크게 들렸다. 오래된 담벼락 사이에 있는 좁은 골목이라, 동굴 속을 걷는 것처럼 웅성거리는 울림도 느껴졌다. 강도는 조금 더 보폭을 크게 하고, 조금 더 발을 끌며 걸었다.

푸득 푸드득.

워낙 엉성하게 쥐고 있던 탓인지, 닭이 날개를 비틀어 강도의 손아귀에서 빠져나왔다. 푸드드득. 좁은 골목 안, 닭이 홰를 치는 소리가 시끄러웠다. 쳇. 이를 비틀어 문 강도가 다시 닭을 잡기 위해 허리를 숙여 손을 뻗었지만 허탕만 치고 말았다. 잡히면 죽을 것을 알았는지, 빌어먹을 닭이 미친 듯 퍼덕이며 골목을 돌아 날아가 버렸기 때문이다.

"씨발."

강도의 움직임이 빨라졌다. 그는 무서운 속도로 성큼성큼 걸었다. 닭이 푸드덕거리며 날아간 골목 끝으로 달려가 다시 한 번 한껏 허리를 숙여 팔을 뻗었다. 그의 손가락이 닭의 날갯죽지에 닿았다.

 꾸에엑. 닭은 발작이라도 하듯 날개를 퍼덕이며 발을 놀렸다. 잡을 수 있었는데, 아슬아슬하게 강도의 손을 빠져나가 이번에는 강도의 눈높이까지 날아올랐다. 닭을 잡기 위해 몸을 날렸던 강도는 중심을 잃었다.

 거친 작업복 바지가 버석거리는 모래에 쓸리며 엎어졌다. 강도는 반사적으로 땅바닥을 짚었다. 손바닥과 무릎이 까져 쓰라렸다. 한낱 닭 한 마리가 자신을 물 먹인다는 생각에 그의 눈가엔 살기가 맺혔다. 바지를 털고 일어난 강도가 다시 한 번 이를 비틀어 물었다. 그리고 무서운 속도로 닭이 달아난 코너를 돌았다.

 닭과

 여자

 웬 여자가 있었다. 아무리 봐도 강도가 놓친 것으로 보이는 닭을 어렵지 않게 한 손에 들고.

 아주 작은 여자였다. 딱 오십 년 전의 평균 키나 되어 보일까 싶은, 지붕에서 떨어지는 것보다 땅에서 솟는 것이 더 가까울 여자.

 몸이 작아 둥근 어깨에 걸쳐 있는 모직 코트가 축 처져 흘

잔인한 남자 | 41

러내렸다. 당연히 팔을 감싼 소매도 길었다. 여자는 구불구불한 단발에 작고 둥근 얼굴을 가졌다. 붉은 날염 치마는 여름 파자마처럼 얇아 몹시도 추워 보였다. 맨발에 앙상하게 드러난 발목까지 꽁꽁 얼어붙어 피부가 검푸른 빛을 띠었다. 겨울과 여름, 검고 붉음이 공존하는 기묘한 여자였다. 한차례 훑어보고 나면 절로 시선이 얼굴에 박혔다. 새카맣고 시커먼 눈. 어색하게 붉은 입술.

강도는 아무 말도 하지 않았다. 왜 내 닭을 잡고 있냐. 당신은 누구냐. 잡았으면 주인에게 돌려주지 않고 왜 사람을 그렇게 빤히 바라보느냐. 그 어떤 말도 하지 않았다. 그저 여자가 하는 그대로를 흉내 내었다. 가만히 바라보기만 했다는 말이다.

하지만 죽은 닭이나 산 닭을 바라보는 것과 다르지 않은 무감정한 강도의 시선은, 아교처럼 끈적끈적하게 달라붙는 여자의 시선과는 본질적으로 달랐다.

왜 그렇게 봐.

강도는 그렇게 말하려고 했다. 비틀어 물고 있던 입이 제대로 움직이기만 했다면, 분명 그렇게 말했을 것이다. 언뜻 텅 빈 것처럼 보이는 여자의 눈동자는 비어 있는 게 아니라 넘쳐흐르고 있었다. 뜨겁고 끈적끈적한 무언가가 넘치고 넘쳐서, 그 외엔 아무것도 남아 있지 않았다. 강도는 저도 모르게 잔뜩 힘을 주고 있던 턱을 입안에서 움직였다. 으득, 연골이 어긋나는 소리가 났다.

자박.

여자가 다가왔다.

여자는 한 걸음을 아주 어렵게 떼었다. 발이 먼저 나오는가 싶더니, 그 한 걸음이 다 옮겨지기도 전에 닭을 잡고 있는 작고 옹골찬 손이 내밀어졌다. 강도의 시선이 여자의 손에 닿았다. 애처로워 보이는 얼굴과는 달리 여자의 손은 아주 고된 모습을 하고 있었다. 바짝 자른 손톱은 둥글고, 흰 손등엔 주름이 가득했다. 손끝마다 피부가 벗겨지고 갈라져 상처투성이였다. 그 위태로운 손가락이 산 닭의 날갯죽지를 야무지게 틀어쥐고 강도를 향했다.

가까이는 다가오지도 못하고 멀찌감치 떨어져서, 딱 한 걸음을 뗀 채로 손만, 그렇게.

뭐 하자는 거야.

메마른 강도의 입술이 거칠게 움직거렸다. 말로 뱉어 내지는 않았지만 불쾌한 그의 감정이 고스란히 드러났다.

강도는 여자에게서 느껴지는 이 말도 안 되게 불쾌한 감정을 도무지 이해할 수 없었다. 이해하려 하지도 않았다. 저 까만 눈이, 애처롭게 흘러내리는 좁은 어깨가, 고된 손이, 하나같이 불쾌했다.

뚜벅 뚜벅 뚜벅.

강도가 커다란 보폭을 옮겼다. 여자는 한 손으로 닭을 내민 채 강도가 다가오는 모습을 하염없이 바라보고만 있었다. 강도가 한 걸음을 내디딜 때마다 두 사람 사이의 간격이 좁아졌다. 그 움직임 속에는 마치 격분한 파도가 앙상한 절벽을 몰아치는 것 같은 조급함이 있었다. 여자에게 다가가는 강도의 걸음에서 미세하게 길게 늘어진 신발을 끄는 소리가 났다.

강도가 잡고 있을 때는 살고 싶어 그렇게 몸부림치던 닭이 여자의 손에서 유난히 얌전한 모습을 보였다. 꾸엑 하는 비명도, 푸드덕거리던 날개도 기운이 빠진 듯 고요하기만 하다. 생을 포기한 건지, 아니면 여자의 손에 순응한 건지. 검은 눈이 오래된 노동자인 양 착 가라앉아 데굴데굴 굴렀다.

강도가 닭을 받았다.

가까이서 보니 여자의 얼굴엔 잔주름이 많았다. 멀리서 보는 것과는 달랐다. 세월이 차곡차곡 쌓여 옹골지게 들어 있는 얼굴이다. 강도는 살벌한 눈으로 여자를 노려보다가 등을 돌렸다. 여자는 닭을 잡아 내밀었던 손을 거두지 않았다. 허공에 붕 떠 있는 작은 손이 한없이 비어 보인다.

뚜벅 뚜벅 뚜벅.

다가왔을 때와 마찬가지로 커다란 보폭이 여자에게서 멀어진다. 좁은 하늘에서 흰 태양 빛이 강도의 머리 위로 쏟아졌다가, 골목에 드리워진 천막 너머로 사라졌다.

단단히 다물고 있던 여자의 입술이 살짝 벌어졌다.

하얀, 시리도록 하얀 입김이 흘러나왔다.

*　　　*　　　*

 강도는 집에 돌아오자마자 아무 데서나 굴러다니던 노끈으로 닭의 발목을 잡아 묶었다. 죽을 때가 됐다는 걸 깨달았는지, 집으로 오는 내내 얌전하던 닭이 다시금 발작을 일으키기 시작했다. 강도는 회색 타일 바닥에서 홰를 치며 괴성을 지르는 닭을 물끄러미 바라보다가 한 손으로 날갯죽지를 모아 잡았다. 그리고 닭의 머리를 잡아 오른쪽 무릎으로 눌렀다.
 펄떡거리며 뛰는 생명. 강도는 뒷주머니에 꽂아 두었던 한 뼘 길이의 단도를 꺼내 들었다. 그리고 닭의 목을 한 차례 강하게 내리쳤다.
 꿈틀거린다. 날개 아래 숨어 있을 심장까지 펄떡거리는 경련이 긴 목을 지나 강도의 손바닥을 타고 전해졌다. 강도는 닭을 누른 손에 더욱 힘을 주었다. 그리고 이제는 피가 흐르는 닭의 목을 자르기 시작했다.
 끝이 뭉툭해진 단도는 갈아 놓은 지 얼마 되지 않아 날이 제대로 서 있었다. 닭의 목에서 꾸득거리는 기묘한 소리가 났다. 촘촘하게 박혀 있는 목의 깃털이 칼질을 방해해, 강도는 칼등을 세워 한쪽 방향으로 누운 깃털을 거꾸로 긁었다.

그리고 그사이 드러난 생살에 날을 끼워 넣었다.

꾸득. 꾸드득 꾸득. 닭의 목이 잘라졌다. 칼날이 껍질을 가르고, 들어가자마자 마주친 뼈와 연골을 헤치고 반대편으로 튀어나왔다. 새빨간 닭 피가 찌익 회색 타일에 선을 그었다. 강도는 천천히 닭 목을 거꾸로 해서 닭을 들어 올렸다.

피가 떨어진다.

뚝. 뚜둑. 뚝. 닭은 생각보다 피가 많지 않았다. 강도는 화장실 한가운데 가만히 서서 닭을 들고 기다렸다. 지루한 시간이었지만 그는 움직이지 않았다. 잘린 닭 대가리에서도 조금씩 새빨간 피가 흘렀다. 화장실 타일 바닥이 온통 닭이 흩뿌린 피로 붉었다.

잿빛 속의 붉음. 강도는 눈알만 굴려 그 그로테스크한 광경을 바라보았다.

갑자기 참을 수 없는 허기가 밀려왔다.

강도는 들고 있던 칼을 세면대 위에 올려놓고 물을 틀었다. 온도를 가장 뜨거운 쪽으로 돌리고, 샤워기를 들었다. 그리고 화장실 바닥에 쭈그리고 앉아 샤워기에서 쏟아지는 물줄기를 이리저리 흔들었다.

잿빛 속에서 오롯이 선명하던 붉음이 흐릿해져 간다.

여기저기 불규칙하게 흩뿌려져 있던 닭 피가 수돗물에 씻겨 내려갔다. 뜨거운 물에서 뿌연 수증기가 솟아올랐다. 강도는 화장실 바닥을 대충 물로 씻어 낸 뒤, 여전히 피를 뚝뚝 흘리고 있는 닭을 대야에 집어넣고 그 위에 뜨거운 물을 부은 뒤 털을 뽑았다.

부엌에서 물이 끓는 소리가 났다.

화장실에서 나온 강도가 벽을 향해 칼을 집어 던졌다. 쇄액 소리를 내며 날아간 단도가 벽에 붙어 있는 여자의 사진에 정확하게 꽂혔다. 강도는 매운 눈길로 그 사진을 바라보다가 고개를 돌렸다. 끓는 물에 닭을 넣고 나니, 대충 손질해 성글게 남아 있는 털이 냄비 바닥에 달라붙었다.

수첩을 펼치는 강도의 손에 누런 닭기름이 묻어 있다.

그는 두꺼운 수첩을 뭉텅뭉텅 넘겨 뒤쪽에서 새 페이지를 찾아냈다. 그리고 그곳에 오늘 날짜와 채무자의 이름, 액수 등을 적어 넣었다. 다른 손으로는 여전히 뜨겁게 김이 오르는 닭다리를 잡고 연신 입으로 옮기고 있었다.

쾅쾅쾅. 누군가 문을 두드렸다. 옆집인가 싶어 신경 쓰지 않았더니 좀 더 크게 들렸다. 쾅쾅쾅. 닭다리를 입에 물고 고개를 들어 올린 강도가 제 집 현관문을 노려보았다. 그러자 한 번 더 들렸다. 쾅쾅쾅.

누굴까. 찾아올 사람 같은 건 하나도 없었다. 택배가 올 리도 없고, 집주인이 올 일도 없다. 이웃 간에 교류가 있는 것도 아니며, 문득 생각이 났다 하며 찾아올 넉살 좋은 친구가 있는 것도 아니다. 강도는 서울, 정확히는 청계천이라는 정글 속에서 철저하게 혼자 살아왔다. 이강도의 세계에 존재하는 것은 자신과 적, 오직 두 가지뿐이었다.

강도의 시선이 흘깃 수첩을 향했다. 수십 명의 채무자 명단이 두껍고 낡은 종이 위에 빼곡하게 적혀 있다. 널 죽여 버릴 거야. 잔인한 새끼. 저주받은 놈. 다시 태어나도 네놈을 찾아내서 갈기갈기 찢어 죽이겠다던 오만 가지 인간 군상. 강도는 결론을 내렸다.

날 죽이러 왔구나.

그가 벌떡 일어나 사진에 꽂혀 있던 단도를 뽑아 들었다. 그리고 소리 없이 현관문 앞에 섰다.

작은 구멍을 통해 바깥을 내다보니 어두침침한 복도에 한 여자가 서 있었다. 강도의 집 문을 바라보며 검은 눈을 크게 뜨고. 강도가 이맛살을 찌푸렸다. 저 여자, 집 앞 골목에서 만났던 여자다. 닭을 잡아 줬던, 어깨가 둥글고 손이 고된 여자.

강도가 잠시 여자를 살피는 사이, 열리지 않는 문을 하염없이 바라보던 검은 눈에 조급함이 들어섰다. 여자의 작은 몸이 움직였다. 모직 코트 소매 속에 들어 있던 손이 작게 주먹을 쥐더니 또 문을 두드리려 했다.

강도는 그때 문을 열었다.

끼이익 소리를 내며 반쯤 열린 철제 문 너머에 여자가 있었다. 벌컥 열린 문에 놀라지도 않고, 둥글고 검은 눈을 강도에게 못 박은 채 서서.

또다.

저 불쾌한 눈빛.

끈적끈적하고 성마른 한이 조금도 갈무리 되지 않아 철철 넘쳐흐르는 눈빛. 하얗게 얼어붙은 뺨이나 입에 나름의 각오가 서린 듯했으나, 강도의 눈엔 전혀 효과가 없어 보였다.

매달리듯 애처롭게 떨리는 검은 눈. 그 안에 아교처럼 말라붙은 게 연민인지 증오인지 알 수가 없다.

강도가 누릇한 닭기름이 묻어 있는 입술을 물어 한 차례 빨았다. 습관처럼 이를 비틀어 물더니 여자를 무시하고 문을 닫기 위해 손잡이를 당겼다. 묵직한 철제문이 이번에도 끼익 소리를 냈다.

순식간에 좁아지는 문틈. 하지만 강도는 문을 닫을 수 없었다. 언제 내민 것인지 여자의 작은 손이 끼어 있었다. 문틈 사이로 보이는 얇은 시야에 여자의 얼굴이 있었다. 고통스러울 텐데 여자는 조금도 인상을 찡그리지 않았다. 미친년. 강도가 뇌까렸다. 손잡이를 움켜쥐고 더 세게 당겼다. 여자의 작은 손은 문 사이에 끼어서 부러질 것처럼 찌그러지고 있었다.

어디까지 버티나 볼까.

강도의 눈가에 익숙해진 살기가 머물렀다. 화장실 타일 위에서 닭 모가지를 비틀어 자를 때처럼 이 여자의 손도 그렇게 꾸득거리며 잘라질까.

붉은 피를 흘릴까.

타일 바닥과 크게 다르지 않은 회색빛의 문과 복도, 벽의 색채. 여자는 그 안에서 홀로 움푹 들어간 상처 같았다. 팔딱거리며 오롯하게 숨을 쉬는, 아직까지 피를 흘리는 상처.

강도가 문을 벌컥 열었다가 이번에는 좀 더 세게 닫았다. 콰득 소리가 날 정도로 거친 힘에 여자의 손이 부러질 것처럼 움직거렸다.

그래도 여자는 손을 피하지 않았다.

강도가 파하, 황폐한 숨으로 웃었다. 아무래도 여자는 죽고 싶은 모양이다.

다시 문을 열었다. 이번에는 문을 움직이는 강도의 손등에도 핏줄이 섰다. 콰앙, 소리와 함께 문이 닫혔다. 여자는 고통도, 아픔도, 두려움도 아무것도 느끼지 못하는 것 같은 얼굴이다. 검은 눈엔 생리적인 눈물조차 없었다. 마르고 말라 밑바닥이 적나라하게 드러난 눈동자다.

강도가 이를 갈았다. 이번에는 정말로 여자의 손을 으깨버리려는 듯 문을 크게 열었다. 그런데 그때, 여자의 작은 몸이 손잡이를 잡고 있던 강도의 겨드랑이 아래로 쑤욱 밀려 들어왔다.

설익은 겨울이 들이닥쳤다. 바깥은 문턱까지 닿은 찬바람에 써늘하게 식어 있는데, 여자가 들이닥친 좁은 현관 안쪽은 메마른 가을이다.

"뭐야!"

강도가 버럭 소리를 질렀다. 조급하게 집 안으로 들어온 여자가 몸을 돌려 강도를 올려다보았다. 팔을 휘두르면 목을 움켜쥘 수 있을 정도로 가까운 거리에 여자가 있었다. 강도가 얼굴을 들이밀었다. 여자의 검은 눈이 애처롭게 흔들리기 시작했다.

"뭐냐고!"

흐으. 붉은 입술이 벌어졌다. 코와 입을 타고 아주 작은 숨이 토해졌다. 여자는 바깥에서 한껏 들이마신 마른 한기를 뱉어냈다. 가느다란 숨이 사정없이 떨렸다. 한기가 토해진 자리에 습기가 들어찼다. 젖은, 떨리는, 애처로운, 불쾌한 눈.

눈물이 흘렀다.

메말라 바닥을 드러내던 갈라진 땅에 물기가 고였다. 저 깊은 땅속 뜨거운 용암이 흐르는 밑바닥에서부터 한꺼번에 터진 눈물이었다. 여자는 강도를 바라보며 울었다. 툭 떨어진 눈물이 주르륵 마른 땅을 적시며 물길을 만들었다.

"이…… 씨발! 뭐 하는 짓이야. 너 뭐야?"

울던 여자가 갑자기 강도를 제치고 움직였다. 강도는 도대체 이 여자가 무슨 짓을 하려고 하는지 궁금해 가만히 서 있었다. 눈물에 젖은 얼굴을 닦지도 않은 채, 여자는 부엌으로 걸었다. 그리고 닭을 삶느라 엉망이 된 싱크대를 치우기 시작했다. 닭기름으로 범벅이 된 그릇을 들고, 수세미를 잡았다. 기가 막힌 나머지 강도의 입에서 다시 한 번 파하, 숨이 새어나왔다.

"지금 뭐 하는 거야?"

여자는 들은 체도 하지 않고 설거지를 계속했다. 그릇이 하나 둘, 하얀 거품을 둘렀다. 강도가 여자의 여윈 팔뚝을 잡아챘다. 여자는 아직 눈물기가 가시지 않은 눈으로 끔벅거리며 강도를 바라보더니 어떻게 알았는지 쓰레기가 담긴 검은 비닐봉지를 찾아 화장실로 들어갔다. 여자의 움직임엔 거침이 없었다. 마치 제 살림을 하는 것처럼 익숙하고 능숙했다. 강도는 기가 막혀 여자를 쳐다보았다. 화장실에 들어간 여자가 타일 바닥에 흩어져 있는 닭 찌꺼기를 치우기 시작했다. 이리저리 뭉쳐 있는 털을 한데 모으고, 강도가 한쪽 구석에 던져 놓은 닭 대가리를 봉지 안에 넣었다.

강도는 여자의 행동을 이해할 수가 없었다. 복수하러 온 채무자인가 했더니 그것도 아닌 것 같았다. 시간을 더 달라거나 한 번만 봐 달라고 애걸하러 온 것 같지도 않았다. 도대체 이 여자는 누구지. 점점 화가 났다.

"누군데 이래!"

그가 버럭 짜증을 내며 여자가 야무지게 한가득 담아 놓은 쓰레기 봉지를 낚아챘다. 그리고 거실 바닥에 집어 던졌다.

푹 젖은 닭털이 한데 뭉쳐 쏟아져 나왔다. 데굴데굴. 닭 대가리가 굴렀다.

여자가 멍하니 섰다.

"이 미친년이! 뭐 하는 거야. 나가!"

여자의 어깨는 강도의 커다란 손아귀에 한 줌밖에 되질 않았다. 여윈 팔뚝을 세게 움켜쥐니, 옷감을 둘둘 말아 잡은 것 같은 느낌이다. 그 안에 피와 살이 엉긴 사람의 팔이 들어 있다고는 도저히 생각할 수 없는 엉성한.

이해할 수 없는 불쾌함이 가슴을 메우고 목 위로 치솟더니 숨을 쉴 때마다 콧김을 따라 뿜어져 나왔다.

강도가 여자를 질질 끌었다. 여자는 힘없이 질질 끌려 나갔다. 현관문을 열고 설익은 겨울이 기다리고 있는 바깥으로 몰아냈다. 여자는 그저 눈물이 묻어난 눈으로 강도를 바라보고 있을 뿐이었다.

강도는 일부러 여자와 눈을 마주치지 않았다. 뽑아 들었던 칼은 어느새 뒷주머니에 꽂혀 있는 채였다. 여자가 강도의 힘에 밀려 현관 밖으로 쫓겨나고, 강도는 가지런하게 놓여 있는 여자의 낡은 단화를 발로 뻥 차 버렸다. 그리고 이번에도 손을 끼워 넣으면 아주 갈아 버리겠다는 듯 거센 힘으로 문을 닫았다.

콰앙. 여자의 슬픈 눈도 사라졌다.

어깨가 들썩거릴 정도로 씩씩거리며 숨을 몰아쉬던 강도

는, 그가 무슨 이유로 이렇게까지 화가 났는지 알지 못했다. 다 저 미친 여자 때문이다. 저 여자가 자꾸만 그런 눈으로 보니까. 강도는 뒷주머니에 꽂았던 칼을 도로 뽑았다. 그리고 평소와 다름없이 사진을 향해 던지려고 했다.

하지만 거실 바닥에 널브러진 젖은 닭 털과 내장을 밟고, 거창하게 미끄러지고 말았다.

콰장창—!

그 바람에 칼이 유리창을 깨고 밖으로 날아갔다. 강도는 넘어진 것보다 칼이 밖으로 날아갔다는 사실에 더 큰 충격을 받았다. 그가 멍한 얼굴로 깨진 유리를 바라보았다. 그리고 아픈 엉덩이를 손으로 문지르며 벌떡 일어나 신발을 꿰어 신었다. 손바닥에 닭 찌꺼기가 묻어났다.

어디로 날아갔지.

밖으로 나가 화단을 살피는데 깨진 유리가 조각조각 흩어져 있었다. 강도는 신발로 바닥에 깔린 유리를 헤집으며 혹시 그 안에 칼이 있나 찾았다. 하지만 그의 손때가 묻은 단도는 보이지 않았다. 무너진 화단을 지나 적막한 인도, 빌라 앞을 지나는 좁은 도로까지 어슬렁거리며 돌아다녔지만 칼은 찾을 수 없었다.

손끝이, 발끝이, 귀 끝이 시렸다. 밤에는 영하까지 내려간다더니 정말 추웠다. 강도는 결국 칼을 포기하고 몸을 돌렸다.

그런데 눈앞에 여자가 칼을 들고 서 있었다.

돌아간 줄 알았던 여자가 유령처럼 강도의 눈앞에 나타났다. 작은 손으로 칼 손잡이를 잡고 번쩍거리며 빛나는 날을 세운 채 강도를 바라보고 있었다.

강도가 스읍, 이와 혀 사이로 찬바람을 삼키며 여자를 향해 다가갔다. 여자는 강도에게 날을 세운 모습 그대로 뒷걸음질 쳤다. 강도가 손을 내밀어 칼을 낚아채려는데 여자가 다시 한 번 걸음을 뒤로 물렸다.

"나한테 원한 있어?"

하얀 입김이 부서졌다. 강도가 물으며 화를 내도 여자는 가타부타 말이 없었다. 그저 살짝 벌어진 잇새로 하얀 입김을 흘리며 새액새액 숨소리만 내고 서 있었다.

바람이 찼다. 강도는 손끝 발끝이 시린 만큼, 반대로 머리가 뜨거워지는 것만 같았다. 그가 한 걸음을 크게 내밀자 여자의 몸이 움찔거렸다. 여자는 이번엔 달아나지 않았다. 여자가 물러서는 바람에 어느 정도 벌어졌던 두 사람의 간격이 순식간에 가까워졌다. 강도가 벌세진 눈에 잔뜩 힘을 줬다. 번들거리는 살기를 담아 여자를 노려보았다.

"찔러! 찔러 보라고!"

그렇게 말하며 헐렁한 옷을 잡고 가슴까지 끌어 올렸다. 따가운 겨울바람이 강도의 맨살에 닿았다. 그가 배를 내밀고 여자를 윽박질렀다. 찔러 보라고, 그 칼 잡고 쑤셔 보라고 을렸다.

한결같이 강도의 얼굴만 바라보던 여자의 시선이 천천히, 듬성듬성 움직여 강도의 몸을 훑었다. 들썩거리는 가슴 아래 가무잡잡한 뱃가죽에 무수히 많은 상처가 있었다. 갈비뼈 아래 길게 그어진 흉터, 배꼽 옆에 있는 손톱만 한 화상, 옆구리에 불룩하게 튀어나온 생살……. 끔찍했다. 여자가 하아, 간신히 삼켰던 숨을 뱉었다. 그러더니 아주 느릿느릿하고 힘겹게 손을 움직여 칼을 내밀었다.

돌려주는 행동이 굼뜨다. 강도는 혹 이러다 갑자기 제 뱃가죽을 쑤시는 게 아닌가 싶어 눈에 준 힘을 풀지 않았다. 하지만 여자는 강도가 칼을 빼앗아 갈 때까지 조금도 움직이지 않았다. 그저 강도의 상처를 하나하나 바라보며 제가 더 아픈 듯 떨리는 눈을 하고 새액새액 숨을 쉬기만 했다.

이상한 여자.

칼을 되찾은 강도가 휙 몸을 돌렸다. 그리고 집을 향해 걷기 시작했다. 몇 걸음을 걷다가 뒤를 돌아보니, 여자는 망연자실한 얼굴로 강도를 바라보고 있었다.

또다. 빌어먹을 저 눈. 괜히 쳐다봤다는 생각에 강도가 얼른 건물 안으로 들어갔다. 오래된 빌라는 엘리베이터가 없었다. 계단을 올라가면서도 강도는 힐끔거리며 여자가 서 있는 반대편 보도 위를 바라보았다.

그날은 이상하게 잠이 오질 않았다.

불면증 같은 건 태어나 한 번도 앓아 본 적 없는 것 같은데, 이상하게 잠이 오질 않았다. 어떤 자세를 취해도 불편하기만 했다. 옆으로 누워도, 엎드려도, 다리 사이에 이불을 끼워 말아도 무거운 것에 심장이 눌린 듯 답답하고 숨이 막혔다.

강도가 몸을 들썩이고 뒤틀 때마다 부스럭거리던 이불이 결국 바닥으로 떨어졌다. 강도는 도저히 견딜 수 없어 베개에 얼굴을 처박고 일부러 숨을 참았다가 내쉬고, 들이쉬었다. 갈증이 나는 것 같기도 하고, 저녁 먹은 게 체한 것 같기도 하다.

그리고 그 여자가 떠올랐다.

아주 당연하게 생각이 났다. 여자를 마주치는 내내 강도의 눈가에 머물러 있던 살기가 잠들지 못한 피곤함 때문인지, 슬쩍 느슨하게 가라앉았다. 강도는 다시 한 번 가만히 생각해 보았다.

여자의 정체가 무엇일까.

강도에게 손가락이 잘리거나, 손이 잘리거나, 다리병신이 되거나, 화상을 입거나, 눈이 멀거나, 장기를 빼앗긴 놈들은 아주 많았다. 마찬가지로 가족이 그렇게 된 사람들도 아주 많았다. 돈을 빼앗긴 놈들도, 집을 빼앗긴 놈들도 많았다.

그들 중 누구의 가족인가.

그런데 왜 해코지하지 않는 건가. 칼을 빼앗기 전에 앞으로 내밀기만 했으면 될 일이었는데. 소리를 지르고 악을 써도 모자랄 판에 병신같이 눈물만 뽑아내다 가 버렸다.

이상한 여자.

강도는 잠들 수 없었다.

* * *

지난밤은 자다가 일어나서 창밖을 내다보고 가로등 아래 유령처럼 서 있는 여자를 보곤 몸을 누였다가 다시 일어나는 일의 반복이었다. 도대체 무슨 조화인지, 강도는 망원경까지 찾아 들고 여자를 훔쳐봤다. 그러다 눈이라도 마주칠라치면 서둘러 망원경을 놓고 침대로 달아나기도 했다.

누가 누굴 감시하고 있는 건지 알 수 없는 노릇이었다.

몇 시간 제대로 쉬지도 못하고 일어난 강도는 어김없이 도착해 있는 문자를 보고 몸을 일으켰다. 대충 씻고 옷을 걸치고 밖으로 나오니, 빌라 계단에 어느새 익숙해진 여자의 뒷모습이 보였다.

여자는 밤이 새도록 추운 계단실에 쪼그리고 앉아 강도를 기다렸다.

이제는 놀랍지도 않았다. 잠들기 전에도 가로등 아래 서서 강도의 집 창문만 주구장창 바라보고 있었으니, 계단실에 있다고 해도 놀랄 일은 아니었다.

강도는 여자를 무시하고 그냥 지나쳐 내려갔다.

강도를 발견한 여자가 퍼뜩 고개를 들었다. 그리고 비틀거리며 일어나 계단 난간을 붙잡았다. 그래도 돌아보지 않고 서둘러 달려가는 강도의 뒤통수에, 여자의 날카로운 목소리가 날아와 꽂혔다.

"강도야!"

우뚝 걸음이 멈췄다. 강도는 여자가 그의 이름을 알고 있다는 사실에 한 번 놀라고, 무시하지 못하고 멈춰 섰다는 사실에 두 번 놀랐다.

"이강도……."

여자가 다시 한 번 강도의 이름을 불렀다. 강도가 여자를 돌아보았다. 더러운 계단 유리를 투과해 내리쬐는 아침 해가 부연 먼지를 띄우고 있었다.

여자는 떨리는 두 손을 모아 잡았다. 그리고 삼키지 못해 입에 물고 있던 독을, 토하듯 내뱉었다.

"미안해! 널 버려서."

여자가 던진 말이 강도의 발치에 떨어졌다. 그가 눈가를 일그러뜨리며 말했다.

"씨발…… 뭐라고 했어? 지금."

한 계단, 두 계단을 뱀처럼 내려오는 여자의 발목. 강도는 계단에 스르륵 끌리는 붉은 치맛자락을 눈으로 쫓았다. 여자가 강도의 눈앞에 서서 두 손을 내밀었다. 덜덜 떨리는 손끝이 새파랗다.

"용서해 줘. 이제 찾아와서…… 엄마가, 너무…… 늦었지."

"좆 까는 소리 하지 마."

강도가 다시 고개를 돌렸다. 하지만 여자는 어떻게든 강도를 붙잡으려 그의 점퍼 자락을 붙들고 무릎을 꿇었다. 부연 햇빛이 쏟아지는 좁은 계단실에 여자의 그림자가 졌다. 여자는 두 손을 꽉 맞잡고 무릎 위에 올렸다. 그리고 강도에게 매달리듯 용서를 빌었다.

"나를 용서해 줘. 제발……."

강도는 미칠 것만 같았다.

"지금 무슨 개수작이야? 이거 미친년 아냐?"

"강도야……."

철썩! 강도가 여자의 얼굴을 후려쳤다. 작은 얼굴이 무너져 내렸다. 무릎을 꿇은 채 비틀거리던 여자는, 다시 꼿꼿하게 고개를 들었다.

"내 이름 부르지 마! 씨발……."

"강도야!"

이번에도 손찌검이 날아왔다. 여자는 쓰러지지 않았다. 입안이 터져 피가 묻어나는 입술을 꽉 물고 고집스럽게 고개를 들었다.

"내 이름 부르지 말라고! 씨발, 난 아무도 없어. 알아? 부모 자식 그딴 거, 아무것도 없단 말이야!"

"흐으으……."

여자가 울었다. 눈물을 줄줄 흘리며 울었다. 두 손바닥을 마주 대고 어설프게 비비며 용서를 구했다.

"나를 용서해 줘. 강도야…… 제발."

"미친년! 꺼져! 또 그러면 죽여 버릴 거야!"

참다못한 강도가 몸을 돌려 계단을 내려가기 시작했다. 성급한 발걸음이 둔탁한 소리를 냈다. 엎드려 빌던 여자가 얼른 난간을 붙잡고 일어났다. 그리고 강도를 따라 계단을 내려가기 시작했다.

여자는 강도가 사라진 방향을 향해 똑바로 걸었다.

미안해, 널 버려서

 월세 이십오만 원의 옥탑방을 정리한 돈은 전부 너를 찾는 데 썼다. 방을 빼던 날, 집주인은 엉성한 옥탑 창에 덕지덕지 붙여 놓은 비닐을 보고 인상을 찡그렸다. 웃풍 때문에 어쩔 수 없었어요. 나는 변명했다. 여름엔 덥고 겨울엔 추운 곳이 옥탑이다. 11월, 바깥보다 더 추운 방 안에서 나는 남아 있는 보증금을 받았다.

- 이름이 이강도라고요?

 뭐, 어렵지 않은 일이네. 흥신소 사장은 수월히 고개를 끄덕였다. 근데 왜 찾는지 물어도 되려나? 느물느물 궁금한 얼굴이다. 나는 대답했다.

내가 버린 아들이에요.

선금을 받아 챙기던 손이 멈칫, 돈을 세며 빛나던 눈동자가 또 얼핏 굳는 게 보였다. 경멸인가. 자식 버린 어미라 비난할 테냐. 나는 당당하게 고개를 치켜들었다. 아무것도 모르면서 남의 일에 참견하지 말라고.

과거는 왜 찾는데? 그냥 지금 어디 있는지만 알면 되는 거 아뇨? 흥신소 사장이 다시 물었다.

엄마니까요. 마법 같은 한 마디였다.

뭐…… 알았수다.

미친년 보듯 일그러진 시선 너머로 혼자 떠들고 있는 TV가 보였다. 베이비 붐 세대의 은퇴가 본격화되고 있는 가운데, 오십 대 이상 자영업자의 수가 급증하고 있는 것으로……. 아나운서의 말이 귓가에 맴돌다 사라진다. 화면 배경으로 나오는 고만고만한 상가들이 낯익다. 딸내미 시집보내고, 아들 대학 보내려면 어쩔 수 없더라고요. 돈 없으면 부모 대접도 못 받는 세상인데, 은퇴가 웬 말입니까. 인터뷰하는 남자의 얼굴엔 세상을 향한 강렬한 배신감이 깃들어 있었다. 부당 해고라도 당한 거겠지. 나는 후루룩 식은 커피를 마시고 흥신소 사장에게 시선을 돌렸다.

되도록 빨리 찾아 주세요.

그는 고개를 끄덕였다. 나는 웃으며 말했다.

사실 제가 살날이 얼마 남지 않았거든요.

번쩍 고개를 쳐들고 이쪽을 바라보는데, 미미한 경멸이 맴돌던 눈에 측은함이 가득했다. 아니, 어쩌다……. 나는 고개를 저었다. 별로 말하고 싶지 않아요. 흥신소 사장은 쭈뼛거리며 알겠다고, 다 이해한다고, 아들에 대해선 하나도 남김없이 다 찾아 주겠다고 약속했다.

동정받는 것도 경멸받는 것 못지않게 불쾌했지만 그게 너를 찾는 데 도움이 된다면 기꺼이 감수할 작정이었다.

TV 아나운서가 여전히 떠들어 댔다. 노후 준비를 해야 할 나이에 이, 삼십 대 자녀들까지 부양해야 하는 것이 현재 우리 부모님들의 실태입니다. 내가 자꾸만 TV로 시선을 돌리자, 흘깃 화면을 바라본 흥신소 사장이 쯧 혀를 차며 중얼거렸다. 다 큰 자식 놈들이 부모 등골이나 쪽쪽 빨아먹고 말이야. 그는 채널을 돌렸다.

아무튼 조만간 연락드리겠습니다. 아들하고는…… 행복한 재회가 되시길.

갑자기 친절해진 그에게 나는 예의 바르게 허리를 숙였다.

연락이 온 건 정말로 얼마 되지 않아서였다. 생각보다 유능한 사람인 모양이었다고, 나는 미용실을 나서면서 감탄했다. 긴 머리를 단발로 자르고, 구불구불하게 웨이브도 넣었다. 흰머리가 좀 있으신데 염색은 안 하세요? 미용사가 물었지만 딱 잘라 거절했다. 나는 내 나이보다 젊어 보여서는 안 됐다.

다시 흥신소 사무실을 찾아갔을 때, 사장은 내 머리 스타일의 변화를 한눈에 알아보았다. 훨씬 예쁘시네요. 나는 그냥 웃었다. 여기, 찾을 수 있는 건 다 찾았습니다. 뭐, 별것도 없는 놈이더구만. 그런데……

그가 망설였다.

나는 누런 서류 봉투 안의 종이를 만지작거리며 고개를 들었다.

너무 실망하지 마십쇼. 아드님이 좀, 사는 게 많이, 좀 그렇습디다.

그쪽이 도리어 죄지은 사람인 양 고개를 수그렸다. 나는 처음 봤을 때보다 훨씬 순진해 보이는 사장에게 괜찮다고, 대충은 이미 알고 있는 사실이라고, 도리어 위로의 말을 건네야 했다.

자식, 좀 제대로 살지…… 쯧!

고맙다 인사하고 나가는 내 뒤통수에 흥신소 사장의 안타까운 한숨이 뒤따랐다. 나는 하마터면 그러게요, 라고 말할 뻔했다.

건물을 나서는데 찬바람이 휭 불었다. 짧아진 머리가 철썩 얼굴에 달라붙었다. 애써 귀에 꼽다가 포기하고 머리를 흔드는데, 길 건너에 투박한 통굽 신발을 신고 종종걸음으로 달려가는 젊은 여자가 보였다. 나는 순식간에 80년대 초반의 나를 떠올렸다.

스물셋의 나는 그저 멋을 부리고 유행을 쫓는 것에만 신경을 쏟아붓던 전형적인 철부지였다. 다니던 피복 공장에서 제일 젊은 트럭 운전수와 눈이 맞아 덜컥 임신을 해 버린 뒤, 나는 과감하게 집을 나왔다. 불행하게도 그 남자는 내 배가 불러올 즈음, 새벽 배달을 나갔다가 졸음운전을 하는 바람에 죽고 말았다.

나는 입덧이 아주 심했다. 임신 중독이 뭔지도 몰라 그저 남들도 그렇거니 하고 참았다. 시간이 지나면 괜찮아진다는데 나는 유난히 그 기간이 길었다. 남자를 원망하고, 뱃속의 아이까지 원망하면서 간신히 견뎠다. 그런데 남자가 죽고 말았다.

슬픔이나 상실감보다 당장 생활비가 없다는 걱정이 먼저 들었다. 장례조차 치르지 않고 화장해 버린 남자를 향해 악을 쓰며 울었다. 니가 내 팔자를 망쳐 놓고 죽는구나, 화를 냈다. 배가 남산만 하게 불러 오는 통에, 다시 찾아간 공장에서도 날 받아 주지 않았다.

나는 집으로 돌아가고 싶었다.

하지만 그럴 수 없었다. 집을 나올 때 훔쳤던 돈까지 전부 써 버린 뒤였기 때문이다. 마지막으로 연락이 왔던 형제가 말했다. 아버지가 널 죽이려고 할걸. 그러고도 남을 양반이었다.

  나는 결국 혼자 살았다. 악착같이 살았다. 부른 배를 동여매고 평화 시장 구석에 두 평짜리 수선 집을 열었다.

  그리고 결심했다. 너를 버리기로.

  아아. 나는 용서받을 수 있을까.

  미안해.

거울을 보고 연습해 본다. 붉게 칠한 입술이 벌어지면서 '미' 다음 말이 차마 나오지 않아 한참을 바라본다. 표정이 너무 딱딱하다. 웃어야 하나. 웃을 수 있을까. 불가능하리란 건 누구보다 스스로가 잘 알고 있다. 그래도 지금 얼굴로는 안 돼. 용서는커녕 비웃음이나 사지 않으면 다행일 것 같다.

  다시. 후. 가슴을 웅성이며 숨을 고른 후 고개를 들어 거울을 본다. 아까보다 조금 낫나. 긴장하지 말아야 할 텐데. 새삼 붉게 칠한 입술이 시야에 걸린다. 너무 야한 색인가 싶다가도 그나마 조금이라도 젊게, 예쁘게 보여야 한다는 생각에 슬쩍 고개를 흔들었다. 그리고 간신히 입술을 움직였다. '미' 다음에 '안'.

  '해'를 말하려 입술을 벌리는데 콧등이 시큰해졌다. 거울에 비친 모습을 보니 이렇게 멍청하고 덜떨어져 보일 수가 없다. 눈에 열이 모여 눈동자까지 시큰해졌지만 악을 쓰고 눈물을 참았다. 아직은, 울 수 없다. 울어서도 안 되고.

"하."

한숨도 쉬지 말자 다짐하니 길게 흘러나온 숨이 짧게 끊어져 다시 뱃속으로 기어들어 갔다. 더부룩한 가슴이 체한 듯 막혀 악취를 뿜어내는 것 같다.

다시 고개를 들었다. 병신 같아. 중얼거렸다. 얼굴 근육이 다시 딱딱하게 굳어 아무리 봐도 이기적이고 독한 여자로밖에 보이질 않았다. 이러면 안 돼. 다시 고개를 숙였다가, 들었다.

미안해.

입 모양만으로 말해 보았다. 아까보단 수월하게 나온다. 이번엔 눈꼬리를 축 늘어뜨리고 눈동자에 물기를 담아 흐느끼듯. 애절하게. 불쌍하게.

"미안해……."

턱이 덜덜 떨렸다. 성공한 것 같긴 한데, 봇물 터지듯 울음이 무너져 몸을 주체할 수 없었다. 두 손으로 화장대를 짚고 한참을 새액새액 숨을 쉬었다. 툭. 투둑. 한번 흐르기 시작한 눈물은 쉬이 멈추질 않는다. 병신같이. 흘릴 눈물이 어디 있다고. 울어 용서받을 수 있는 죄라면 세상에 죄인이 어디 있겠는가 싶어 이를 악문다.

짓이기듯 우물거리던 입술을 타고 뜨거운 눈물이 흘렀다. 닦을 엄두조차 내지 못할 정도로 줄줄 흘러 바닥으로 떨어졌다. 흐으. 짐승 같은 울음소리가 듣기 싫다.
 "미안해. 미안해…… 흐으으, ……미안해! 미안해, 강도야!"

 나는 어미다. 너를 버린 어미다.
 어린 너를 버리고 이 너무한 세상에 혼자 살아남게 한, 죽일 놈의 어미다. 내 이기심에, 내 목숨이, 내 체면이 중해 너를 버렸다. 무섭고도 무섭기도 했다. 죽을 만큼 배 아파 낳았는데, 낳는 것보다 키울 일이 더 아플 것 같았다. 나는 아픈 것도, 무서운 것도, 힘든 것도 싫었다. 그래서 너를 버렸다. 어미를 찾아다니며 서럽게 울었을 너를 팽개치고 달아났다.
 스물여덟 해인가 아홉 해 전에, 시린 겨울의 초입이었을 것이다. 나는 서울 변두리의 한 병원에서 너를 낳았다. 진통이 극에 달할 때까지 참고 참다가 기어서 병원 문을 열었다. 부푼 내 자궁은 이미 떡하니 입을 벌리고 물렁한 네 머리통을 뱉어내고 있었다 한다. 의사는 나오는 너를 받기만 하면 되었다. 병원비가 얼마였더라. 얼마 안 되는 돈이었던 것 같다. 의사에게 탯줄 자른 값만 치른 셈이었다.
 남편도, 부모도 찾아오지 않는 어린 산모였던 나는 헐렁한 치마 주머니에서 구겨진 지폐를 꺼내 내밀었다. 퉁퉁 부은 얼굴로 울지도 않고 독하게 서서 갓 태어난 너를 안고 병원을 나갔다. 그때 간호사가 조분조분 무슨 말을 했더랬다. 묻는 듯 말꼬리를 올릴 때마다 나는 한 번씩 고개를 끄덕였으나, 사실 아무것도 듣고 있지 않는 듯 보였다고 했다.

그때 내 머릿속은 온통 너를 버릴 생각으로 가득 차 있었으니까.

하지만 누구의 인력인지, 신의 농간인지 안배인지, 나는 갓난아이인 너를 꽤 오랫동안 품고 있었다. 일 년이 가고 이 년이 가고, 삼 년이 가도록 우리는 한 방에서 살았다. 두 평 남짓한 사글셋방만큼의 동정심이 있던 친척의 집에서 삼 년 치의 세를 밀리고 살았다.

그리고 어느 날 아침, 나는 곤히 잠든 너를 방구석에 눕혀놓고 문을 열었다.

살이 에일 듯 추운 새벽이었다. 서리가 내려앉아 바글바글한 나무 문을 열고 찬바람 그대로 맞으며 너를 바라보았다. 나는 옷이 없어 반바지 위에 여름 치마를 둘러 입고, 티셔츠 위에 스웨터를 입고, 그 위에 모직 코트를 또 입었다. 목덜미를 겨우 덮는 내 검은 머리는 일 년도 전에 한 파마가 느슨하게 풀려 엉망이었다.

엄마 어디 가?

네가 물었다. 잠에 취해 뭉개진 목소리로, 엄마 어디 가냐고 물었다.

나는, 그때 뭐라고 대답했던가.
아무 데도 안 가. 일하러 가. 금방 올 거야. 뭐라고 한 건가. 나는. 그 차가운 방구석에 세 살 너를 누여 놓고 짐 가방을 들고 나서면서, 나는 도대체 뭐라고 말한 건가.

미안하다.
너는 나를 용서할 수 있을까.
자식을 버린 어미만큼 지독한 이가 어디 있다고, 나는 이제 와 네게 용서를 구하고 있나.

한참을 울다가 고개를 들어 보니 화장이 엉망이다. 거뭇하게 짓무른 눈가에 눈물이 범벅이다. 벌겋게 충혈된 눈은 그렇다 치고, 붉게 칠한 입술도 엉망이다.
지울까 고민해 본다. 병자처럼 추한 몰골을 하고 가면 불쌍해서라도 받아 주지 않을까 고민해 봤다. 하지만 이내 고개를 저었다. 아이는, 아들은 그런 남자가 아니다.
세상의 모든 사내애들은 예쁜 엄마를 원한다. 늙었어도, 병들었어도, 저를 버렸어도 예쁜 엄마를 원한다. 나는 돌돌 말린 휴지를 풀어 눈물을 닦아 냈다. 거뭇하게 번진 화장을 지우고, 고치고, 입술을 다시 칠했다.
둥근 눈을 선명하게 만들고 홍옥처럼 붉은 립스틱을 발랐다. 늙었어도 예쁜 엄마. 안쓰럽고 예쁜 엄마. 오래전에 아이를 버리고 떠났어도 여전히 예쁘고 불쌍한 엄마. 나는 그리 되길 원했다. 그리하여 그 아이가 나를 미워하고 원망해도 완전히 눈을 떼지는 못하도록.

나는 엄마니까.

너를 버린 엄마니까.

처음 찾아갔던 날은 집 앞에서 아무것도 못 한 채 그냥 돌아오고 말았다. 허름한 5층 빌라 입구에 서서 발목이 시리다 못해 아플 때까지 그냥 서 있었다. 네가 산다는 집 창문을 목이 아프도록 올려다보다가, 혹시 어딘가에서 네가 불쑥 나타나 누구냐고 물어볼까 봐 목에 걸린 심장이 벌떡거리며 뛰는데도 그저 방치하고 서 있었다.

둘째 날이 되자 네가 날 알아볼까 기대하는 마음이 생겼다. 스스로도 비웃음이 나와 기가 막힐 지경이었지만 나는 기대했다. 그때와 똑같은 머리 스타일을 하고, 그때와 비슷한 옷을 입고, 얼굴이 너무 변해 못 알아볼까 봐 수도 없이 연습한 말을 중얼거리면서 그렇게 기다렸다.

그러다 멀리서 네가 걸어오는데.

아팠다. 너무 아팠다. 하루 종일 서 있어도 괜찮았던 몸이 너무 아팠다. 심장이 아프고 가슴이 아프고 숨이 아프고 마음이 아팠다. 견딜 수가 없어서 도망쳤다. 멀리서 네가 걸어오는데 차마 눈을 마주할 수도, 나서서 말을 걸 수도 없었다.

그리고 밤이 새도록 울었다.

나는 내가 모질고 독한 년이라 눈물 같은 건 별로 없는 사람인 줄만 알았다. 남편이라 부르기도 부족한 남자에게 코뼈가 내려앉을 정도로 두들겨 맞았을 때도, 어떻게든 먹고 살아보려고 차린 식당에 빚쟁이들이 찾아와 돈 대신 몸을 요구했을 때도, 혼자 사는 년이라 아무 남자한테나 치맛자락 펄럭이고 다닌다는 속없는 비방을 들어야 했을 때도 이렇게 울지 않았다. 그때는 먹지도 못하는 소주로 배를 채우고 눅진한 속을 게워 내다 보면 대충 견딜 수 있었다. 어떻게든 살아졌다.

그런데 너를 마주하는 순간, 나는 세상이 내게 너무한다는 생각이 들었다. 팔자 세고 더러워도 주위에 다 그런 것들뿐이라 특별할 거 없다고 여겼던 내가 너무 불쌍해서 눈물이 났다. 억울하고 분통이 터졌다.

이렇게 아픈데.

자식 버리고 사는 부모가 세상에 얼마나 많은데. 그들 하나하나 찾아가 물어라도 보고 싶었다. 당신은 이 아픔 어떻게 견디며 살았나. 숨은 어찌 쉬고 살았나. 품에 없는 자식 눈에 밟히고 가슴에 사무쳐 어찌 그 모진 목숨 땅에 붙이고 살았나. 사람 목숨이 아무리 질기다 해도, 내 속으로 낳은 자식이 품에 없는데 어찌 살았나!

이렇게 아픈데.

그냥 확 죽어 버리지.

높은 데 올라가서 머리가 깨지든, 밧줄에 목을 매달든, 쥐약이라도 씹어 삼켜서 확 죽어 버리지.

누구 좋을 목숨이라고.

2

장어

미안해. 널 버려서!
나를 용서해 줘.
강도야…….

 손바닥이 따끔거렸다. 강도는 짜릿하게 아파 오는 오른손을 신경질적으로 말아 쥐었다.
 한 손에 가득 차는 여자의 얼굴이 불그스름하게 부어올랐다. 있는 힘껏 때렸으니 꽤나 아팠을 텐데. 여자는 강도에게 조금의 원망도 내비치지 않았다. 몇 번이나 후려쳤는데도 아프니 그만하라고 말하지 않았다.

이상한 여자.

강도는 익숙한 상가 골목을 구석구석 돌아 걸었다. 가슴이 뜨겁고 신 것으로 가득 차 토기가 치솟았다. 그는 골목 바닥에 깔려 있는 알록달록한 빛깔의 사채 명함을 꾹꾹 밟고 걸었다. 언제부턴가 돌아간 줄 알았던 여자가 따라오고 있단 사실을 알았지만 고집스럽게 앞만 보고 걸었다.

여자는 휘청거리며 위태로운 걸음을 걷고 있었다. 따라오는 발소리만 들어도 알 수 있을 정도였다. 쓰러질 듯, 쓰러질 듯 보폭이 불규칙해 넘어지기 십상이었다. 분명 그 검은 눈은 앞서 가는 강도의 뒤통수만 뚫어져라 바라보고 있을 테니, 자칫 시멘트 턱에라도 걸리면 험한 꼴을 보게 될지 모른다.

하악. 하악. 여자의 메마른 입에서 짧고 거친 숨이 흘러나왔다. 그 소리가 듣기 싫어 일부러 큰 소리를 내며 걷고, 신발을 질질 끌었는데도 여자의 습한 숨은 강도의 귓가 언저리에서 떠나가질 않았다.

토할 것 같은 불쾌함이 목구멍을 치고 올라왔다. 뜨거운 신물이 혓바닥을 달구는 듯해 기분이 더욱 나빠졌다. 강도는 우뚝 걸음을 멈추고 뒤돌아 소리쳤다.

"이 씨발 미친년아! 어디까지 따라와! 아 미치겠네!"

비칠거리며 따라오던 여자가 깜짝 놀라 고개를 들었다.

여자의 얼굴을 마주하자 목 안쪽, 가슴 언저리에서 들끓던

화기가 다시 머리끝까지 치솟아 올랐다. 강도는 두 눈을 부릅뜨고 여자에게 걸어갔다. 성큼성큼 긴 다리가 좁은 골목을 가로질렀다. 꽉 쥔 주먹에서 줄기줄기 살기가 뻗어 나왔다.

가까이. 더 가까이. 강도가 여자의 코앞에 다가와 섰다. 또 이렇게 마주하고 보니 처음 봤을 때보다 더 작은 여자였다. 강도는 큰 눈을 아프게 뜨고 자신을 바라보는 여자의 아랫도리를 향해 주먹을 뻗었다.

그의 커다란 손이 여자의 붉은 날염 치마 속으로 파고들었다. 그는 살기등등한 눈으로 여자를 내려다보며 치맛자락을 헤집고 사타구니를 움켜쥐었다. 여자의 작은 몸이 흠칫하고, 몇 번이나 격렬하게 떨렸다. 강도는 이를 드러내고 웃었다. 칼처럼 날을 세운 웃음이었다. 얇고 서늘한 옷감을 타고 초라한 떨림이 전해졌다. 바들바들 몸을 떠는 여자. 강도의 입술이 비틀렸다.

"내가 여기서 나왔다고?"

다시 한 번 말해 봐. 강도가 낮은 목소리로 뇌까렸다. 여자의 가랑이에 들어가 있는 그의 손목을 타고 치맛자락이 흘러내렸다.

여자는 몸을 피하지 않았다. 소리를 지르지도, 강도를 밀어내지도 않았다. 그저 지독하게 슬픈 눈으로 강도를 바라보았다.

여자가 고개를 천천히 끄덕였다.

"씨발."

강도가 거칠게 손을 빼냈다.

"똑바로 들어. 난 아무도 없어. 원래부터 혼자였다고! 그러니까 다른 데 가서 알아봐! 사기를 치려면 똑바로 하던가. 알았어? 빨리 꺼져!"

강도는 조금씩 숨이 막히는 것 같은 기분이 들었다. 맹목적으로 그를 바라보는 여자의 시선이 마치 목을 조르는 것처럼 느껴졌다. 뜨거운 쇳덩이를 입에 물린 것처럼 혀가 탔다.

"씨발…… 난 아무도 없다니까!"

결국 여자의 시선을 견디다 못한 강도가 버럭 소리를 질렀다. 도망자처럼 등을 돌리고 걸어가는 강도를 따라, 여자가 다시 걸음을 옮겼다.

비틀비틀. 새파랗게 얼어붙은 가느다란 발목이 골목을 가로질렀다.

* * *

소문난 효자 문계송. 사십을 훌쩍 넘긴 나이에도 아직까지 장가를 못 가 꿉꿉한 홀아비 냄새를 풍기고 다닌다는 것만 제외하면, 이제 곧 칠순이 되는 노모에겐 한 점 나무랄 데 없는 자식이었다.

없는 집 살림에 비싼 공부는 못 시켰어도 성실하고 우직한 아들. 남들처럼 약게 살지 못해서 이리 치이고 저리 치이다 보니 간신히 입에 풀칠하는 정도밖에 벌지 못했다. 노모의 나이가 환갑을 넘고, 계송이 사십대가 된 뒤에는 이대로 살면 안 되겠다는 생각에 굳이 험한 일을 찾았다. 남자는 자고로 기술을 배워야 한다는 어른들 말씀에, 기울어져 가는 청계천으로 흘러들어 와 공장 일을 배웠다. 그러다 도저히 못해 먹겠다고, 헐값에 줄 테니 공장 너 가져라 하는 사장의 말에 그저 이게 웬 떡인가 싶어 고개를 끄덕였더랬다. 그 과정에서 늙은 어미가 간신히 몸을 누이던 작은 집을 팔고도 돈이 모자라 조금 빌려야 했다.

아주 조금.

얼마 안 되는 돈이었다. 공장만 잘 돌아간다면 한 달, 두 달이면 벌 수 있는 돈.

큰 돈 빌리는 것도 아니고, 열심히만 일하면 어떻게든 갚을 수 있을 거라고 생각했다. 갖다 쓰는 순간 끝나는 거야. 사채 이자는 돈이 아니라 식구들 목숨 줄로 갚는 거라던 동네 어른들 말씀에도, 채 오백도 안 되는 돈 때문에 제 목숨 썰어가진 않을 거라 여겼다. 그는 아직 사지 멀쩡하고 한창인 나이였기 때문에, 이자가 늘어나면 늘어나는 만큼 놈들에게도 이득이 아닌가. 그러니까 그를 어쩌지는 않을 거라고.

안일하고 모자란 생각이었다.

처음 뭔가 잘못됐다는 생각이 든 건 하루 종일 사무실에 앉아 바둑이나 두고 있으니 돈 없어도 놀라오라던 장 사장이 연락을 받지 않기 시작했을 때였다.

난생 처음 가져 본 제 공장에서 먹고, 자고, 뼈마디가 닳도록 죽어라 일해서 어찌어찌 첫 주 이자를 마련했다. 원금도 조금 갚을 수 있을 것 같았다. 그런데 정작 돈을 받아야 할 사람이 연락이 되질 않았다. 계송은 삼일 동안 일곱 번쯤 전화를 하다가 결국 장 사장의 사무실을 찾아갔다.

단단히 잠긴 문.

장 사장의 사무실은 청계천 세운 상가 내 번화가와 뒷골목 사이의 교묘한 경계선에 위치하고 있었다. 허름한 작업복 차림의 계송이 안주머니에 두둑한 현금을 들고 어슬렁거리며 장 사장의 사무실을 찾아갔을 때, 하루 종일 그 안에서 내기 바둑을 둔다던 기름진 남자는 보이지 않았다. 불도 켜져 있고 우편물이 쌓인 것도 아닌데 사람만 없었다.

급한 외출이라도 했나 보다. 계송은 애써 그렇게 생각했다. 정체 모를 불안감이 갈비뼈를 하나씩 타고 오르긴 했지만 대수롭지 않게 여겼다. 그래서 그냥 돌아갔다.

그 뒤, 일주일이 지나고 보름이 지나도록 장 사장은 전화를 받지 않았다. 아무리 계송이라도 이쯤 되니 장 사장이 그를 일부러 피하고 있다는 사실을 깨달을 수 있었다.

세 번째인가 그의 사무실을 찾아갔을 땐 열흘에 한 번 주기로 했던 십오 프로의 이자를 두 번이나 밀린 상태였다. 사채 이자가 어떤 식으로 불어나는지 잘 모르는 계송도 여기서 더 헛되이 날짜를 버렸다간 좋지 않은 일이 일어날 거란 사실을 알았다. 그래서 무슨 일이 있어도 돈을 주고 올 생각이었다.

"안에 있지! 있는 거 다 알아. 오늘 지나면 두 배 되는 거 잖아. 나, 나…… 돈 있어. 돈 가져왔으니까……!"

마음이 급해졌다. 갈빗대를 타고 오르던 불안감이 목을 죄는 것 같았다.

그렇게 날짜가 지났다.

장 사장이 보냈다며 찾아온 이강도가 계송의 눈앞에 나타났을 때, 어떻게 그렇게 된 건지 이자는 몇 배로 늘어나 있었다. 가지고 있던 돈을 다 넘기고도 이자는 계속 늘어나기만 했다. 눈 덮인 산에 지진이 일어난 것처럼 점점 덩치를 불리더니, 도저히 감당할 수 없을 만큼 거액이 되었다.

그 작은 돈이, 고작 돈 좀 번다는 월급쟁이가 한 달을 꼬박 출근하면 벌 수 있을 만큼인 그 돈이 어떻게 그 정도로 차원이 다른 액수가 될 수 있는지, 계송은 이해할 수 없었다. 기름진 얼굴에 비열한 웃음을 주렁주렁 매달고, 장 사장은 일부러 느릿느릿하게 계산기를 두드렸다.

"봐 봐. 원금이 오백이잖아. 선이자 떼면 사백이십오. 그런데 니가 첫 주에 이자를 안 줬잖아. 계약서 보이지. 그러니까 여기서 원금이 오백칠십오가 되는 거야. 그리고 그 다음

이자가……."

"어떻게 한 달도 안 됐는데 이자가 그렇게 돼……. 내가 무슨 큰 돈 빌린 것도 아니고…… 응?"

"그럼 우린 뭐 땅 파고 장사하는 줄 알아? 돈 놓고 돈 먹으려면 기껏해야 이자놀이밖에 더 하냐고. 이자만 제때 잘 갚았으면 됐잖아. 이거 다 원금으로 가는 거야. 복리, 알지?"

멍한 얼굴로 장 사장의 설명을 듣고 있던 계송이 갑자기 어깨를 푸드덕거리며 품속에서 구깃구깃한 돈 봉투를 꺼냈다.

"여기, 여기 있다고! 이자 가져왔잖아!"

"쯧. 어디 봐."

장 사장은 그저 느긋하기만 했다. 두둑하게 살 오른 얼굴엔 별다른 표정도 없었다. 계송을 비웃거나 겁박하지도 않았다. 넓적한 엄지에 퉤, 침을 뱉더니 봉투를 열어 돈을 세기 시작했다. 더하지도 덜하지도 않은 첫 주 이자 칠십오만 원. 장 사장이 길고 무거운 숨을 뱉었다.

"야이 불쌍한 사람아. 이것만 가져오면 어떡해?"

"뭐?"

"처음 이자가 칠십오지. 근데 제 날짜에 안 줬잖아. 그럼 원금이 오백칠십오가 되잖아. 그럼 그 다음 이자가 팔십이 넘어요. 그것도 안 줬지? 근데 또 여기서 이자율이 늘잖아."

 계송은 이해할 수 없었다. 어떻게 그런 게 가능한지도 몰랐다. 병아리 오줌처럼 가져오지 말고 액수 맞춰서 가져오라는 장 사장의 말에 넋 나간 얼굴로 일어설 수밖에 없었다. 계산기를 두드리던 장 사장의 손이 뇌리에 박혀 지워지질 않았다.

 노모의 손은 오래된 나무뿌리 같았다. 갈라지고 터져 살날이 얼마 남지 않은 고요한 나무 발. 긴 세월 동안 온몸으로 무른 흙 끌어안고 살다가, 이제는 그럴 기운마저 사라져 마른 흙더미 온통 내어놓고 스러진 고목.
 "놔둬요."
 계송이 물기 오른 목소리로 중얼거렸다. 하지만 공장을 가득 채우고 있는 기계 소음에 묻혀, 그의 목소리는 노모의 가는귀에 닿지 않았다. 아들이 죄스러운 얼굴로 바라보고 있다는 사실도 모른 채, 어머니는 쭈글쭈글한 손을 바지런히 놀리며 철판을 정리하고 있었다.
 "아 놔두라니까. 내가 한다고……."
 결국 보다 못한 계송이 기계 앞을 벗어나 어머니에게 다가갔다.
 "응? 아니다. 뭐 어려운 일이라고."
 어서 네 일이나 하라고 손을 흔드는데, 자꾸만 그 손에 시선이 갔다.

 평생을 일해 온 손이었다. 남의 집 살림을 하고, 보따리 장사를 하다가, 식당 설거지부터 폐지를 주우러 다니는 등, 계송은 나무껍질 같은 그 손이 하루라도 편히 쉬는 날을 본 적이 없었다. 그가 아주 어렸을 때부터 누구보다 바지런히 돈을 벌고, 집안일을 하고, 계송을 키운 손이었다.

 계송이 공장을 사야겠다며 돈을 요구했을 때도 그 손은 한 점 망설임이 없었다. 늙고 병든 몸 누일 곳이 없어도, 아들을 위해서라면 얼마든지 무엇이든지 내놓았다.

 오래도록 고생한 어머니의 손은 손바닥을 마주칠 수도 없을 정도로 안으로 곱아 있었다.

 계송은 마른 입술을 꾹 깨물었다.

 "그만하고 이리 와 봐요. 머리가 이게 뭐야."

 계송이 아예 기계를 멈춰 버리자 노모는 그제야 굽은 허리를 들었다.

 엉망으로 헝클어져 내려온 흰 머리가 뺨에 달라붙어 있었다. 낡아 유리알이 다 떨어진 작은 핀이 얼마 남지 않은 머리카락을 입에 물고 덜렁거렸다. 계송은 멋쩍은 얼굴로 제 앞에 와 앉은 어머니의 푸석한 머리카락을 두 손으로 쓸어내렸다.

 나는 남편 복 없어도 자식 복은 있는 년이여. 어머니가 버릇처럼 입에 달고 살던 말이었다. 세상 천지에 부러운 년 없다고, 우리 아들이 최고라며 검은 얼굴 가득 피곤한 웃음 짓던.

계송이 기다란 플라스틱 빗을 들었다. 눈물이 울컥 차올랐지만 이를 깨물어 참았다. 그리고 마른 나뭇가지처럼 부스러지는 어머니의 머리를 빗기 시작했다.

머리빗 이 사이마다 흰 머리가 성글게 빠져나갔다. 계송은 천천히, 오래도록 어머니의 머리를 빗었다. 오갈 데 없이 마주 잡고 있던 어머니의 손이 어느새 계송의 팔을 다정하게 쓸어내리고 있었다. 뭉툭하게 갈라진 손끝에서 까끌까끌한 느낌이 났다. 보드랍거나 상냥하지만은 않은 감촉이었지만 그래서 더 눈물이 날 것 같았다.

"어이구 내 아들."

세월 가득한 얼굴에 웃음이 피었다.

죄송해요. 죄송합니다. 죄송해요. ……어머니.

그는 죄인이었다. 세상 누구보다, 그 어미에게 가장 큰 죄인이었다.

말할 수 없었다. 노모가 평생 동안 몸을 굴려 장만한 그 작은 집까지 팔아서 이깟 공장에 처박았더니, 고작 사채 오백에 아무것도 남지 않았다는 말 따위 할 수 있을 리가 없었다. 이제는 돈이 문제가 아니라 어머니가 목숨보다 중히 여기는 아들 몸뚱이까지 그놈들 손에 조각조각 팔아 치워야 하게 생겼다고는, 차마.

흐끅. 계송의 입에서 억눌린 신음이 흘러나왔다. 깜짝 놀란 노모가 뒤를 돌아보려는데 입구에서 쾅쾅쾅 문 두드리는 소리가 났다.

놈이다.

계송은 본능적으로 알 수 있었다.

문자를 보고 번지수를 확인한 강도가 슬쩍 뒤를 돌아보았다. 방금 전까지 아슬아슬한 걸음으로 그를 따라오던 여자는 보이지 않았다. 상가 안쪽의 구불구불한 골목을 몇 번이나 꺾으며 걸어온 터라 여자가 자신을 놓쳤을지도 모른다는 생각이 들어 저절로 입안에 마른침이 고였다.

강도는 번뜩이는 눈으로 골목 저쪽을 한참 동안 쳐다보다가 주먹을 들어 올렸다. 그리고 단단히 잠겨 있는 상가 문을 두드렸다.

쾅쾅쾅.

채무자가 누구시오, 하며 반갑게 달려 나오는 경우는 없다. 강도 역시 그 사실을 잘 알고 있었기 때문에 문을 두드리는 건 한 번으로 족했다. 한쪽이 내려앉은 알루미늄 셔터는 자물쇠조차 보이지 않았다.

강도는 한 손으로 셔터를 올리고 문을 열었다.

채무자 계송이 늙은 어미의 흰 머리를 묶어 주고 있었다.

두 사람의 눈이 마주쳤다. 강도는 표정 없이 번들거리는 눈으로 계송을 노려보았다.

"왜…… 계송아. 무슨……."

노모가 불안해 보이는 얼굴로 아들을 불렀다. 계송은 거울을 어머니 손에 쥐어 주었다. 그리고 앞으로 걸어 나와 의자에 앉아 있는 어머니의 시야에서 강도를 가렸다.

강도는 여전히 그를 노려보기만 했다.

계송이 떨리는 손으로 카운터 책상 서랍을 열었다. 장부 사이에 구깃구깃한 돈 봉투가 들어 있었다.

지난 몇 달간 뼈를 갈고 살을 발라서 번 돈이었다. 일하는 사람도 없이 밤새도록 혼자 기계를 돌리면서 새우잠을 자고, 끼니조차 제때 챙겨먹지 못하고 오직 일에만 매달려 번 돈이었다. 계송의 손에는 세상 무엇보다 무겁게 느껴지는 돈이었다. 그의 목숨 값이나 다름없는 돈. 팔백만 원.

하지만 그 봉투를 받아 든 강도에게는 터무니없이 모자라는 액수일 따름이었다.

계송이 갚아야 할 돈은 삼천이 넘었다. 그나마도 오천에서 줄어든 것이다. 강도는 봉투를 열어 눈으로 훑었다. 그리고 조금 전보다 더 살벌한 눈으로 계송을 노려보았다.

앉아 있던 노모가 일어섰다. 도대체 누군데 그러냐, 묻고 강도를 향해 걸어왔다. 강도의 시선이 계송의 등에 가려진 늙은 어미에게 머물렀다.

"어머니 거기 있어!"

계송이 버럭 소리를 질렀다. 그러더니 한 걸음 움직여 다시 어머니를 가리고 강도를 향해 울분을 쏟아 냈다.

"더 이상은 못 줘! 이자가 원금보다 열 배가 많은 게 어디 있어?"

당연하게도 이강도에게 그런 식의 호소는 통하지 않았다. 계송은 모르는 사실이었지만 장 사장이 데리고 있는 건달들 중에 가장 말이 통하지 않는 상대가 이강도였다. 보통 채무자를 협박하러 다닐 때는 두세 명이 한데 뭉쳐 다니는데, 강도는 그러지 않았다. 그는 늘 혼자였다.

그건 이강도가 정말로 무자비한 남자였기 때문이다.

강도의 주먹이 허공을 갈랐다. 계송은 미처 피하지도 못하고 얼굴을 맞았다. 퍼억, 소리와 함께 모가지가 꺾어질 듯 돌아갔다. 계송이 이를 악물었다. 그가 부리부리한 눈으로 강도를 노려보자, 강도가 다시 손을 휘둘렀다. 이번엔 손바닥으로 계속해서 뺨을 갈겼다.

철썩, 철썩 하는 소리가 날 때마다 노모의 얼굴이 충격으로 굳어졌다. 아이고 아이고 우는 소리가 났다. 그럴수록 계송의 얼굴은 오기로 단단해졌다. 그는 지지 않겠다는 듯, 강도를 노려보며 더욱 고개를 뻣뻣하게 들어 올렸다.

"아이고……! 왜 이래. 왜 이러는 거야, 응?"

노모가 굽은 다리를 절뚝이며 걸어왔다. 그리고 두 손을 모아 어린애처럼 빌기 시작했다.

"잘못했어…… 잘못했어. 이러지 마. 때리지 마!"

쓰러진 고목처럼, 타다 만 나무 둥치처럼 허물어진 노모의 모습이 어느 순간 계송을 제치고 앞으로 튀어나왔다. 사십이 넘은 아들을 늙어 메마른 몸으로라도 지키고 싶어 하는 그 모습이 가슴 아플 법도 한데, 강도는 서늘하게 굳은 얼굴로 계속해서 계송을 향해 손바닥을 휘둘렀다.

"어머니, 보지 말라고! 엄마! 보지 마!"

매달려 말리던 노모의 몸이 기울어졌다. 굽은 다리로는 중심을 제대로 잡을 수 없어 힘없이 바닥으로 무너지고 말았다. 이를 악물고 맞기만 하던 계송이 깜짝 놀라 얼굴을 굳혔다. 어머니가 바닥에 엎드려서 두 손으로 빌고 있었다. 주름진 눈가엔 어느새 거무죽죽한 눈물이 한가득이었다. 시커먼 공장 먼지가 어머니의 눈물과 함께 흘렀다. 계송의 눈가에도 눈물이 맺혔다. 어머니는 엎드려 빌며 울고, 아들은 맞으면서도 어머니께 죄송해 울었다.

강도의 입에서 마른 숨이 버석거렸다. 아들을 부르짖으며 울먹이는 노모를 보자 갈수록 숨이 막혔다.

"나와."

강도가 입을 열어 짓씹듯 말을 뱉었다. 계송의 얼굴이 절망으로 굳었다. 그는 여전히 바닥에 엎드려 엉엉 우는 어머니를 향해 고개를 돌렸다.

걱정하지 말라고, 금방 나갔다 온다고 말해야 하는데 입이 떨어지지 않았다. 지금 나가면 무사하지 못할 거란 사실은 누구보다 그가 제일 잘 알았다. 아들이란 게 호강 한 번 시켜 주지 못하고 평생 고생만 시켰는데, 그 멍든 가슴에 또 한 번 대못을 박아야 한다는 사실에 목이 메었다. 계송은 어머니를 향해 눈물에 젖은 입술을 몇 번이고 달싹였다.

죄송해요. 죄송해요. 엄마.

아부지 죽었을 때 차라리 그냥 버리고 떠나지 그랬냐고, 이딴 자식 낳아 놓고도 아들이라고 기뻐 미역국 자셨냐고 묻고 싶었다. 하지만 곱게 빗어 내린 머리가 다시 엉망으로 헝클어지도록 고개를 땅에 박으며 엉엉 우는 어머니를 보니, 이제는 그저 죽고만 싶었다.

"계송아! ……계송아!"

어어어엉. 공장 기계 사이로 노모의 울음소리가 굽이쳤다. 강도는 한 손으로 계송의 멱살을 잡고 상가 밖으로 끄집어냈다. 그리고 부러 큰 소리가 나도록 문을 닫았다.

멱살을 잡은 강도의 눈빛과 멱살을 잡힌 계송의 눈빛은 어딘가 일그러져 닮은 구석이 있었다.

강도는 계송을 질질 끌고 한적한 양수리의 폐건물로 데리고 갔다. 아직 이른 오후였음에도 개미 새끼 한 마리조차 보이지 않는 곳이었다. 다가올 자신의 운명을 예감한 듯, 계송의 검은 얼굴이 한층 어두워졌다.

"올라가."

강도가 계송의 등을 밀었다. 을씨년스럽게 솟아오른 6층짜리 시멘트 괴물이 눈앞에 서 있었다. 저 위에서 떨어지면 죽을까. 죽겠지? 계송이 망연자실한 얼굴로 중얼거렸다.

"올라가!"

강도에게 무릎 뒤쪽을 얻어맞은 계송이 크게 휘청거리다가 간신히 중심을 잡았다. 강도는 기다려 주지 않았다. 몸을 추스를 시간도 없었다. 퍼억. 다시 한 번 무릎을 차였다. 계송은 끊어질 듯 악쓰는 신음을 흘리며 계단을 오를 수밖에 없었다.

버려진 지 오래되어 보이는 폐건물엔 남아 있는 유리창이 없었다. 녹슬고 비틀린 계단 난간이 삐걱거렸다.

한 걸음, 한 걸음을 내디딜 때마다 계송은 점점 현실감이 없어졌다. 혓바닥 안쪽이 쩍쩍 갈라져 따끔거릴 정도로 긴장했다가도, 눈이 풀려 시야가 부옇게 흐려지기도 했다. 그러다 또 어느 순간에는 항문을 타고 직장을 오르내리는 오싹한 공포에 허리를 떨었다.

고맙게도, 그때마다 강도의 발길질이 날아들었다.

어슬렁거리며 계단을 오르던 강도는 3층 난간 앞에서 걸음을 멈췄다. 멀리 해가 지려는지 하늘이 시퍼렇게 멍들고 있었다. 잠시 바깥 하늘을 노려보던 강도가 시선을 내리자 건물을 듬성듬성 둘러싼 쓰레기 더미에 섞여 있는 여자가 보였다.

또 그 여자다.

어떻게 이곳까지 따라왔는지 알 수가 없었다. 선득해진 심장이 제 몸과 같이 뛰지 않고 저 밖에서 여자와 함께 뛰었다.

거리가 멀어 여자가 그를 바라보고 있는지는 확실하지 않았다. 하지만 강도는 여자가 자신을 바라보고 있을 거라 확신했다. 그 아교와 같은 집착으로 끈질기게 바라보고 있을 거라고.

"더…… 안 올라가?"

계송이 물었다. 강도는 엉거주춤 서 있는 그를 힐긋 쳐다보고 난간에 세웠다. 그러더니 주머니에서 긴 줄자를 꺼내 뻥 뚫린 난간 아래로 늘어뜨렸다.

대충 재니, 십 미터가 조금 넘었다.

"몇 킬로야?"

강도가 물었다. 계송은 두려움이 지나쳐 강도가 하는 말을 알아듣지 못한 상태였다. 멀리 보이는 강이 제 발아래서 우르릉 흐르는 기분이었다.

"몇 킬로냐고, 이 씨발놈아!"

강도가 날카롭게 소리쳤다. 화들짝 놀란 계송이 어깨를 크게 들썩이더니 기어들어 가는 목소리로 대답했다.

"육십오 킬로……."

"개새끼가."

빨리빨리 대답 안 하고 지랄이야. 계송은 강도가 씹어 삼킨 뒷말을 들었다.

당장이라도 밀어 떨어뜨릴 것처럼 으르렁대던 강도가 갑자기 주위를 기웃거렸다. 그는 건물 안쪽 저편에 버려진 시멘트 블록을 발견하고는 성큼성큼 걸어가 하나씩 발로 밀어 오기 시작했다. 지익. 지익. 시멘트 덩어리가 바닥에 거친 마찰을 일으키며 계송의 발 앞으로 끌려왔다.

강도가 말했다.

"하나씩 들어."

계송은 이해할 수 없다는 얼굴로 강도를 바라보았다.

"들라고, 이 개새끼야!"

강도가 다시 버럭 소리를 지르자 계송이 할 수 없이 시멘트 블록을 하나씩 들어 옆구리에 꼈다. 잔뜩 긴장한 팔에 묵직한 돌덩이까지 얹혀 그는 사시나무 떨듯 벌벌 떨고 있었다.

"이건 보험 사기야?"

계송이 물었다. 죽어 버리면 돈을 못 받으니까. 처음 장 사장에게 돈을 빌리러 갔을 때 받아 들었던 보험 계약서가 생각났다.

"나…… 병신 만들려고?"

"훨훨 날아서 돈이 필요 없는 세상으로 가. 이 씨발놈아."

"뭐? 그런…… 세상이 어디 있어. 그거 알아? 천국도 돈 주고 사는 거야. 없는 놈들은 죽을 때도 차별받고, 죽어서도 사기나 당하겠지. 돈이 없으니까."

자조 섞인 계송의 말은 강도의 귀에 닿지 않았다. 단지 비웃음만 샀을 뿐이었다.

"쓰레기 버릴 때도 돈 드는 세상이야. 사람 버리는데 당연히 돈 들어야지. 공평하잖아?"

강도가 성큼 한 걸음을 걸었다. 이제 그가 등을 밀기만 하면 계송은 3층 높이의 건물 아래로 떨어지게 될 것이다.

숫제 덜덜 떨기만 하던 계송이 처음으로 완강하게 몸을 버티고 섰다. 그리고 강도를 향해 울분을 가득 담아 소리쳤다.

"내가 병신 되면 우리 엄마 돌볼 사람이 없어! 너도 엄마가 있을 거 아냐?"

"뭐라는 거야? 이 새끼가."

강도가 눈동자를 굴려 같은 자리에 못 박힌 듯 서 있는 여자를 바라보았다.

"난 그런 구질구질한 거 없어."

여자는 여전히 고개를 치켜들고 서서 강도가 있는 곳을 올려다보고 있었다.

강도가 한 손으로 계송의 등을 밀었다. 아슬아슬한 난간 끝에서, 계송은 허공을 바라보며 허탈하게 중얼거렸다.

"네가 보기엔 세상이 공평해?"

"그런 걸 왜 나한테 물어? 개새끼야! 남의 돈 쉽게 쓴 네가 알지."

"몇 명이나 이렇게 병신으로 만들었나?"

"그런 쓰레기들을 뭐하러 기억해?"

망설이던 계송이 무슨 결심을 했는지 한 걸음을 뒤로 물렸다. 강도가 인상을 찌푸리며 다시 밀어도 요지부동이었다.

계송이 강도를 바라보며 중얼거렸다.

"여기 너무 낮아! ……병신으로 구차하게 살고 싶지 않아. 어머니한테 짐이 될 뿐이야."

엎드려 엉엉 울던 어머니를 생각하니, 도저히 살아갈 자신이 없었다. 병신 된 몸으로 늙고 병든 어머니께 기대 사느니 그냥 죽자. 계송은 그렇게 결심했다. 이럴 줄 알았으면 놈이 찾아오기 전에 깨끗하게 고통 없이 죽는 건데.

그가 더 높은 곳으로 가기 위해 몸을 틀자 강도가 잔뜩 짜증이 난 얼굴로 뒷덜미를 잡았다. 그리고 다시 난간 쪽으로 끌어당겼다.

"여기서 날아, 개새끼야. 죽으면 보험금이 복잡해져."

"안 돼!"

계송이 몸부림을 쳤다. 하지만 그가 강도의 단단한 손아귀에서 벗어날 방도는 없었다.

"잔인한 새끼!"

강도가 계속 어깨를 밀었다. 계송은 다시 난간 끝에 서서 마른 모래가 휘날리는 건물 아래를 내려다보았다.

 그런데 그의 눈에 웬 여자가 들어왔다.

 강도를 따라온 여자였다. 헝클어져 휘날리는 검은 단발머리가 작고 둥근 얼굴을 감싸고 흘러내렸다. 여자는 코트 주머니에 두 손을 찔러 넣은 채 작은 입을 꼭 다물고 서 있었다. 마치 계송이 뛰어내리기만을 기다리는 것처럼.

 "저 여자는 누구야? 너랑 닮았는데."

 닮았다고? 강도는 그럴 리 없다고 생각했다. 작고 둥글고 검은 여자와 크고 날카롭고 단단한 이강도는 전혀라고 해도 좋을 정도로 닮은 구석이 없었다. 갑자기 화가 났다. 참 예고도 없이 터지는 울화였다. 강도는 머리끝까지 솟구친 짜증에 더 이상 참지 못하고 주머니에 꽂아 두었던 칼을 꺼냈다. 그리고 계송의 등을 사정없이 찔렀다.

 날카로운 칼끝이 계송의 살을 파고들어 갔다. 흐아아악. 등을 꿰뚫는 고통에 계송이 쥐어짜는 신음을 흘리며 한 걸음씩 앞으로 걸어 나갔다. 몸을 물리면 칼이 등을 파고들고, 앞으로 나가면 난간 아래로 떨어지게 될 것이었다.

 강도가 신경질적으로 턱을 비틀었다. 지익. 지익. 두 발을 질질 끌며 조금씩 앞으로 나가던 계송의 몸이 어느 순간 크게 휘청거렸다.

 떨어졌다.

건물 아래에 있던 여자도 두 눈을 꼭 감고 고개를 돌려 버렸다.

짧은 비명과 묵직한 타격 소리, 그리고 비명 섞인 신음이 이어졌다.

"아아-아악! 아…… 으흐아아악!"

강도가 다시 건물 계단을 내려오기 시작했다. 빼 들었던 칼은 다시 주머니에 꽂고, 끊어질 듯 이어지는 계송의 신음 소리를 따라 걸었다. 문조차 부서지고 없는 입구로 걸어 나오자 언제 다가온 건지 여자가 눈앞에 서 있었다.

강도는 여자를 거들떠보지도 않았다. 제법 태연한 얼굴로 여자를 지나쳐 계송을 향해 걸어가는데, 여자가 강도의 뒤통수에 대고 갑자기 소리를 질렀다.

"이게 다 나 때문이야!"

강도의 걸음이 멈췄다. 그가 비틀어 문 입으로 하, 기가 막힌 웃음을 흘리며 여자를 노려보았다. 또 무슨 소리를 하려고.

"당신도 날려 버리기 전에 꺼져."

강도는 진심이었다. 여자는 꿈쩍도 하지 않았다.

"다 나 때문이야. 내가 널 버려서……."

강도의 눈에서 불꽃이 튀었다. 화를 참지 못한 강도가 여자의 멱살을 잡아 건물 벽에 밀어붙였다. 퍽 소리가 나도록 거센 힘이었지만 여자는 발버둥 치지 않았다. 여자는 강도가 무슨 짓을 해도, 어떤 말을 해도 애원이 깃든 눈을 하고 강도를 향해 다가왔다. 용서해 달라고 빌고, 빌었다.

"미안해…… 미안해."

"개소리 하지 마! 이 씨발년아. ……죽여 버리기 전에."

미안하다고 한 마디만 더 하면 정말로 죽여 버릴 생각이었다. 얇은 목을 조르거나 칼로 찔러서 다시는 저 빌어먹을 입으로 헛소리 하지 못하도록, 그렇게 할 생각이었다.

그런데 여자가 눈을 감았다.

몸에 힘을 뺐다. 그렇게 하라고, 칼로 배를 쑤시든 목을 따든 그렇게 하라고 했다.

흘러나온 목소리가 지독하게 담담했다.

"……네 손에 죽어도 할 말이 없어."

미친년. 강도가 속삭였다. 여자를 거칠게 내던지곤 또다시 등을 돌렸다.

계송은 다리 잘린 벌레처럼 바르작거리고 있었다. 시멘트 바닥에 부딪쳐 쓸린 상처에서 피가 새어 나왔다. 그는 멀건 침을 질질 흘리며 고통스러운 다리를 붙잡고 신음을 흘렸다. 뼈가 뒤틀린 것 같았다. 부러진 건지 부서진 건지 알 수가 없었다. 그저 고통스러웠다.

강도가 다가왔다. 그는 장난감을 가지고 노는 아이처럼 계송의 몸을 이리저리 툭툭 발로 찼다. 가만히 서서 피 흘리며 꿈틀거리는 계송의 다리를 자세히 살펴보더니 쯧, 짧게 혀를 찼다.
"으으아…… 흐아아! 안 돼! 저리 가!"
계송이 계속해서 비명을 질렀지만 강도는 아무 말도 들리지 않는 것처럼 무덤덤하게 움직였다. 뾰족한 벽돌을 찾아 발로 굴리더니 계송의 부러진 다리를 벽돌 위에 올렸다. 그리고 세게 눌러 밟았다. 뚜둑, 뭔가 망가지는 소리가 들렸다.
"아악-!"
계송이 미친 듯 비명을 질러 댔다.
"한 마디가 완전히 부러졌으니까 보험금이 우리가 받을 돈만큼이야."
"크윽…… 잔인한 새끼! 넌 꼭 불에 타 죽는다……!"
계송은 제정신이 아니었다. 자신의 뼈가 부러지고 뒤틀리고 부서지는 과정을 지켜보면서 제정신을 유지하기란 어려운 일이었다.
계송의 입에서 흘러나온 침에는 붉은 핏물이 섞여 있었다. 그가 어떤 저주를 퍼부어도 이강도의 얼굴엔 변화가 없었다. 마음이 없는 집행자. 오직 번들거리는 살의와 어둠이 어설프게 서로를 감싸고 있을 뿐이었다.
"처절한 비명을 지르면서…… 영혼까지 타 죽는다."
계송이 끊어질 듯 절절한 저주를 퍼부었다. 잇새를 뚫고 나온 고통스러운 원망이 울음과 함께 쏟아져 나왔다.

하지만 어느새 그 앞에 유령처럼 나타난 여자가 그보다 더 붉은 눈을 하고 말했다.

"내 아들한테 함부로 말하지 마."

여자는 불구대천의 원수라도 만난 듯, 이를 바득바득 갈며 거친 숨을 내뱉었다. 그러더니 여전히 피 흘리는 계송의 다리를 퍽 차올렸다.

계송이 다시 비명을 질렀다.

강도는 그저 여자를 노려보다가 등을 돌렸다.

끈질긴 여자.

도무지 돌아갈 생각을 하지 않는다.

자박. 자박. 자박.

여자가 작은 걸음을 내디딜 때마다 오래된 시멘트 바닥에 짧은 울림이 느껴졌다. 강도는 점점 조급해지는 심정을 어찌 수습하지도 못하고 결국 또 뒤돌아 소리쳤다.

"따라오지 마! 따라오지 말라고!"

강도의 외침은 이제 무감정하지 않았다. 똑같이 날카로운 거부의 말이었지만 그 안에 확연히 드러난 짜증과 신경질이 여자를 안달하게 했다. 물기 없는 검은 눈이 이번에도 또, 그저 맹목적으로 강도를 향했다.

내 탓이야. 미안해. 용서해 줘.

강도는 그 안에 담겨 있는 무치한 인사에 숨이 막혔다. 죽여 버릴걸. 아까 그 자리에서 그냥 죽여 버릴걸, 하는 생각이 들었다.

"꺼지란 말 안 들려?"

미안해. 엄마를 용서해 줘.

"내 좆같은 인생에 끼어들지 말라고!"

네가 그렇게 사는 건 다 나 때문이야.

여자는 별로 말이 없었지만, 여자가 하는 말은 언제나 강도의 심장을 손톱으로 벅벅 긁어 대는 듯 붉은 상처가 남았다.

"오늘은 뭘 먹어? ……돼지? 장어? 오리? 내가 사 갈게."

뻔뻔한 여자. 강도는 기가 막혀 다시 입을 다물었다.

"내가 알아서 해."

그리고 이 한마디를 남긴 채 집을 향해 서둘러 걷기 시작했다.

* * *

조심스레 문을 두드리는 소리가 났다. 거실 한가운데 떡하니 서서 사진 속의 여자를 노려보던 강도가 휙 고개를 돌렸다. 문을 두드린 게 누군지 굳이 내다보지 않아도 안다. 강도는 그냥 가만히 서 있었다. 집에 있으면서 대답 없이 문도 열

지 않는 그가 궁금할 법도 한데, 여자는 두 번 노크하지 않았
다. 한참을 문 앞에서 서성이던 인기척이 사라질 때까지 숨
까지 고르며 서 있던 강도가 뒤늦게 스르륵 몸을 움직였다.

 간 건가.

 작은 구멍을 통해 내다보니 복도엔 아무도 없었다. 여자는
그새 가 버린 듯, 뒷모습조차 보이지 않았다.

 강도가 벌컥 문을 열고 나왔다.

 복도엔 아무도 없었다. 대신, 발치에 검은 비닐봉지가 하
나 놓여 있었다. 강도는 두 눈을 내리깔고 비닐봉지를 바라
보다가 천천히 들어 올렸다. 안을 들여다보니 살아 있는 장
어 한 마리가 꿈틀거리고 있었다. 미끌미끌한 장어의 몸뚱이
에 젖은 메모지가 노란 고무줄로 묶여 있었다.

 여자의 전화번호였다.

 강도는 문을 닫고 집 안으로 들어왔다. 들고 있던 봉지를
아무렇게나 거실 바닥에 내팽개치고, 사진에 꽂혀 있던 단도
를 뽑아 들었다. 이걸 먹으라고? 미친년! 강도는 꿈틀거리는
장어를 향해 칼을 집어 던졌다.

 칼은 아슬아슬하게 장어를 비껴 바닥에 꽂혔다.

 입맛이 없었다. 강도는 저녁을 굶고 곧바로 잠자리에 들었
다.

 온 집 안이 컴컴했다. 불을 다 끄고 침대에 누웠지만 잠이
오지 않았다. 배도 안 고프고, 잠도 안 오니 가슴을 치고 올

라오는 답답함만 남았다.

자연스럽게, 여자의 얼굴이 떠올랐다.

그런 얼굴은 처음 보았다. 낯이 익다고 생각했다가도, 낯설기 그지없는 얼굴. 눈앞에 있을 땐 시선을 돌리기 힘들 정도로 끈적끈적하게 달라붙어 오더니, 눈앞에서 사라지면 하나하나 떠올리는 것조차 힘이 들었다. 눈이 어땠더라. 코는 어땠더라. 강도는 어두운 천장에 윤곽을 잡아 가는 여자의 얼굴을 노려보다가 돌연 이를 악물고 한쪽 팔로 눈을 가렸다.

한 시간, 두 시간이 지나도 잠이 오질 않았다. 무거운 몸을 몇 번이나 뒤척이던 강도는 결국 벌떡 상체를 일으켰다.

창가로 걸어간 강도가 창밖을 내다보았다. 도로 위 어디에도 여자의 모습은 보이지 않았다. 가로등 그림자 속에도, 길게 뻗은 인도 끝에도 없었다.

없다. 그 이상한 여자가. 빌어먹을 여자가.

불을 켜자 거실 바닥에 축 늘어진 장어가 보였다. 강도는 젖은 장판 위를 저벅저벅 걸어가 장어를 집어 들었다. 그리고 화장실 변기에 장어를 집어 던지고 물을 내렸다. 콰르릉. 변기 물이 거칠게 빨려 들어갔다. 장어도 그 안으로 사라졌다.

우두커니 서서 그 광경을 바라보던 강도의 얼굴은 잔뜩 일그러져 있었다. 눈썹을 찌푸리고 볼은 처진 채, 입술을 우그러뜨렸다.

 화기가 가득 차 답답하던 가슴이 이제는 텅 비어 쓰리고 아팠다. 갈비뼈 안에 흐르던 피도, 움직거리던 살덩이도 전부 사라진 것만 같았다. 강도는 천천히 한 손을 들어 올려 티셔츠 안으로 집어넣고 제 가슴을 쓸어내렸다. 뜨거운지, 차가운지 알 수가 없었다. 그저 극성스러운 상실감만 남았다.

 누군가 전부 쓸어 가져간 것처럼.

 그날 밤, 강도의 몸은 꿈속에 빠져 푸륵거렸다. 잠에서 깨면 기억하지 못할 무의식이기에 그의 움직임엔 수치심이 없었다. 쫓기듯 격한 쾌감에 무절제하게 빠져들었다.

 어린 사내가 난생 처음 자위하듯 어설픈 움직임이 이어졌다. 어떻게 하는지를 몰라 어쩔 줄을 모르는 얼굴. 침 흘리는 아이처럼 입을 벌리고 눈동자를 쉴 새 없이 움직였다. 허억 허억, 숨이 차올라 이마에 땀방울이 맺혔다. 사타구니에서 시작된 열기가 둔부를 지나 발끝을 치고 머리 꼭대기까지 올라왔다.

 베개가 허벅지에 쓸려 버석거리는 소리를 냈다. 강도는 이불이 침대 밖으로 떨어진 것도 모른 채 그저 허리를 흔드는 데 열중해 있었다. 그의 두 손은 갈 곳을 잃어 베개를 움켜쥐고 있었다. 성기를 잡아 흔들거나 고환을 만지지도 못해, 그저 구겨진 베개에 엉덩이를 쳐올리는 것밖에 몰랐다. 그럼에도 강도의 숨소리는 갈수록 격해졌다. 허억 허억, 퍽퍽 하는 소리가 침실을 가득 메우고 속도를 더했다.

  그리고 어느 순간 길게 쥐어짜는 신음을 내뱉으며, 강도는 다시 잠에 빠져들었다.

  이 날은 문자가 오지 않았다. 강도는 늦은 아침에 일어나 멍한 얼굴로 햇살이 들이닥친 창가를 바라보았다.

  평소와 다르지 않은 아침인데 여전히 갈비뼈 안쪽이 허전했다. 강도는 이불을 발로 차고 벌떡 일어나 거실 한쪽 서랍장에서 손전등을 찾아 들었다. 그리고 서둘러 바깥으로 걸어 나갔다.

  이쯤인가. 강도는 빌라 앞에 있는 하수구 맨홀 뚜껑 앞에 쭈그리고 앉았다. 그리고 손전등을 입에 물고 끙끙거리며 맨홀 뚜껑을 열었다.

  서늘한 악취와 함께 검은 하수구가 입을 벌렸다. 강도는 손전등을 켜고 구멍 안을 이리저리 비추어 보았다.

  왜 이러는지는 그도 잘 이해할 수 없었다. 그저 몸이 가는 대로 행동하다 보니 어젯밤 변기에 버린 장어를 찾고 있었다. 그 여자가 사다 준 장어. 강도는 희미한 손전등 불빛으론 하수구 구멍을 다 비출 수 없다는 사실을 깨닫고는, 망설이지도 않고 손전등을 다시 입에 물었다. 그리고 훌쩍 몸을 움직여 구멍 안으로 들어가기 시작했다.

  바깥에선 그저 서늘하게 느껴지던 악취가 아래로 내려오

자 지독한 가스를 내뿜었다. 살점이 검게 썩어 들어간 괴물의 입안에서 강도는 다시 한 번 이리저리 손전등을 휘둘렀다.

걸쭉한 폐수와 크고 작은 쓰레기가 어렴풋이 보였지만, 그가 찾는 장어는 보이지 않았다. 강도는 생각했다. 장어가 죽었던가. 변기에 처넣었을 때, 축 늘어져 있던 건 죽었기 때문인가. 그럴 리가 없었다. 그 여자가 사 온 장어인데, 그 여자처럼 끈질기게 죽지 않고 살아서 하수구로 헤엄쳐 왔어야 옳았다. 끝을 알 수 없는 집착과 오기로 발밑에서 꿈틀거리고 있어야 옳았다.

강도는 크륵 가래를 모아 검은 바닥에 뱉고, 다시 맨홀 바깥으로 기어 올라왔다.

너저분하게 낡은 옷 여기저기에 흙과 오물이 묻었다. 강도는 별안간 신경질이 나, 아스팔트 바닥에 발을 길게 끌었다. 집에 들어가야 했다. 이게 무슨 헛짓인가 했다. 하지만 몇 걸음 걷다 고개를 들어 앞을 보곤 저도 모르는 새 하, 짧은 숨으로 비웃었다.

그 여자였다.

그러면 그렇지. 여자는 한 손에 어젯밤에 현관 앞에 놓고 갔던 것과 똑같은 검은 비닐봉지를 들고 빌라 공동 현관 앞에 서서 강도를 바라보고 있었다. 강도는 천천히, 느릿느릿하게 여자를 향해 걸었다. 두 사람의 거리가 가까워질수록 여자의 손이 강도를 향해 움직였다. 어서 와 받으라는 듯 공중에 치켜 올려진 손에 검은 비닐봉지가 매달려 흔들렸다. 안에 든 것이 무언지는 확인하지 않아도 잘 알았다. 어젯밤의 그 장어다. 다른 놈일지라도, 그 장어였다. 강도는 여자의 손끝이 닿을 듯 가까운 거리에 섰다.

부스럭. 봉지가 움직였다. 산 장어가 그 안에서 몸부림을 치고 있었다. 강도는 물끄러미 여자의 얼굴을 들여다보았다. 여자는 강도가 장어를 받지 않자, 봉지를 쥐고 있던 손끝에 힘을 풀었다.

털썩. 소리와 함께 비닐이 풀어졌다. 한 대접만큼의 물이 쏟아지더니 그 안에서 장어가 기어 나왔다. 허연 배를 까뒤집으며 발광하는 장어를, 강도는 가만히 내려다보았다. 놈은 욕망하는 것을 향해 힘차게 몸부림치며 움직였다. 물과 삶. 하지만 봉지 안에 있던 물은 차가운 아스팔트에 스며들어 흔적만 남았다. 장어는 그래도 포기하지 않고 몸을 뒤틀었다. 조금씩, 조금씩 두 사람의 곁에서 멀어져 갔다.

여자의 얼굴에 작은 변화가 일었다. 강도는 그 미세한 허물어짐을 속속들이 들여다보았다. 강도의 얼굴 어느 한 구석도 놓치지 않겠다는 듯 부릅뜬 눈에 부연 눈물이 맺혔다가 서서히 사라져 가는 모습. 그건 지독한 긴장과 어설픈 각오가 뒤섞여 내비치는 자기 연민이었다. 강도는 며칠 전 여자를 만난 이후 처음으로 화를 내지 않았다.

강도의 곁을 떠난 장어가 아스팔트 위를 힘겹게 기어갔다. 곧 죽을 것처럼 애처롭게 펄떡이는 몸이 찻길 위에 구불구불 했다. 도로 위로 몇 대의 차가 지나갔지만 장어는 용케 깔리지 않고 살아 있었다.

물끄러미 장어를 보던 강도가 다시 여자를 보았다. 흔적처럼 나타났다 사라진 자기 연민 대신, 이제는 깊이를 알 수 없는 슬픔이 밀려 들어와 있었다. 정말이지 이상한 여자. 스스로를 불쌍히 여길 때는 그나마 배어 나오던 눈물이 숨 막히게 어지러운 슬픔을 머금고는 조금도 흘러나오지 않았다.

문득 궁금해졌다.

"내가 불쌍해?"

강도가 물었다. 여자의 새카만 눈동자가 조금씩, 강하게 흔들리기 시작했다. 툭 치면 눈물을 쏟아 낼 것 같은 눈이었다. 그럼에도 독하게 뜨고 서서 강도를 향해 입술을 달싹였다.

강도는 다시 한 번 물어보았다.

"아니면, 당신이 불쌍해?

대답은 없었다. 강도는 이번에도 등을 돌려 집 안으로 들어가 버렸다.

3

섬집 아기

 또 잠이 오지 않는다. 이리 눕고 저리 누워도 불편하기만 하다. 망막에 칼로 새겨 넣은 것처럼 사라지지 않는 여자의 얼굴 때문이다. 이제는 짜증조차 나지 않았다. 뒤척이다 보면, 그랬다. 홍수가 나서 물길이 아닌 길로 흙탕물이 넘쳐흐르듯 잡념이 범람하는 것이다. 그 여자가 진짜 내 엄마일까. 아닐까. 설마 진짜일까. 갈피를 잡지 못해 표류하듯 흙탕물 속을 흘러 다녔다.

 강도는 지금까지 살아오면서 불면증이라는 사치스러운 병은 그와 전혀 상관이 없다고 믿었다. 몸을 쓰고 나면 시체처럼 누워 잠들기 일쑤였던 인생. 누군가에게 폭력을 휘두르거나, 누군가가 자신에게 폭력을 휘두르면 그저 잠들어야 했다. 눈을 감고 생각을 버려야 편해질 수 있었다. 동정받아 마땅한 인생이라고 생각하면서도 자신에게조차 불쌍히 여겨지기 싫어 그냥, 살았다. 그냥 살아졌다.

이강도는 고아원을 나왔고, 그를 데려가려는 오지랖 넓은 가짜 부모 같은 건 없었으며, 열심히 일해 돈을 벌거나 열심히 공부해 성공한 삶을 사는 데는 조금의 관심도 없었다. 그는 아주 단순하게 살았다. 배가 고프면 먹었고, 밥이 모자라면 남의 것을 빼앗아 먹었다. 세상 가장 쉬운 일이 그것이었다.

그렇게 살다 보니 머리도 점점 굳어졌다. 생각이란 걸 굳이 할 필요가 없었다. 돈이 필요하면 훔치고, 사람을 대할 땐 주먹을 썼다. 소년원, 교도소 다니기를 두려워하지 않았다. 사채꾼 밑에서 일하는 삼류 양아치 인생이라 업신여겨도, 그걸 제 앞에서 티내는 사람은 없었다. 당연하다. 세상은 아직 법보다 주먹이 한참 앞서고 있으니까. 법은 멀고, 주먹은 가까웠다. 강도는 그 사실을 누구보다 잘 알았다.

습관처럼 채무자를 쫓고 때리고, 손가락을 자르거나 다리를 부러뜨리고, 가족의 친지까지 찾아다니며 돈을 빼앗다 보니 스스로를 불쌍하게 생각할 여유가 없었다. 세상에 불쌍한 새끼들이 얼마나 많은데. 손 없는 놈, 다리 없는 놈, 부모 자식 없는 놈, 물론 그중에서도 제일로 불쌍한 건 돈 없는 놈이었다.

그런데 그 여자가 이강도를 불쌍하게 여긴다.

이젠 아니라고 발뺌하지도 못하겠다. 먹물로 그려 넣은 것 같은 축축한 눈동자에 깃든 것이 죄책감이 아니라고도 못 하겠다. 정말로 그 여자가, 정말로 그 이상한 여자가.

하.

엄마. 두 글자 내뱉는 게 이렇게 어려운 일이었나.

말도 안 된다고 생각했다. 강도는 베개에 머리를 처박고 몇 번을 되새겼다. 말도 안 되는 일이다. 그 여자는 이강도의 엄마가 아니다. 그럴 수가 없었다. 어떻게 그럴 수가. 어떻게 자식을 버리고 달아난 그 뻔뻔한 낯짝으로⋯⋯.

벌떡. 베개에 얼굴을 문지르며 몸부림치던 강도가 몸을 일으켜 창가로 다가갔다. 망원경을 들고 창밖을 이리저리 둘러봤지만 여자의 모습은 보이지 않았다. 가로등 아래 서서 여윈 어깨를 움츠리고 한껏 고개를 치켜든 채 강도의 집 창문을 하염없이 바라보던 그 모습은, 보이지 않았다.

망원경 너머의 세상을 샅샅이 훑어보던 강도의 집요한 시선이 도로와 인도를, 그 너머를, 청계천과 그 너머에 있는 도시의 천박한 야경에 머물렀다. 지금까지 사는 동안 유독 이강도에게는 한 번도 따스한 일 없었던 세상. 서울은 칼날 위에 세워진 도시 같다. 그 위에서 미친놈처럼 널뛰다 보면 어느새 피 흘리는 나만 남아 있다.

강도는 망원경을 내려놓고 화장실로 들어갔다. 불을 켜자 차가운 타일 바닥 위에 죽어 있는 장어 한 마리가 보였다.

여자가 가고 난 뒤, 도로 위에 죽어 있는 걸 주워 오고 말았다. 강도는 주머니에서 핸드폰을 꺼내 들었다. 그리고 여자가 메모에 남겨 두고 간 번호로 전화를 걸었다.

뚜르르르.

뚜르르르.

신호가 갔다. 이제는 그것마저도 현실감이 없었다. 강도의 얼굴이 천천히 일그러졌다.

신호가 가다니. 있을 수 없는 일이었다.

이강도의 엄마는 이강도를 버렸다. 보잘 것 없을 제 삶에 갓난 아이 하나 얹어 놓을 힘이 없어서 저 혼자 달아났다. 그런데 이제 와서 전화번호를 남기고, 장어를 사다 주고, 내가 네 엄마다 미안하다 용서해라. 씨발.

…….

여자는 전화를 받고도 말이 없었다. 강도도 아무 말 하지 않았다. 신호를 끊어 내고 들려오는 여자의 가느다란 숨소리가 형체를 가진 무기가 되어 강도의 목을 찔렀다. 지금까지 여자를 향해 잘만 지껄이던 주둥이는 본드라도 칠해 붙인 양 꼼짝도 하지 않았다.

참을 수가 없었다.

강도는 전화를 끊어 버렸다.

*   *   *

 ─ 뭐? 법대로 해? 하, 이 새끼 봐라. 그래, 해! 법대로 해. 신고? 하려면 해 봐, 어디. 니 새끼가 목숨이 두 개는 되는 줄 아는 모양인데, 두 개가 아니라 아홉 개가 돼도 우린 상관없어. 우리가 이 좁아터진 땅덩어리 어딜 가도 너 하나쯤 못 찾아낼 거 같애?

 송강철은 출구가 없는 미로에 갇힌 기분이었다. 사채를 왜 덫이라 부르는지 이제야 알았다. 그냥 목 좋은 데 사무실 하나 마련해 놓고 덫만 잔뜩 뿌려 두면 멍청한 먹잇감들이 알아서 제 목 제가 갖다 바치니 얼마나 수지맞는 장사인가 싶었다.

 그리고 강철은 그 덫에 걸린 천치 같은 먹잇감이었다.

 처음엔 어르다가, 회유도 하는 듯하더니, 강철에게서 아무것도 뽑아낼 게 없다는 사실을 깨달은 뒤에는 본격적이 되었다.

 ─ 너는 걸린 돈이 많아서 손가락 한두 개 갖고는 어림도 없어, 새끼야. 장기라도 팔아야지 어쩔 거야. 우리도 먹고 살아야 하는데. 부디, 응? 건강 관리 잘해. 조만간 각막이랑 신장이랑 쪼개러 갈 테니까. 알았어?

 강철은 그제야 덜컥 겁이 났다. 쥐도 새도 모르게 끌려가 내장 다 꺼내 주고 죽을 수도 있다는 생각이 든 것이다. 놈들은 경찰이나 법 같은 건 안중에도 없었다.

 - 개들이 우리한테 받아 처먹은 돈이 얼만데. 그 새끼들 자식놈들은 다 우리가 먹여 살렸어, 알아? 금융 사기로 빵에 가도 몇 달 있다 나오면 그만이야. 그러면 니 새끼 돈 갚을 때까지 손가락 하나씩 자르고 발가락도 하나씩 자르다가, 신고하고 싶어지면 혓바닥도 자르고 장기 꺼내 팔고. 응?

달아날 곳이 없었다.

 - 그런데 이봐, 송강철이. 기댈 가족은 좀 있나? 자식 농사는 잘해 놨어?

"흐으으……."

낡은 수레바퀴 구르듯 처참한 울음소리가 흘러나왔다. 그는 의자에 앉은 채 앞뒤로 몸을 흔들며 울었다. 두르륵. 발치에 흩어져 있던 녹색 소주병이 공장 바닥을 굴렀다. 무너진 파이프 더미가 반, 빈 소주병이 반. 강철은 제 몸에서 나는 암모니아 냄새조차 깨닫지 못할 정도로 술에 절어 있었다.

그래. 죽자.

죽기로 결심한 건 다섯 달도 더 전이었다. 그때는 장 사장도 각막이나 신장까지 운운하지는 않았는데, 강철은 이미 그때부터 죽기로 결심하고 있었다. 단지 지난 다섯 달 동안 어딘가 작은 구멍이라도 하나 생겨서 제 몸 빠져나갈 수 있지 않을까 철없이 기대했을 뿐이었다. 구제할 길 없이 멍청한 생각이라는 건 처음 이강도가 공장에 찾아왔을 때 깨달았다.

 이강도. 이리 새끼처럼 살기 어린 눈동자에 사람다운 모양이라곤 하나도 없는 잔인한 남자. 그날 이강도는 강철의 멱살을 잡아 세우고 공장 바닥을 굴러다니던 소주병을 땄다. 그리고 입안에 들이부었다. 독한 소주가 코로 들어가고, 눈으로 들어갔다. 강철의 격렬한 반항은 이강도의 폭력 앞에 가랑잎 바스러지는 소리밖에 내지 못했다.

 강철은 깨달았다. 이강도는 프로였다. 이강도는 수확하는 사람이었다. 이삭 뿌리듯 골목마다 발라 놓은 사채 명함을 밟고, 무럭무럭 자란 빚을 수확하러 오는 놈이었다.

 – 도망치면 사돈에 팔촌까지 다 찾아내서 똑같이 해 줄 거야. 뭐, 그깟 돈 때문에 이런다고? 니 새끼 가족만 소중해? 니 거 소중한 줄 알면 남의 돈 소중한 줄도 알아야지. 난 가족 그딴 거 없어. 그러니까 포기해.

 강철은 끈질기게 그의 곁에 맴돌던 희망이란 출구를 닫아 버렸다.

 남들은 죽을 때 할 말이 많다던데, 막상 유서를 쓰기로 작정하고 종이를 펼치니 머릿속이 허여멀건 했다. 강철은 잔도 없이 병째로 소주를 마셨다. 꿀꺽, 한 모금을 넘길 때마다 한마디를 쓸 수 있었다. 그렇게 두 병을 비우고 나서야 간신히 한 장을 채울 수 있었다.

저를 닮아 초라하기 짝이 없는 유서였다.

그저 남겨진 가족에게 미안하다고 죄송하다고, 그게 다였다. 똑같은 말이 처음부터 끝까지 계속 이어졌다. 병신같이 다 죽게 생겼는데 마지막 인사까지 가관이었다.

죽는다는 건 생각만큼 어렵지 않았다. 처음엔 술 없이는 시도조차 할 수 없을 정도로 무서웠는데, 이제는 놈들 손에 뱃속 털리고 쥐도 새도 모르게 팔려 가느니 차라리 자살하는 편이 낫다 여겨졌다. 종이를 꺼낼 때만 해도 두려움에 덜덜 떨리던 손이 이제는 느긋하고 힘차게 움직였다.

차라리 지옥으로 가자.

"흐으…… 흐훗!"

웃음이 터졌다. 강철에겐 지금 이 세상이 지옥보다 더한 곳이었다. 서울 시내 어딜 가나 목청을 높여 자기네 종교를 선전하는 무리들이 말하길, 예수를 믿지 않으면 지옥에 간다 했다. 자살을 해도 지옥에 간다던가. 강철은 종교도 없고, 제 손으로 제 목숨 끊어내려 하니 반드시 지옥에 갈 것이었다.

그래도 괜찮았다. 최소한 그곳까지 사채꾼들이 쫓아오진 않을 테니까.

죽으면 편해질 것이다. 그를 짓누르다 못해 짓이기고 있는 죄책감도 사라질 것이고, 시계 초침이 움직일 때마다 푹푹 항문을 쑤시던 공포도 사라질 것이다. 무엇보다 돈이 없어도 된다는 사실이 좋았다. 저승 갈 노잣돈이야 누가 됐든 내 주둥이에 물려 주겠지. 아니, 어차피 지옥으로 끌려갈 텐데 노잣돈이 무슨 소용인가 싶었다.

백만금을 쥔 놈도, 땡전 한 푼 없는 놈도 죽어 자빠지면 똑같이 썩어 사라지는 고깃덩이가 된다는 사실이 마냥 좋았다.

강철은 다시 한 번 크게 다짐하고 시계를 보았다. 아직 이 강도가 나타나기엔 이른 시간이었지만 자칫 일이 틀어질 수 있으니 시간적 여유가 있을 때 움직여야 했다.

큰 숨을 들이쉰 강철이 한 움큼이나 되는 약을 집어 드는데, 전화벨이 울렸다. 안 받아도 그만이었지만 강철은 초연한 얼굴로 수화기를 들었다. 종로 번화가 쪽에서 장사를 하는 친구 놈이었다.

"어! 그래, 오랜만이다. 웬일이냐 전화를 다 주고? 안 바빠! 여기 곧 철거되잖아. 그렇지! 뭐, 주문이 없어. ……남은 건 빚밖에 없다! 뭐? 술 한잔?"

강철이 히죽 웃었다. 썩은 입 냄새와 함께 소주 냄새가 올라왔다.

"내일? 좋지! 어디서? ……그래! 내일 보자!"

히죽. 강철은 다시 한 번 웃었다. 그래, 내일 종로 3가로 나가서 술 한잔하고……. 잡히는 대로 약을 털어 넣었다. 쓴 약일 텐데 맛은 느껴지지 않았다. 강철은 마지막 소주를 한 병 땄다. 그리고 입안에 가득 들이부었다. 쓴 게 술인지 약인지 알 수가 없었다. 그렇게 또 한 주먹 약을 털어 넣고 술을 마셨다. 뱃속이 가득 찰 때까지. 허연 알약과 알싸할 소주가 제정신을 앗아갈 때까지.

푸른 작업복이 흘러내린 소주로 흠뻑 젖어 들어 갔다. 비틀거리기 시작한 강철이 작업대 위에 굴러다니던 스프레이 락카를 들어 올렸다.

치이익. 허공에 뿌리자 반짝반짝 쇳가루가 날아다녔다.

씨발 더러운 세상. 강철은 망설이지 않고 락카 주둥이를 제 입속에 처넣었다. 옛다 노잣돈이다. 받아라! 치이익. 치익. 입속에서 은색 락카가 쇳가루를 뿜었다.

"씨발."

강철의 공장 문을 열고 들어온 강도가 윗입술을 비틀었다. 문을 열자마자 보이는 공장 바닥에 강철이 잠을 자는 듯 누워 있었다. 그는 아직까지 락카 주둥이를 꽉 물고 있었다. 여기저기 흩어져 있는 소주병과 작업장을 가득 메운 락카 냄새, 카운터 선반 위엔 유서와 빈 약병이 놓여 있었다.

재빨리 공장 안으로 들어온 강도가 강철을 살폈다. 죽은 척하려거나 어설프게 죽으려 한 것이 아니라, 그는 확실하게 숨이 끊어져 있었다. 생각보다 강단 있는 놈이었다. 하지만 강도는 일이 꼬여 기분이 좋지 않았다. 죽어 자빠지려면 차라리 몸뚱이라도 잘게 잘라서 돈이나 갚고 갈 일이지. 강도는 신경질적으로 카운터 위에 있던 유서를 집어 들었다.

그건 강철이 그의 어머니에게 남긴 편지였다.

못난 아들 키워 주셔서 감사하다고, 이렇게 먼저 도망치듯 떠나 죄송하다는 말. 별로 길지도 않은 유서의 내용은 절반 이상이 죄송해요, 미안해요 투성이였다.

"씨발 새끼! 그렇게 미안하면 뒈지지 말던가!"

강도가 죽은 강철을 향해 버럭 소리를 지르더니 들고 있던 유서를 박박 찢어 버렸다. 그것만으로도 모자라 쭈그려 앉더니 강철의 멱살을 잡아 올리기까지 했다. 그리고 있는 힘껏 강철의 따귀를 때리기 시작했다.

"개새끼! 죽으면 끝이야?"

철썩. 죽은 놈도 맞으면 산 놈과 같은 소리를 낸다.

"어? 끝이야?"

철썩. 철썩. 강도는 강철의 시체를 때리고, 때리고, 또 때렸다.

"끝이냐고 씨발! 무책임한 새끼!"

그러다 문득 강철이 남긴 유서가 떠올랐다. 미안해요. 엄마. 엄마, 미안해. 강도의 눈에 살기가 맺혔다. 봉투째 조각조각 찢어 놓은 유서를 대충 이어 붙이자 주소가 나왔다.

"개새끼."

지 멋대로 죽어 버린 뒤에 미안해요? 지랄하고 있네. 강도는 잔뜩 흥분해서 중얼거렸다. 가려면 곱게 갈 일이지 늙은 엄마 혼자 남기고 도망치는 것도 모자라서, 빚까지 남겨? 개새끼. 무슨 짓을 해 놓고 뒈진 건지 똑똑히 보여 줄 테니까 저승에서 똑똑히 보라고, 어디 네놈 죽은 꼴 보고도 네놈 어미가 멀쩡할지 보라고. 핸드폰으로 죽은 강철의 얼굴을 찍으며, 그렇게 계속 중얼거렸다.

 누구를 향해, 무엇 때문에 화를 내고 있는지도 모른 채.

 종잇조각을 한 손에 움켜쥔 강도가 강철의 공장을 떠나 어딘가로 성큼성큼 걸어가기 시작했다.

 강도는 나이보다 훨씬 늙어 보이는 강철의 어미가 천천히 무릎을 꿇고 오열하는 모습을 지켜보았다. 으으어어. 목 안 성대, 가슴이 아니라 저 깊은 땅속 어딘가에서 지진을 몰고 올라온 것 같은 울음이었다. 늙은 어미는 강도의 핸드폰을 으스러뜨릴 듯 쥐고 흔들었다.

 문을 열자마자 들이민 핸드폰 화면엔 락카를 입에 물고 죽어 버린 강철의 얼굴이 선명하게 찍혀 있었다. 늙은 어미는 처음엔 이게 무슨 일인가 싶어 늘어진 눈가를 실룩거리다가, 강도를 한 번 보고, 그제야 핸드폰 화면에 얼굴을 가져갔다.

 입 주위, 얼굴 할 것 없이 은색 락카로 범벅이 된 채 시커멓게 죽어 있는 아들의 모습. 늙은 어미가 비명을 질렀다.

 "……강철아? 우리…… 강철이, 강철이 맞지!"

몰라서 물어? 아들 얼굴 몰라? 강도는 비틀린 입술 새로 튀어나오려던 조롱을 집어삼켰다.

늙은 어미가 무너지고 있었다. 무릎부터 땅에 닿은 낡은 몸이 바닥에 엎드려 어찌할 줄 모르고 흔들렸다. 꺽꺽 숨넘어가는 소리와 함께 우르릉 울음이 울었다. 강도는 그의 온몸을 때리는 늙은 어미의 울음소리에 고막이 얼얼해졌다.

저 눈물은 폭력이다.

그것이 알량한 자기 연민이거나, 상대로부터 값싼 이로움을 얻어 내기 위한 거짓이거나, 혹은 습관처럼 굳어 버린 우울이라도 폭력은 폭력이었다.

강도는 늙은 어미가 흘린 눈물에서 불현듯 그 여자의 검은 눈을 떠올리고 말았다. 빌어먹을. 또 시작이다. 세뇌, 최면, 속임수, 도대체 무엇이냐. 왜 시시때때로 쩍쩍 금이 가 곧 부서질 것 같은 여자의 얼굴이 떠오르는가.

신경질이 난 강도가 신발을 신은 채로 집 안으로 걸어 들어왔다. 그는 발길에 채는 조잡한 살림살이를 닥치는 대로 걷어차고 다녔다.

"씨발! 돈 되는 게 하나도 없네!"

방 두 개, 그보다 작은 거실이 하나. 집 안엔 그 흔한 베란다조차 없어, 작은 토끼장마저 집 안에 들어와 있었다. 강도는 거실 서랍장을 하나씩 빼 뒤집어엎더니 큰 소리가 나도록 장식장을 걷어찼다.

콰장창, 깨진 유리가 쏟아져 내렸다. 한참을 울다가 어딘가로 전화를 걸려던 늙은 어미가 화들짝 놀라 강도를 쳐다보았다. 강도는 늙은 어미의 손에서 전화기를 빼앗아 멀리 던진 뒤에 으르렁거리며 물었다.

 "뭐 저금통장 같은 거 없어?"

 늙은 어미는 허공에 붕 뜬 두 손을 오들오들 떨기만 할 뿐, 강도가 원하는 걸 내주지 않았다. 한참을 노려보자 다시 짐승처럼 흉한 울음이 비어져 나왔다. 늙은 어미는 알아들을 수 없는 말을 웅얼거리며 또 울었다. 내 새끼. 불쌍한 내 새끼.

 덜컹덜컹. 토끼가 발을 굴렀다. 엎드린 늙은 어미에게서 시선을 거둔 강도가 엉덩이를 내밀고 실룩거리는 토끼를 바라보았다.

 작은 토끼장, 보잘것없는 세간살이, 죽은 아들, 늙은 어미, 그리고 뒤룩뒤룩 살이 오른 토끼 새끼 한 마리.

 집으로 돌아오는 강도의 손엔 축 늘어진 토끼 귀가 붙들려 있었다.

 * * *

 이강도는 이십구 년 평생을 막 살았지만 딱 하나 즐기지 않는 비행이 있었는데, 그게 바로 술이었다. 이가 누렇게 되도록 담배를 피우거나, 잠깐 어울리던 사내들의 도박판에 끼어 보기도 하고, 그들이 관리하는 사창가에서 사흘 밤낮 동안 멀미가 날 때까지 몸을 흔들어도 봤지만 마시면 신선이 된다는 그 독한 음료는 별나게도 그와 맞질 않았다.

몸도 싫어하고 그도 싫어하니 절로 손을 대지 않게 되었다. 몇 번인가 얼떨결에 들이부었다가 함께 마시던 남자 하나를 광대뼈가 내려앉을 때까지 두드려 패기도 했다. 술에 취해 생기는 증상들 중, 강도가 가장 짜증 내는 것은 토기였다. 뭔가를 토해 내지 않으면 죽을 것 같은 그 느낌. 식도를 타고 염산이 흘러나오는 것 같기도 하고, 구역질을 하다 보면 토사물이 아니라 뱃속 오장육부가 다 쓸려 나오는 더러운 기분.

아무튼 그는 술이 싫었다.

때문에 마실 수밖에 없었다.

여자를 떠올리니 십이지장이 턱 막힌 듯 쓰린 구역질이 올라왔다. 강도는 소주 한 병을 다 비우고도 모자라 다시 한 병을 집어 들었다. 술로 내려보내면, 술과 함께 토할 수 있을 것 같았다. 그게 여자를 향한 분노든, 증오든 무엇이든 괜찮았다. 그는 토하고 싶었다. 쓰린 십이지장까지 다.

그런데 아까부터 자꾸만 조용한 핸드폰에 눈길이 갔다. 올 전화가 있는 것도 아니고, 할 전화가 있는 것도 아닌데 자꾸만 손가락이 움찔움찔 방정을 떨었다.

하아.

술이 한숨으로 나왔다. 마신 걸 다 끄집어내려면 얼마나 내쉬어야 하는지 모를 지경이다.

강도는 결국, 핸드폰을 집어 들었다.

여자의 번호는 언제 저장해 둔 건지 연락처를 찾는 손에 거침이 없었다. 강도는 순식간에 통화 버튼을 누르고 전화기를 귓가에 가져다 댔다. 뚜르르르. 신호음이 낯설었다. 어딜 걸어도 다 비슷한 소리일 텐데 낯설고 무서웠다. 강도는 입을 벌리고 그 사이로 실낱같은 숨을 간신히 내뱉으며 여자가 전화를 받기만을 기다렸다. 그리고 이내 딸각 소리와 함께 마찬가지로 가느다란 여자의 숨소리가 들렸다.

서로 말이 없었다.

강도는 한참을 씩씩거리며 콧김만 내뿜었다. 그러다 남은 소주를 병째로 들이마신 뒤, 뭉개진 목소리로 물었다.

"당신이 진짜 날 버린 엄마야? 그래?"

여자는 대답하지 않았다.

"왜 말이 없어. 니가 내 엄마라며. 왜, 엄마로 받아 줄까? 말해 봐!"

빈정거리다 보니 또 화가 났다. 강도는 소주병을 내려놓고 두 손으로 전화기를 잡았다.

"개 같은 년! 엄마 없이 이십구 년을 산 사람 데리고 장난치고 있어! 미친년! 다시 내 눈에 보이면 갈가리 찢어 죽일 거야! 알아들어? 씨발년! 사람 흔들어 놓고⋯⋯ 뭐? 용서? 좆같은 소리 하지 마. 니가 우리 엄마건 아니건⋯⋯ 절대 용서 같은 거 못 해! 알아? 니가 우리 엄마여도 죽일 거고, 우리 엄마가 아니래도 죽일 거야!"

막무가내로 짖다 보니 어느새 전화가 끊어져 있었다. 강도는 머리끝까지 화가 치솟아 전화기를 집어 던지고 다시 술병을 들었다. 반 정도 남아 있던 소주가 한 번에 비워졌다.

아무리 술을 마시고 화를 내도 여자의 얼굴이 눈앞에서 떠나가질 않았다. 눈물을 흘리며 용서해 달라고 비는 모습을 수십 번 되새김질했다. 강도는 다시 핸드폰을 들고 여자에게 전화를 걸었다.

여자는 이번에도 곧바로 전화를 받았다.

"말해 줘."

강도가 중얼거렸다.

"진짜 당신이 날 버리고 도망간 엄마 맞아?"

강도는 그의 생모에 대해 아는 게 없었다. 어린 시절의 기억은 하나도 남아 있지 않았고, 이강도는 태어나자마자 버려졌다던 시설의 수많은 아이들 중 하나였을 뿐이니까.

"맞냐고!"

계속되는 침묵이 답답해 몇 번이나 되물었지만 여자는 가타부타 말이 없었다. 강도는 전화를 끊을까 하다가 핸드폰 기계의 작은 구멍을 타고 가냘프게 들려오는 노랫소리에 화들짝 놀라 몸을 일으켰다. 좀 더 가까이 귀를 가져다 대니, 여자가 작게 흐느끼며 자장가를 부르고 있었다.

 엄마가 섬 그늘에 굴 따러 가면 아기가 혼자 남아…….

 술에 취해 벌겋게 달아오른 강도의 눈에 눈물이 흘러내렸다. 으흐으, 속없는 울먹임이 자꾸만 입 밖으로 튀어나오려고 했다. 강도는 힘을 줘 입을 다물고 온 신경을 집중해서 여자의 자장가를 들었다. 그러다 문득 느껴지는 위화감에 고개를 들었다.

 집을 보다가 바다가 들려주는 자장노래에…….

 강도는 전화기를 든 채 일어나 현관으로 다가갔다. 노랫소리가 가까워졌다. 천천히 문을 열어 보니, 여자가 두 손으로 전화기를 꼭 쥔 채 강도의 집 앞에 쪼그리고 앉아 자장가를 부르고 있었다.

 두 사람의 눈이 마주쳤다. 여자의 눈에서도 눈물이 흘렀다.

 팔 베고 스르르르 잠이 듭니다…….

 강도의 얼굴은 잔뜩 일그러져 눈물이 범벅이었다. 순간 두 사람 사이에 있던 뭔가가 변했다는 것은 여자도, 강도도 어렴풋이 알았다. 돌아서 집 안으로 들어가면서, 강도가 문을 반쯤 열어 놓았다. 쪼그리고 앉아 있던 여자가 천천히 무릎을 펴고 일어나더니 강도의 집 안으로 조심스레 들어왔다.

"내 엄마라는 증거를 대 봐."

강도가 말했다. 여자의 시선은 벽에 꽂힌 사진을 향하고 있었다.

"엄마라는 증거를 대라고!"

몇 번이나 힘겹게 달싹거리던 여자의 입술이 열렸다. 울음과 함께 쏟아진 말이 지독하게 아팠다.

"미안하다! 미안해. 그때 내가 너무 어려서…… 도저히 널 키울 자신이 없어서, 너무 무서워서 도망쳤어. 용서해 줘, 강도야. 제발……."

"거짓말! 넌 누구야! 왜 지금 나한테 나타나서 이래? 원하는 게 뭐야!"

"원하는 거, 그런 거 없어. 강도야."

강도는 믿을 수 없었다. 그는 반쯤 정신이 나가, 무조건 여자를 가만두지 않겠다는 생각만 하고 있었다. 쿵쾅거리며 칼을 들고 화장실로 들어가서는 아픈 줄도 모르고 제 허벅지 살을 새끼손가락만큼 떼어냈다. 피가 줄줄 흘렀지만 너무 취해서 통증이 느껴지지 않았다. 강도는 시뻘겋게 피가 배어나오는 허벅지 살을 여자에게 내밀었다.

"엄마라면 먹어!"

그게 뭔지 몰라 시키는 대로 덥석 입에 물었던 여자가 뒤늦게 강도의 바지에서 피가 배어 나온다는 사실을 알고 격렬하게 헛구역질을 하기 시작했다. 그 모습을 보니 묘한 쾌감이 들었다. 엄마 없는 새끼로 자라면서 그가 겪어야 했던 수많은 고통을, 여자에게도 똑같이 느끼게 해 줘야 한다는 생각뿐이었다.

뱉어 낼 줄 알았는데, 여자는 독하게도 눈물을 줄줄 흘리면서 강도의 허벅지 살을 씹어 삼켰다. 입가에 묻은 피를 닦으며 또다시 처량한 얼굴로 그를 바라봤다.

"불쌍한 우리 강도……."

강도가 칼을 집어 던졌다.

그를 안아 주려고 팔을 벌리는 여자의 머리채를 잡고 거실 구석에 집어 던졌다. 몸이 작은 여자는 마른 낙엽처럼 힘없이 쓰러졌다. 강도는 신음을 흘리는 여자에게 다가가 그 앞에 다리를 벌리고 눕게 만들었다. 여자가 놀라 반항했지만 강도의 힘을 물리칠 수 없었다. 흐느끼는 여자의 붉은 치마 속으로 들어간 손이 허벅지 깊숙한 곳을 더듬었다. 여자가 아랫도리를 덜덜 떨었다.

"말해 봐."

강도가 비죽 짐승 같은 웃음을 흘려냈다.

"내가 여기서 나왔다고? 분명해? 내가 여기서 나왔어?"

그 웃음은 울음을 닮아 있었다.

여자는 몸을 떠는 와중에도 꿋꿋하게 고개를 끄덕였다. 새카만 눈동자에 시커먼 물기가 출렁거렸다. 강도는 여자의 다리를 더 벌리고, 그 사이에 그의 아랫도리를 집어넣었다. 죽일 듯 노려보며 물었다.

"그럼 다시 들어가도 돼?"

"안 돼…… 강도!"

"가만히 있어! 다시 들어간다고!"

여자가 정말로 온몸을 벌벌 떨었다. 작은 손으로 강도의 팔을 잡고 부질없이 밀어내고, 또 밀어냈다. 강도는 입술을 비틀며 더욱 아래로 몸을 밀어붙였다. 그가 한 손으로 바지를 내리자, 여자가 기절할 듯 허리를 팔딱거렸다.

"엄마가 아니라면 그만둘게. 말해 봐. 너 내 엄마가 아니지?"

그 순간, 미약한 힘이나마 부지런히 반항하던 여자의 움직임이 거짓말처럼 멈췄다. 바닥을 긁던 다리도, 강도의 팔을 밀어내던 손에서도 힘이 빠져나갔다. 여자는 지독하게 슬픈 말을 들은 사람처럼 넋이 나간 얼굴로 강도를 바라보았다.

"뭐야……. 왜 그런 눈으로 봐?"

강도가 다시 삽입을 시도했다. 여자의 속옷을 잡아 내리는 그의 손은 거칠고 서툴기 짝이 없었다. 하지만 저도 모르는 새 얼굴을 가득 적시고도 남을 만큼 많은 눈물이 흘러, 여자의 얼굴 위로 뚝뚝 떨어졌다.

동시에 여자가 짐승처럼 울부짖기 시작했다.

"으아아아! 으흐-흐어어! 으어헝! 어-엉 어어어…… 허어어!"

섬집 아기

여자의 울음소리는 지진 같았다. 젖은 하늘 천둥 같기도 했다.

 강도의 세계를 이루고 있던 많은 것들이 여자의 울음에 무너져 내렸다. 지진이 일어나 땅이 갈라지고 건물이 무너지는 것처럼, 강도는 속절없이 그 거대한 감정에 휩쓸렸다. 여자가 옆으로 웅크려 눕더니 비참한 몸으로 바닥을 긁었다. 울음은 쉬이 그치질 않았다. 강도는 무릎을 꿇고 서서, 여자가 제 삶을 파괴하는 소리를 똑똑히 들었다.

4

낯선 엄마

 하늘이 무너져라 울던 여자는 잠든 듯 기척이 없었다. 강도는 달아났던 방에서 숨죽인 걸음으로 다가와 몸을 웅크렸다. 여자는 몸을 돌린 채 어깨를 접고 잠들어 있었다. 아릿하고 시린 달빛에 감싸인 여자의 뒷모습이 너무 멀었다. 새액. 새액. 좁은 어깨를 잡아채려 조급하게 손을 내밀었던 강도가 지레 놀라 얼른 주먹을 말아 쥐고 물러섰다.
 괜찮다. 여자는 강도의 집을 떠나지 않았다.
 강도는 여자의 몸에 제일 두꺼운 이불을 덮어 주고 방으로 돌아갔다.

누군가 조심스레 움직이는 소리에 잠이 깼다. 강도는 이 낯설음이 누구로부터 오는 것인지 조금의 시간을 할애한 뒤에야 여자가 아직 제 집 안에 있음을 깨달았다. 무엇을 하는지는 몰랐다. 강도는 뻑뻑하고 따가운 눈을 거칠게 문지르며 몸을 굴렸다. 여자가 거실에서 화장실로 걸음을 옮겼다.

 여자가 나타난 뒤 습관처럼 그를 찾던 불면증이 지난밤엔 극에 달했다. 생경한 두근거림이 지배하는 밤. 제 심장이 아닌 듯 삐거덕거리기를 한참, 급기야는 시린 추위에도 식은땀이 차올라 온몸이 땀투성이가 되었더랬다.

 이해할 수 없는 일이었다.

 이강도의 인생은 언제나 메마름과 추위, 폭력과 경멸로 가득 채워져 있었다. 제 집에서 잠든 여자라니 있을 수도 없는 일이었다. 심지어 그 여자가 제 엄마라 우기고 있는데.

 엄마.

 어쩐지 전보다 쉽게 입이 움직여졌다. 아직까지 소리가 되어 나오지는 않았지만 적어도 마음속으로 그 이름을 부르는 것 자체에 혐오감이 들지는 않았다. 강도는 눈을 찌르는 햇살을 피해 이불 속으로 고개를 처박았다. 그리고 오직 입 모양과 더운 숨으로만 한 번 더 그 이름을 불러 보았다. 엄마.

 "……아."

 저도 모르게 밀려나듯 터진 소리에 강도의 몸이 움찔 떨렸다. 하도 오랫동안 입을 벌리고 뻐끔거렸더니 묽은 침이 흘러나와 턱을 타고 베개 위로 흘러내렸다. 이 씨발. 그는 잇새를 한 번 악다물고는 다시 잠에 들려는 듯 몸을 뒤척였다. 하지만 당연하게도 잠이 오질 않았다.

여자가 들어간 화장실에서 물소리가 났다. 덜그럭거리는 소리, 슬리퍼를 질질 끌어 움직이는 소리도 들렸다. 강도는 이불 속에 처박았던 고개를 슬쩍 빼내고 여자의 인기척에 귀를 기울였다.

왜 안 가고 있지?

강도는 지난밤 제가 무슨 패악을 부렸는지 알았다. 술을 먹고 없앨 만한 기억도 아니었다. 도망치고 싶었지만 그렇게 안 됐다. 허벅지 바깥쪽이 쓰리고 아팠다.

한참을 누워 뒤척이던 강도의 몸을 일으킨 것은 여자가 아니었다. 강도는 머리맡에 던지듯 팽개쳤던 핸드폰에서 익숙한 수신음이 들리자, 한 손을 뻗어 폴더를 열었다. 장 사장이었다. 언제나와 같이 채무자의 이름과 액수, 주소가 적혀 있었다.

일하러 가야 한다.

강도는 침대에서 벌떡 일어났다.

그런데 막상 몸을 일으켜 방 안을 보니, 여기저기 이상한 점이 눈에 띄었다. 잠이 부족해 붉게 핏발 선 강도의 눈이 주위를 한차례 훑었다.

집이 깨끗했다. 바닥을 굴러다니던 소주병도, 버석거리던 모래 먼지도, 오래된 신발 자국도 없었다. 아무 데나 던져 놓았던 빨래가 하나도 보이지 않았다. 몽정을 하고 난 다음 날이면 습관처럼 벗어 방구석에 집어 던졌던 늘어난 트렁크 팬티도 없었다.

여자가 청소를 한 것이다. 강도가 선잠에 빠진 사이, 부산스럽게 움직이며 여자가 한 짓은 강도의 집을 청소하는 것이었다. 야무지게 쓸고 닦은 흔적이 여기저기 드러나 있었다. 강도가 자고 있던 침대 위를 제외하고는 모든 곳이 깨끗했다.

그러고 보니 세탁기 돌아가는 소리가 들리는 것도 같았다.

따가운 눈을 찡그리며 자리에서 일어난 강도가 방문을 열고 거실로 나갔다. 밖으로 나오니 더욱 가관이었다. 강도는 제가 뭘 잘못 본 것은 아닌가 싶어 따갑지 않은 쪽의 눈까지마저 찡그렸다.

여자가 제 집 부엌에서 밥을 하고 있었다.

구수한 습기가 맴돈다 했더니 밥 짓는 냄새였다. 싱크대를 잔뜩 메우고 있던 그릇도 모두 깨끗하게 씻겨 개수대 위에 차곡차곡 포개어져 있었다. 작은 도마 위에서 장어를 손질하던 여자가 휙 고개를 돌려 강도를 바라보았다.

오늘은 이강도의 짧지 않은 인생을 통틀어 가장 낯선 아침에 속했다. 하지만 그중 가장 낯설었던 것은-.

여자의 웃는 얼굴이었다.

 미친년. 저건 미친 여자가 분명하다. 강도는 제 눈 각막에 칼로 새긴 것처럼 선명하던 여자의 우는 얼굴이 힘없이 흩어지는 환상을 보았다. 물기 어린 검은 눈이 반쯤 가늘어지며 올록볼록한 주름을 만들었다. 나이에 비해 어린 얼굴이라 어미가 아니라 나이 차이 많이 나는 누이 같았던 그녀였다. 헌데 웃으니 그제야 어미 같았다. 볼에 패는 입가 주름도, 눈가에 내려앉은 부드러운 주름도 모두 낯설고 이상했다.

 웃어? 지금 여기서? 내 앞에서? 강도는 거실 한가운데 우뚝 서서 여자를 한동안 노려보았다. 그가 한 손으로 찍어 눌렀던 작고 둥근 어깨와, 잔뜩 헝클어져 흩날리던 머리, 부들부들 떨리던 다리, 그리고 오열하던 눈동자. 무엇 하나 거짓이 아닐진대, 여자는 웃었다. 그를 보며 활짝 웃었다.

 "일어났어?"

 여자가 말을 건다. 허벅지 상처가 욱신거리며 통증을 호소해 왔다.

 "씻어. 밥 차릴게."

 미친년. 강도는 결국 그 한 마디를 코로 내뱉고 말았다. 목 언저리에 걸려서 토해지지 않던 말이 한숨과 함께 코로 흘러나왔다. 그는 차갑게 걸음을 옮겨 여자를 지나쳤다. 그리고 화장실로 들어가 버렸다.

 세수를 하고, 양치를 하면서도 강도의 기분은 쭉정이처럼 들쑥날쑥했다. 지난밤 쏟아부었던 술의 영향인지 자꾸만 뭉글뭉글한 토기가 치솟아 견디기 힘들었다. 찬물로 얼굴을 헹궈도 머리가 식지 않았다.

그러다 굳게 닫아 놓은 화장실 문틈으로 밥 짓는 냄새와 장어 굽는 냄새가 흘러 들어와 기막힌 타이밍에 꼬르륵, 뱃속이 울리고 나서야 강도는 인정했다.

어쩌면 저 여자는 진짜 그의 어미일지도 모른다.

그가 기억하지 못할 까마득한 어린 날에 그를 버리고 달아난 비정한 어미.

그렇게 생각하자마자 참을 수 없는 허기가 밀려왔다. 강도는 주려 움츠린 배를 흘깃 내려다보았다. 그리고 수건으로 대충 얼굴을 문질러 닦은 뒤, 화장실을 나섰다.

여자가 다시 웃는 얼굴로 강도를 돌아보았다. 밥상을 차리면서도 온 신경을 강도에게 쏟아붓고 있었다는 사실을 알 수 있을 정도로 신속한 반응이었다. 그리고 그 재빠른 속도 덕분에 강도는 몰라도 되었을 사실을 하나 알게 되었다.

여자는 아주 간신히 웃고 있었다.

입안에 뭉쳐 있던 미친년, 소리가 다시 코로 빠져나갔다. 그래. 그럼 그렇지. 저도 사람인데 그 지경을 당하고도 진심으로 웃을 수 있을 리가 없겠다. 하지만 그렇게 생각하는 것과 동시에 강도의 기분은 더 이상 나빠질 수 없을 정도로 바닥을 때렸다. 여자가 자신을 향해 억지로 웃고 있다 생각하니 울화가 치밀었다. 허기지던 뱃가죽도 가스를 채운 듯 더 부룩하고 편치 못했다. 그건 죄책감이었다.

강도는 제 어미일지도 모를 여자에게 질 나쁜 폭력을 휘둘렀다는 사실에 가슴이 묵직해졌다. 그리고 그러는 자신에게 다시 한 번 당황했다.

이강도는 본래 죄책감을 느끼지 못하는 인간이었으므로.

"뭐 해? 먹어."

여자가 작은 입을 달싹이며 말했다. 차려 놓은 밥상 위엔 갓 지은 흰쌀밥과 석쇠에 구운 장어 한 마리, 그리고 언제 사다 놓았는지 알 수 없는 찬거리가 올라와 있었다.

우두커니 서서 여자를 노려보던 강도가 욱신거리는 다리를 움직였다. 성큼성큼 걸어 벽에 꽂힌 칼을 뽑아내곤, 한 손에 외투와 핸드폰을 든 채 현관문을 열었다.

여자는 말이 없었다.

강도가 큰 소리를 내며 문을 닫고 밖으로 빠져나가자, 여자는 몇 번이나 눈을 깜박거리다가 식탁 의자에 무너지듯 앉았다. 그리고 제가 차린 밥상을 물끄러미 바라보다 강도를 위해 가지런하게 올려놓았던 수저를 들었다. 그리고 꾸역꾸역 밥을 먹기 시작했다.

강도는, 현관문 틈새로 그 모습을 훔쳐보고 있었다.

나가자마자 다시 등을 돌려서 현관문을 살짝 연 그는 여자가 제 밥을 한껏 입에 물고 우물거리자 그 자리에 못 박힌 듯

낯선 엄마 | 137

서서 움직이지 못했다. 뭔가 이상했다. 여자와 그가 한 공간을 사용하고, 여자가 제 밥을 먹고, 여자가 있는 집을 나선다는 사실이 이상하고 껄끄러웠다. 잠이 부족해 따끔거리던 눈이 이제는 맵고 아렸다.

그때 강도의 강렬한 시선을 느꼈던지 여자가 고개를 들었다.

시선이 마주치자 온갖 말도 안 되는 생각들이 강도의 머릿속을 헤집고 다녔다. 강도는 허기가 몰려왔다가 자꾸만 사라지는 기이한 경험을 하고 있었다. 이제는 허벅지의 상처를 치료해야 한다는 생각도 뒷전이었다. 여자의 검은 눈이 그를 향해 물기를 머금고 깜박였다.

견디다 못한 강도가 현관문을 닫고 걸음을 옮겼다. 하지만 빌라 계단을 내려가 도로가에 서자마자 다시 고개를 들어 올렸다. 그의 집 창문가에 여자가 작은 어깨를 내밀고 아래를 내려다보고 있었다.

두 사람은 또 그렇게 한참 동안 서로를 바라보았다.

기분이 이상했다.

여자는 아무 말도 하지 않았지만 강도는 들었다고 생각했다. 그를 향해 속삭이는, 다녀와.

아무래도 미친 여자를 만나, 저 또한 미쳐 가고 있는 것 같다고 그는 생각했다.

*　　　*　　　*

 허공을 가로지르다 끊겨 있는 공중 데크를 따라 몇 걸음을 옮기던 강도가 고개를 들고 주위를 둘러보았다. 맞게 찾아온 것 같은데, 이 비슷비슷한 상가 골목은 늘 그를 헷갈리게 만들었다. 건물 위로 보행자가 오갈 수 있도록 설계된 이 공중 도로는 이제 부서진 시멘트 덩이에 불과했다.
 그렇게 몇 번을 더 두리번거리다 돌돌거리며 기계 돌아가는 소리가 새어 나오는 공장 입구를 발견했다. 상가 3층에 입주해 있는 조명 가게였다.
 문은 반쯤 열려 있었다. 보통 강도가 찾아가는 날이면 두려움에 문을 꼭꼭 닫고 셔터까지 내린 채 숨어 있는 것이 일반적이었기에, 강도는 희한하다고 생각하며 문을 열고 안으로 들어갔다.
 그리고 그 안에서 눈가에 눈물을 그렁그렁하게 매달고 전화를 받고 있는 이번 채무자를 발견했다.
 "자기! 나야…… 병원에서 뭐래?"
 그는 한 손으로 기계를 멈추고, 한 손으로는 전화를 받고 있었다. 숨길 수 없는 기쁨에 들뜬 얼굴이 익숙하다. 가만히 생각하다 보니 사십이 넘은 나이에 늦장가를 가게 됐다던 채무자의 얼굴과 일치한다는 걸 알게 되었다.
 "아……."

전화를 받던 남자가 남은 한 손으로 거칠게 제 얼굴을 훑었다. 붉게 충혈된 눈동자가 이리저리 흔들렸다. 채 갈무리하지 못한 웃음이 흘러나오고 있었다.

 "나도 다음 달에…… 아버지가 되네."

 공장 안으로 들어서던 강도의 걸음이 멈췄다. 그는 환희에 차 전화기를 잡은 손을 바들바들 떨고 있는 남자를 물끄러미 바라보았다.

 "초음파 사진 봤어? 누구 닮았어? 안 돼! 자기 닮아야 돼. 나 닮으면 내 팔자 닮는단 말이야! 다시 자세히 봐 봐."

 그렇게 산부인과에 간 아내와 통화를 하던 남자가 강도의 인기척을 느끼고 고개를 틀었다. 그는 공장 입구에 저승사자처럼 서 있는 강도를 보고도 놀라거나 두려워하지 않았다. 오히려 가벼운 눈인사까지 건네고는 전화기 너머의 아내에게 말했다.

 "그래. 나도…… 사랑해. 조심해. 잘 들어가. 응. 지금 손님 왔어. ……이따 다시 전화할게."

 강도는 무슨 심정인지 차마 공장 안으로 발을 내딛지 못하고 멀뚱히 입구에 서 있었다. 굳게 다문 입술이 비틀리다가 다시 제자리를 찾았다.

 남자가 테이블 위에 얌전하게 전화기를 내려놓았다. 그리고 후우, 길게 한숨을 쉬더니 번쩍 고개를 들어 올렸다. 쾌활한, 그리고 처절한 남자의 미소가 일그러지기 직전의 모양을 하고 강도를 향했다.

"나…… 돈을 좀 더 빌릴 수 있을까?"

강도의 눈썹이 미미하게 찌푸려졌다. 남자는 허탈하게 웃었다.

"한 삼천만 더 빌려 줘. 난 병신 돼도 좋아!"

말도 안 되는 소리. 굳게 다물렸던 강도의 입매가 기어이 비틀렸다. 입구에 붙인 듯 떨어지지 않던 다리도 움직였다. 남자의 앞으로 뚜벅뚜벅 걸어온 강도가 묵직한 목소리를 흘려 물었다.

"왜 돈을 빌렸나?"

사실 강도는 그가 왜 장 사장에게 머리를 조아리며 돈을 빌려갔는지 잘 알고 있었다.

다 늦은 나이에 간신히 하게 된 결혼이건만, 그는 가진 게 별로 없었다. 남자는 가족이라곤 하나도 없는 혈혈단신인데, 나이 차이가 많이 나는 아내에게는 가족이 많았다. 남자는 아내를 떠안듯 데려오고 싶지 않았다. 가진 게 없어 결혼식도 없이 집을 나온 아내에게 미안해 미칠 것만 같았다. 그래서 그랬다.

왜 돈을 빌렸나. 남자는 강도가 그런 질문을 던질 줄은 몰랐는지 잠시 당황하더니 핫, 웃으며 입을 열었다.

"애가 생겨서……."

결혼하기 전에 들어선 아이. 남자는 죄를 지은 기분이었다. 부양할 능력도 없으면서 애부터 싸질렀다고, 그에게 발길질을 퍼붓던 아내의 가족들을 기억했다.

"다음 달에 낳는데, 아이한테는 부족한 거 없이 다 해 주고 싶어. 미안하잖아! 나 때문에 세상에 나왔는데…… 책임을 져야지!"

이해할 것 같으면서도 이해할 수 없는 말이었다. 강도는 조명 공장에 들어설 때부터 자신을 무겁게 짓누르기도 하고, 가볍게 들어 올리기도 하던 갖가지 생각을 싹 접었다. 지금은 감상 따위에 젖어 있을 때가 아니었다.

남자의 얼굴을 물끄러미 바라보던 강도가 기계 앞에 서서 남자의 손을 바이스에 넣고 레버를 돌리기 시작했다. 손가락을 차갑게 내리누르는 바이스의 감촉을 느낀 남자의 얼굴에 서늘한 공포가 스쳐 지나갔다. 드르르륵. 강도가 천천히 레버를 돌려 손가락을 찍어 누를 때마다 고통이 가중되었다. 남자는 간신히 이를 악물고 아픔을 참아 내는 듯 보였다. 그러더니 강도를 향해 불쑥 말을 걸었다.

"아이를 생각하면 이 정도는…… 그동안 이 기계로 먹고 살았는데, 이제 내가 희생할 차례지. 난 준비됐어!"

강도가 레버를 돌리던 손을 멈추고 남자를 바라보았다.

"왜…… 왜 그래?"

그가 의아해하는 얼굴로 물었다.

처음이었다.

자식을 위해 기꺼이 병신이 되겠다고 멀쩡한 손 내미는 아비라니. 악을 쓰고, 도망가고, 원망하는 자들은 셀 수 없이 많았지만 웃으며 손을 내미는 남자는 처음이었다.

 아내와 통화하며 눈물을 글썽이던 남자의 행복해하는 얼굴이 초연하게 서서 눈을 감고 있는 지금의 얼굴에 겹쳐 보였다. 그리고 그 위에, 오늘 아침 강도를 위해 밥을 짓던 여자의 뒤통수와 벽에 붙은 채 너덜너덜해진 사진 속의 여자가 또 겹쳐졌다.

 강도는 제가 무슨 말을 하는지도 모른 채 중얼거렸다.

 "부럽다."

 "뭐가?"

 "아이를 생각하는 마음이……."

 남자의 얼굴이 기울었다.

 "부모는 다 똑같은 거 아닌가? 당신 부모도 그랬을 거야."

 강도가 입을 다물었다. 여자가 차린 밥상이 떠오르고, 혼자 앉아 꾸역꾸역 밥을 떠먹던 여자의 얼굴도 떠올랐다. 결정적으로, 언제나 강도가 서서 내다보던 창가에 여자가 몸을 쭉 빼고 그를 배웅하던 모습이 떠올랐다.

 강도가 레버를 마저 돌리지 않고 가만히 서 있자, 뭔가 망설이던 남자가 재촉하듯 물었다.

 "손 하나 못 쓰게 되면 보험금이 얼마나 나오나?"

낯선 엄마 | 143

"삼천. 우리 빚은 해결이 돼."

삼천. 남자가 강도의 말을 따라 중얼거렸다. 그러더니 갑자기 두 눈을 크게 부릅떴다.

"두 개면 육천."

그렇게 중얼거리더니 강도의 눈앞에 남은 한 손을 쑥 내밀고 외쳤다.

"이쪽도 하고 육천 받아. 삼천은 나 줘!"

강도는 차마 그렇게 하겠다 말해 줄 수 없었다. 남자의 번뜩이는 눈엔 절박함이 있었다. 대꾸하지 않는 강도를 보며 한참을 씩씩거리던 남자가 문득 공장 한구석에 곱게 세워져 있는 기타를 바라보았다.

먹고 사는 데 바빠 주인이 만질 새도 없이 부연 먼지만 쌓인 오래된 기타. 그리 소리가 좋은 것도 아니고, 모양이 화려한 것도 아니었다. 하지만 남자에게 꿈과 열정이 남아 있던 삼십대 중반까지는 하루의 절반을 함께하던 기타였다. 그는 바이스에 끼인 손가락과 버려진 기타를 번갈아 바라보았다.

"마지막으로…… 한 번 쳐 보고 싶네."

강도의 시선이 남자를 따라 기타에 닿았다. 강도는 망설이지 않고 레버를 거꾸로 돌려 남자의 손을 기계에서 빼낸 뒤, 기타를 집어 들고 다가왔다. 남자는 우두커니 서서 손가락을 까닥거렸다.

강도가 기타를 내밀었다. 남자가 바이스 자국이 붉게 남은 손으로 기타의 넥을 잡았다. 팽팽하게 관리된 기타 줄이 손가락을 간질거리며 당겨 왔다.

"음악 했으면 더 거지같이 살았을 거야……."

기타를 조율하는 손동작이 섬세하다. 기계를 다룰 때와는 전혀 다른 부드러움이 남자의 손가락에 배어 있었다. 강도는 테이블에 엉덩이를 붙이고 비스듬히 앉았다.

몇 번 성긴 음이 들리는가 싶더니, 예고도 없이 불쑥 음악이 흘러나왔다. 궂은 날 몰아치는 파도를 실내에서 바라보는 느낌이었다. 위대한 격정이 구슬픈 음악에 갇혀 얇은 쇠줄을 타고 흘러나왔다.

강도는 가만히 눈을 감았다. 남자가 연주하는 음악이 누구의 무엇을 위한 어떤 노래인지는 몰라도, 그에게 짧은 위안을 주기에는 꽤 적절하다는 생각이 들었다. 누구는 메마른 청계천에 어울리지 않는 소리라 하겠지만, 또 이만큼 어울리는 소리도 없었다. 음악을 만들어 내는 여섯 개의 기타 줄은 청계천 기계 상가 어느 곳을 가더라도 쉽게 만날 수 있는 금속의 가공품이었으니까.

음악이 끝났다. 남자는 벌건 눈을 하고 한동안 줄을 튕기던 손으로 기타 허리를 쓰다듬었다. 그러다 결심이 섰는지, 안고 있던 기타를 강도에게 내밀었다.

"이제 소용없으니까 당신 가져."

강도가 기타를 받아 바닥에 내려놓았다. 남자는 다시 한 번 입술을 꾹 깨물고 강도에게 손을 내밀었다. 기계를 돌리고 음악을 연주하던 거칠고 마른 손. 강도가 남자의 손을 천천히 바이스에 끼웠다. 그런데 망설임 없이 꽉꽉 누르던 아까 전과는 다르게, 어쩐지 힘이 약하고 속도가 더뎠다. 몇 번이나 멈칫거리더니 레버에 손도 올리지 않고 인상을 찡그리는 것이었다.

"왜 그래?"

"아무것도."

남자가 묻자, 강도가 머뭇거리며 레버에 손을 올렸다. 남자가 다시 한 번 강도를 쳐다봤다.

"물어."

강도가 테이블 위에서 두꺼운 목장갑을 찾아 남자의 입에 물렸다.

레버가 돌아갔다. 바이스에 감긴 손이 기계 속으로 빨려 들어갔다. 레버는 천천히 돌아가는데, 남자의 손은 빨리 딸려가는 것 같았다. 도저히 지켜볼 수가 없어, 남자는 고개를 돌리고 이를 악물었다. 입에 문 장갑에서 퀴퀴한 먼지 냄새와 쇠 맛이 났다.

"흐…… 끄으!"

두 번째라 그런가, 전과는 비교도 할 수 없는 고통이 느껴졌다. 손가락을 찍어 누르는 차갑고 단단한 감각에 남자는 선 채로 기절할 것만 같았다. 그 짧은 시간에 온몸이 식은땀으로 축축하게 젖어 들었다. 그저 손끝이 조금 뭉개졌을 뿐인데, 다리가 덜덜 떨리고 눈물이 흘러나왔다. 머릿속은 이미 고통으로 가득해서 이러다 확 터져 버릴 것 같았다.

"으아아아아……!"

손가락 끝이 완전히 기계에 맞물렸다. 뼈가 으스러졌다. 기계가 내는 소음 때문에 뼈가 으스러지는 소리는 나지 않았지만, 남자는 손가락을 타고 정수리까지 울리는 으득, 소리를 분명 들었다.

붉은 피가 흘러나왔다.

남자는 턱이 덜덜 떨릴 정도로 억세게 입을 다물고 있었다. 어쩔 수 없이 비명과 신음이 뒤엉켜 흘러나왔지만, 손을 빼려거나 강도를 말리려 하지는 않았다.

강도는 딱딱하게 굳은 얼굴로 남자를 바라보았다. 남자 역시, 눈앞에 있는 강도를 눈도 깜박이지 않고 노려보았다.

뭔가 이건 아닌 것 같았다.

레버를 돌리던 강도가 돌연 움직임을 멈췄다. 그리고 남자의 입에서 돌돌 말린 목장갑을 끄집어냈다. 끈적끈적한 침이 더운 숨과 함께 흘러나왔다. 기계가 멈추자, 남자가 아픈 와중에도 당황해서 강도를 향해 목청을 높였다.

"뭐 하는 거야! 끝까지 해! 난 돈이 필요해!"

강도는 나타났을 때처럼 남자의 말 따위 한 마디도 들리지 않는 것처럼 신속하게 움직였다. 레버를 풀고 남자의 손에 감긴 바이스까지 벗겨 내더니 짓이겨진 손가락 끝에 주전자의 물을 부었다. 피와 함께 으깨진 손톱이 흘러내렸다.

남자는 도저히 이해할 수 없다는 얼굴로 강도를 바라보았다. 그때 강도가 불쑥 입을 열어 말했다.

"아이 잘 키워. 아무리 힘들어도 버리지 말고."

남자가 기가 막혀 소리쳤다.

"당연하지! 아이 때문에 돈을 빌렸는데…… 그러니까 병신 만들어 달라고!"

"그 정도도 한 천만 원 받을 거야. ……아이한테 잘해 줘."

강도가 남자의 손끝을 흘긋 살펴보더니 심드렁하게 중얼거렸다. 무심해 보이는 얼굴이었지만, 사실 강도의 마음속은 원인 모를 불편함으로 이지러져 있었다. 남자가 당황하는 것도 당연했다. 주머니에서 보험 서류를 꺼내 툭하니 올려 두는 강도의 모습은 마치 악몽을 꾸다 일어난 어린애처럼 멍하니 겁에 질려 있었으니까.

"왜…… 왜 그래?"

남자가 물었다. 강도는 대답하지 않고 남자의 발치에 내려놓았던 기타를 들어 올려 남자의 품에 안겨 주었다.

남자는 얼떨결에 기타를 받아 들었다. 그 모습을 물끄러미 바라보던 강도가 등을 돌려 공장 입구로 걸어 나갔다. 그리고 다짐하듯 말했다.

"아이한테 꼭 들려 줘."

남자는 좁은 입구를 가득 메웠다가 사라지는 강도의 뒷모습을 보다가 천천히 기타를 퉁겨 보았다. 손톱이 상해 제대로 된 연주를 할 수가 없었다. 소리가 형편없이 깨지고 갈라졌다. 남자는 시커먼 먼지로 가득한 바닥에 툭 쓰러지는 기타를 한쪽 발로 밀어내고, 다시 자리에서 일어났다. 빠르게 깜박이는 남자의 눈 속에 이미 희망은 없었다.

그는 생각했다.

나는 충분히 노력했고, 이제는 더 노력할 힘이 남아 있지 않다고.

제 손으로 바이스를 감는 그의 머릿속에 이기적인 체념이 들어찼다.

그는 스스로 기계 속에 손을 집어넣었다.

"흐아아아……."

붉은, 피가 흘러나왔다.

*   *   *

걷는 내내 기분이 이상했다. 평소와 다름없이 성큼성큼 걸어가던 강도가 돌연 속도를 늦추었다. 잠시 서 있다가 몇 걸음을 걷고, 또 잠시 서 있다가 몇 걸음을 걸었다. 왜 이런 미친 짓을 하는지 가만히 생각해 보다가 다시 머리를 휘저었다.

"씨ㅂ……."

거칠게 튀어나오려던 욕설이 쑤욱 들어갔다. 강도는 을지로 어느 상가 앞의 쇼윈도를 바라보고 있었다. 언제 여기까지 걸어왔는지도 모를 노릇이었다. 옷가게 유리 위에 거무튀튀한 얼굴이 비쳤다. 찡그린 눈썹도, 번들거리는 눈동자도, 비틀린 입매도 똑같은데 어찌.

길 잃은 어린애인 양 울상을 짓고 있나.

아무리 봐도 성질 급한 겨울의 초입을 뒤집어쓴 난폭한 얼굴이다. 유리 너머의 자신도 그렇게 생각할 게 뻔했다. 동정심이라니. 죄책감이라니. 지금까지 그의 손에 인생을 망친 이가 얼마나 많았던가. 그냥 하수구 시궁창도 아니고, 아예 냄새나는 똥통에 처박았는데. 이제 와서 이런 미친 짓이라니.

강도는 한참을 서서 자신을 노려보았다. 가게 안에서 손님을 기다리던 옷가게 여자가 불안해하는 얼굴로 저를 바라보고 있다는 사실도 한참이 지나서야 깨달았다.

왜 그랬는지 모른다. 강도는 벌컥, 옷가게 문을 열었다.

딸랑-.

싸구려 놋쇠종이 유리문에 부딪쳐 몸을 떨었다. 강도는 가게 안으로 들어가 옷걸이에 나란히 걸려 있는 색색의 여성복을 주욱 둘러보았다. 가게를 보던 여자가 엉거주춤 자리에서 일어나 강도를 향해 불안한 눈길을 보냈다.

　강도의 손가락이 쇼윈도 앞에 있는 마네킹을 가리켰다.

　한참을 방황하다 보니 어느새 저녁이었다. 강도는 종로에서 을지로로, 세운 상가를 지나 광장 시장을 돌다가 결국은 집으로 돌아오고 말았다. 멀리 가 버리고 싶었는데 발길 닿는 대로 마냥 걷다 보니 집이었다. 그는 도로 한쪽에 서서 창문을 바라보았다.

　여자는 그를 기다리고 있을 것이다. 아니, 기다리지 않을지도 모른다. 나타났을 때처럼 홀연히 사라졌을 수도. 그런데 오늘은 뭘 사다가 저녁을 차렸을까. 닭? 도미? 장어? 강도는 마른 주먹을 쥐었다 폈다. 집으로 들어가는 게 무서웠다. 여자가 있을까 봐. 혹은 없을까 봐.

　그저 며칠 떠돌다 와도 되었고, 혹은 들어가 소리치고 내쫓아도 될 일이었다. 하지만 강도는 이제 그 어느 쪽도 할 수 없었다.

　이강도는 여자에게서 도망칠 수도, 여자를 내칠 수도 없었다.

　씨발. 버릇처럼 욕이 튀어나오려다가 입술만 일그러진 채 삼켜졌다. 비틀어 문 이가 하, 밭은 숨을 내뱉었다.

　강도는 일부러 큰 소리를 내며 계단을 올라갔다.

　문을 열자 나갈 때와 똑같은 냄새가 집 안을 가득 채우고 있었다. 축축하고 구수한 밥 짓는 냄새. 하얀 쌀밥과 석쇠에 구운 장어 대신, 잡곡을 섞어 알록달록한 밥에 된장찌개가 상 위에 차려져 있었다. 강도가 오는 줄 어떻게 알았는지 아직까지 뜨거운 김이 모락모락 오르고 있었다.

여자는 느슨하게 앉아 있었다.

깨끗하게 치워진 거실에, 한쪽에 던져 둔 소파에, 여자가 몸을 기대고 앉아 뜨개질을 하고 있었다. 마치 알량한 동화 속 그림에 나올 법한 장면이라, 강도는 순간 눈을 의심했다.

당연하게도 여자는 현실이었다. 강도에게 고정된 검은 눈은 평화로운 모습에 어울리지 않게 불안하고 초조하다. 강도는 지독한 현실감과 안도를 동시에 느꼈다. 원인 모를 울렁거림에 들썩이는 가슴을 힘으로 짓눌렀다. 아직, 아니야. 아직 아니다. 난 당신을 용서하지 않았다. 하지만-.

강도는 여자의 눈앞으로 성큼성큼 걸어가 들고 있던 쇼핑백을 내밀었다.

"……나 주는 거야?"

여자가 물었다. 강도는 대답하지 않고 여자의 무릎에 쇼핑백을 내던지더니 다시 성큼성큼 걸어 화장실로 들어갔다.

찬물로 세수를 하고, 또 세수를 했는데도 사라지지 않는다.

벽지까지 스며든 밥 냄새와 등을 눕히고 앉아 뜨개질을 하는 여자.

거울 속의 자신은 여전히 똑같은 이강도인데, 마치 다른 시간 다른 장소에 와 있는 것 같은 기분이다. 이강도가 아닌 이강도가 제 것이 아닌 일상을 살아가고 있는 것 같았다. 그 정도로 실감이 나지 않았다. 강도는 단 한 번도 이런 식의 집을 겪어 본 적이 없었다. 본 적도 없었다. 그저 어렴풋이 TV에서, 남의 입에서 비슷한 소리를 들었을 뿐이다.

 할 일 없이 거리를 배회할 때부터 잔뜩 좁아들었던 뱃속이 극렬한 허기를 몰고 왔다. 강도는 거칠게 머리를 털어 내고 화장실을 나섰다.

 여자가 쇼핑백 안에 있던 옷을 꺼내 입고 있었다.

 부드럽고 따뜻하고 하얀 옷.

 여자가, 그가 사다 준 옷을 입고 빙그레 미소를 지었다. 축 처져 울먹이기만 하던 작은 입이 위로 둥그렇게 올라가 다물린 모습이 그렇게 이상하게 느껴질 수가 없었다. 아지랑이처럼 사라질 것만 같은 위태로운 잠소. 불안해진 강도가 여자에게 등을 돌리고 앉아 밥을 퍼먹기 시작했다. 뒤통수에 여자의 시선이 느껴졌다. 강도는 애써 모른 척하며 밥알을 씹었다. 무슨 맛인지도 모른 채, 기계적으로 밥을 퍼 입안으로 쑤셔 박았다.

 그러다 문득 궁금한 게 있어 입을 열었다.

 "나 만나기 전에 어디서 뭐 했어?"

 강도는 벌써 스물아홉이었다. 여자가 정말 그의 생모라면

헤어져 있는 시간이 그만큼이나 길었다.

여자는 강도의 물음에 대답하지 않았다.

"가족은 없어? 남편이나…… 자식들이나……."

여자가 천천히 걸어 강도에게 다가왔다. 대답이 없자, 강도가 고개를 들어 버럭 소리 질렀다.

"나도 형제가 있냐고!"

지금까지 혼자 살았을 거라고는 생각하지 않았다. 그래서 물어본 거였는데, 물어 놓고는 쓸데없다는 생각이 들었다. 멈췄던 손이 다시 움직이며 밥을 퍼 날랐다.

여자는 다시 울기 시작했다. 이번에는 소리도 내지 않고 그냥 눈물만 뚝뚝 흘렸다. 에이, 씨발 밥맛 떨어지게. 강도가 중얼거리며 숟가락을 던지듯 내려놓았다.

"왜 울어!"

"아니야……."

아무래도 저 울음부터 그치게 해야 할 것 같았다. 그래야 궁금한 걸 물어보고, 정체를 알아낸 뒤에……. 거기까지 생각하던 강도가 식탁 의자를 거칠게 밀고 일어나 거실을 가로질렀다. 그리고 벽에 걸린, 이제는 너덜너덜해진 사진을 확 찢어 냈다. 그리고 쓰레기통에 집어넣었다.

여자는 강도가 사 준 옷으로 눈물을 닦으려다가 그 안에 입고 있던 얇은 옷으로 얼굴을 문질렀다. 그리고 힘없이 소파로 걸어가 다시 느슨하게 몸을 뉘었다.

뜨개바늘이 움직이고, 여자는 부지런히 손을 놀렸다. 언제 그렇게 많이 떴는지 어깨와 몸통을 드러내고 있는 스웨터를, 강도가 아닌 척하며 이리저리 살펴보았다.

그리고 퉁명스럽게 말했다.

"나한테 작겠는데……."

여자가 고개를 들어 강도를 바라보았다. 여자는 그저 강도를 바라보고 울먹이는 것밖에 할 줄 모르는 사람 같았다. 강도는 가슴이 답답해 눈살을 찌푸렸다.

그때 핸드폰이 울렸다. 내일도 일이 있는 모양이었다. 문자를 확인한 강도가 무뚝뚝하게 말했다.

"오늘이 마지막이야."

뭐가 마지막인지, 여자는 몰랐다. 물론 말한 강도도 그랬다.

"필요한 거 있으면 말해. 하고 싶은 건 없어? ……죽이고 싶은 사람은?"

해 줄 게 이런 것밖에 없어서 미안하다는 마음은 들지 않았다. 강도는 그냥, 아무렇지 않게 여자가 원하는 걸 들어줄 수 있을 것 같았다. 지금은 딱 그랬다. 내일은 어떨지 몰라도. 여자가 돈을 달라면 주고, 같이 살자고 하면 같이 살고, 누굴 때려 달라고 하면 죽을 때까지 때려 줄 수도 있었다.

툭.

여자가 일어나 두 팔을 뻗었다. 부지런히 뜨던 스웨터가

낯선 엄마 | 155

바닥에 떨어졌다. 여자는 가느다란 두 팔로 강도의 몸을 안았다. 작은 몸으로, 안을 수도 없는 커다란 남자의 몸을 품었다. 그건 정말 지금까지 여자가 했던 짓 중에 제일 이상한 짓이었다. 강도는 멍청하게 서서 여자가 저를 안고 도닥이는 걸 당하고만 있었다.

제일 따뜻하고 부드럽게

부러졌나.

자꾸만 시퍼렇게 부어오르는 걸 보니 아무래도 그런 것 같다. 나는 너의 집 계단에 쭈그리고 앉아 소매 안에서 다친 손을 끄집어냈다.

부러진 건 약지였다. 다른 손가락도 아프긴 했지만 구부릴 수 있는데, 약지만은 요지부동이다. 뻣뻣한 손가락을 가만히 매만지다가 문 사이로 보이던 네 얼굴을 떠올렸다.

낯선 여자가 찾아와 어미라 우기니 황당할 법도 했을 것이다. 네 눈에 순간순간 비치던 천진한 살기를 탓하지 않겠다. 나는 그저 처음 만났을 때와 마찬가지로 생각했던 것보다 훨씬 커다란 너의 덩치에 놀랐을 뿐이다. 문손잡이를 잡기 위해 몸을 구부려야 하는 키라니. 넌 도대체 어미도 없이 자랐으면서 뭘 그렇게 잘 먹었느냐. 혹시 남의 것을 빼앗아 먹어서 그렇게 자랐느냐. 나는 이리도 작은데⋯⋯.

어떻게 하면 네가 나를 엄마로 받아들여 줄까.

지난 며칠간 내 지상최대의 고민은 바로 그것이었다.

울면서 매달려 볼까, 매일 따뜻한 밥이라도 지어서 가져와야 하나, 전화는 끊어 버릴 게 분명하니 편지를 써 볼까.

계단실 창문으로 가로등 불빛이 은은하게 쏟아져 들어왔다. 추운 와중에 누런 조명이라도 비치니 그나마 나은 듯도 싶었다. 성냥팔이 계집애가 성냥 불 하나에 따스함을 느꼈던 것처럼, 내게는 딱 저만큼의 온기가 적당했다. 아침이 되려면 얼마나 기다려야 할까. 얼어 죽지는 않겠지. 실없는 고민을 하는데 갑자기 캄캄해졌다. 가로등 소등 시간인 모양이었다.

나는 아픈 손가락을 다시 소매 안에 집어넣고 눈을 감았다.

"강도야!"

연습할 땐 자연스럽게 나오지 않아서 그렇게 애를 먹이더니, 마음이 급해지니까 잘만 나불거리는 입이다. 이른 아침, 계단을 내려가던 너는 나를 발견하자마자 얼굴을 구겼다.

"미안해! 널 버려서."

너는 내게 화를 냈다. 당연하다.

"나를 용서해 줘. 제발……."

그럼에도 나는 빌었다. 네가 내게 욕설을 내뱉고, 얼굴이 화끈하도록 매운 따귀를 날렸어도 계속 빌었다. 괜찮다. 이 정도는 아무것도 아니다. 내가 얼마나 지독하게 살아왔는지 네가 알면 아마 깜짝 놀랄 것이다. 그러니까 이만한 고난쯤은 내게 아무것도 아니었다.

나는 더 이상 타인의 죽음을 동정하지 않는다. 왜냐면 내가 곧 죽을 것이기 때문이다.

한마디로 인정머리 없는 여자가 됐다는 소리다. 너는 다정하고 오지랖 넓은 한국 엄마를 원했을지 모르나, 내겐 그 정도 마음의 여유가 없었다. 나는 지독히도 이기적이고 자기중심적인 여자다. 그건 오래전부터 연을 끊고 살아 온 내 가족들이 아주 어릴 때부터 내가 고집을 부리거나 토라질 때마다 하던 말이니, 진실이라고 생각한다.

추운 밤 차가운 계단실에서 꼬박 하루를 보낸 뒤, 나는 양수리 외곽까지 너를 따라갔다.

저 택시를 쫓아가 주세요.

꽁꽁 언 몸에 다친 손가락. 택시 기사는 남편이 바람났나 봐요? 하고 물었다. 아무렴 현장을 덮쳐야지. 하기도 했다.

나는 대답할 여유가 없었다. 혹시라도 너를 놓칠까 봐 택시 뒷좌석 중앙에 앉아 목을 쭉 빼고 안달이었다.

놓치면 안 돼요.

택시 기사는 신 나서 액셀을 밟았다. 너를 따라간 양수리 변두리에 차를 세우고, 나는 거스름돈조차 받지 않고 뛰어내렸다. 끝까지 내가 바람난 남편을 잡으러 가는 줄 착각했던 택시 기사는 의외의 장소에 의아한 얼굴이었다. 나는 택시가 떠나는 소리를 들으며 건물 아래에 서서 네가 하는 짓을 눈여겨보았다.

퍽.

남자가 떨어졌다. 죽을 줄 알았는데, 그 정도 높이에서는 죽지 않고 다치기만 하는 모양이다. 남자는 고통스러운 듯 비명을 질렀다. 네가 하는 일이니 이해할 것이다. 비록 아직은 너무 끔찍해 똑바로 바라볼 수 없었지만.

남이야 사채 덫에 빠져 병신이 되거나 말거나. 나는 상관하지 않기로 했다. 나의 관심사는 오직 너뿐이었다. 남자를 밀어 떨어뜨린 뒤에 무뚝뚝한 표정으로 계단을 내려오는 너.

이게 다 나 때문이야.

내가 널 버려서.

네 손에 죽어도 할 말이 없어.

나는 곧 죽을 테지만, 네 손에 죽는다면 그것도 나쁘지 않을 것 같다.

- 내 좆같은 인생에 끼어들지 말라고!

나는 네가 사람을 해치는 날이면 으레 고기를 먹는다는 사실을 알고 있었다. 쓸데없이 꼼꼼한 흥신소 사장 덕분이었다. 나는 일부러 네가 자주 다니던 수산물 가게에 가서 제일 싱싱한 장어를 샀다. 얼마예요? 묻는 말에 가게 주인은 돈을 꺼내기도 전에 장어부터 비닐봉지에 담았다. 안 사면 어쩌려고 이러나 했지만, 나는 고분고분하게 돈을 지불했다. 봉지 안에서 미끌미끌 움직이는 장어의 몸에 내 전화번호를 적어 놓은 종이를 끼우고, 너의 집 문 앞에 놓아두었다.

변명하자면, 나는 네 전화번호를 이미 알고 있었다. 흥신소에 뒷조사까지 부탁했는데 당연하다. 이렇게 번거로운 짓을 하는 건, 네가 내게 직접 전화해 주길 바랐기 때문이다. 뻔뻔스럽다 욕해도 할 말이 없지만 반드시 그랬으면 좋겠다.

내 소원이 하늘에 닿았는지, 네게서 전화가 왔다. 핸드폰만은 끊지 않고 꼬박꼬박 요금을 납부해 두길 잘했다. 너는 아무 말도 없이 전화를 끊어 버렸지만, 나는 기뻤다. 손바닥보다 작은 기계를 들고 숫자가 쓰인 버튼을 누르는, 그 아무것도 아닌 일이 우리 두 사람의 관계를 변화시키는 도화선이 되길 바란다.

나는 절대 첫술에 배부르지 않기로 했다.

다음 전화가 오기를 기다리는 동안, 나는 남아 있는 내 삶의 찌꺼기들을 치웠다. 옥탑방 보증금은 한 푼도 남지 않았다. 여기저기 처박아 놓은 오래된 통장까지 모두 정리하고 나니 채 백만 원도 안 되는 돈이 나왔다. 대형 마트 야채 코너에서 얼마 전까지 같이 일하던, 두부를 팔던 동생에게 또 백만 원을 빌렸다. 나는 아마 그 돈을 갚지 못하고 죽겠지만 그다지 양심에 찔리지는 않았다. 저나 나나 어차피 똑같은 밑바닥 인생인데, 안쓰럽다며 우리 언니 불쌍해서 어떡하느냐고 우는 모습이 꼴 보기 싫어 그랬다. 나도 참 웃기는 여자다.

적당히 쓸 돈이 생긴 뒤에는 너에게 잘 보여야겠다는 마음에 매일 목욕탕에 갔다. 엄마 몸에서 지린내라도 나면 어쩌나 싶어 매일 씻었다. 아무리 씻어도 사라지지 않는, 내 몸에 밴 죽음의 냄새 때문에 더욱 그랬다. 일부러 냄새가 강한 화장품을 썼다. 그렇게 마음을 졸이며 기다렸다.

이제 내게 너의 집 앞에 쪼그리고 앉아 시간을 보내는 일 따위는 아무것도 아니었다. 나는 등 뒤로 느껴지는 차가운 철제문의 감촉까지 모두 인내했다. 이 문 너머에 네가 있다는 사실만으로 충분히 그럴 만한 가치가 있었다.

그리고 네게서 전화가 왔다.

- 당신이 진짜 날 버린 엄마야?

그걸 말이라고!
나는 소리를 지를 뻔했다. 화를 내서는 안 된다는 생각에 입을 꼭 다물고, 불규칙하게 씩씩거리는 너의 숨소리를 들었다. 웃기는 일이었다. 네게서 인정받고야 말겠다는 결심을 너무 열심히 했더니 울컥한 모양이었다. 미친년. 나는 스스로에게 상욕을 퍼부었다.

- 미친년! 다시 내 눈에 보이면 갈가리 찢어 죽일 거야!

누누이 말하지만 나는 네 손에 죽어도 괜찮다고 생각한다. 어쩔 수 없는 사람이고, 이기적인 여자인지라 고통스럽지 않게 해 준다면 좋겠다. 꼭 번거로운 방법을 써서 날 아프게 하고 싶대도, 그래 참을 수 있다. 나는 내 평생을 더한 것보다 너를 만난 지금 이 순간에 가장 인내심이 풍요롭다.

- 사람 흔들어 놓고……

잦아드는 너의 목소리를 놓칠까 두려워 전화기를 귀에 너무 세게 갖다 댔더니 종료 버튼이 잘못 눌려 통화가 끊어져 버렸다. 나는 당황했지만 다시 기다렸다. 현관문 너머에서 네가 괴로움에 몸부림치는 소리를 들으며. 아, 흔들리는구나. 내가 진짜 네 엄마일지도 모른다고 기대하기 시작했구나. 홀로 기뻐했다. 너는 힘들어하는데 나는 기뻤다. 하늘이 기적을 내려 주는구나 생각했다. 이럴 때면 나도 내 이기적인 심성에 깜짝 놀라곤 한다.

가슴이 두근거렸다.

쪼그려 앉은 채로 정전기 일어나는 코트 자락을 들춰 내고, 그 안에 손바닥을 가져다 댔다. 심장이 벌떡거리며 빠르게 뛰고 있었다. 아아. 어쩌면 이제 곧 네게서 엄마 소리를 듣게 될지도 모르겠다.

히죽. 웃음이 샜다. 입술을 늘어뜨리고 천치 같은 웃음을 지었다. 복도 끝 집에 사는 열쇠공 남자가 힐끗 시선을 주고 지나갔다. 유독 내 앞을 스칠 때만 걸음이 빠르다. 나보다는 어리고, 너보다는 나이가 많은 저 남자는 가끔 마주치는 나를 정신병자 취급하고 있다. 또 실없는 웃음이 났다.

그때 전화가 웅웅 몸을 떨었다. 너였다.

나는 얼른 전화를 받았다. 이번에는 실수로 끊어지지 않도록 귀로 누르지 않고 조심조심.

- 말해 줘. 진짜 당신이 날 버리고 도망간 엄마 맞아?

바짝 날이 서서 듣는 족족 귀가 베일 것 같던 너의 목소리가 슬금슬금 머뭇거렸다. 나는 기뻐 울었다. 너는 이토록 정에 굶주린 아이였다. 몇 날 며칠을 더 밀어내더라도 끈질기게 매달릴 예정이었던 나는 이토록 쉽게 네 마음에 한 발을 들여놓는다.

먹고 사느라 바빠 누군가에게 불러 줄 일이 없었던 자장가를 떠올렸다. 일하러 나간 엄마를 기다리는 외로운 아이가 혼자 잠드는 노래다. 너에게 어울리는 노래. 나는 자꾸 울음 섞인 웃음이 새어 나와 몇 번이나 숨을 고르며 노래했다. 너는 내가 노래를 다 하도록 아무 말이 없었고.

나를 위해 문을 열었다.

두 번째인데 처음 들어온 것 같은 기분이었다. 네가 문을 열어 줬기 때문일까.

진짜 엄마라는 증거를 대라는 너의 말에 당황한 나는 불안하게 시선을 돌리다가 너의 집 거실 벽에 붙어 있는 사진을 보았다. 사진 속의 여자는 나도 아니고, 네가 아는 누군가도 아닐 테지만 나는 길었던 머리를 단발로 자른 걸 무척이나 잘한 일이라고, 죽을 때가 되니 없던 선견지명이 생긴 모양이라고 생각했다. 여자의 머리는 단발이었다.

네가 사진 속의 여자에게 억눌린 원한을 풀어내는 동안, 나는 네게 애정을 구걸하기 위해 머리를 잘랐던 것이다.

- 엄마라면 먹어!
- 내가 정말 여기서 나왔다고? 그럼 다시 들어가도 돼?

 죽는 것도 두렵지 않은데, 생살을 씹어 삼키고 네 앞에 다리를 벌리는 것쯤이야 뭐 어렵겠느냐. 나는 남편이 여럿이었고, 두 번 아이를 잃었으며, 그들에 의해 때마다 다리를 벌려야 했던 슬픈 여자인데. 할 수만 있다면 너를 내 뱃속에 넣어 눈, 코, 입, 심장부터 다시 만들어 내보내고 싶었다.
 내가 지금까지 용케 참았던 눈물을 터뜨렸던 건 불가항력이나 다름없었다. 한번 울음이 터지니 멈출 수가 없었다. 너는 당황했고, 나는 일부러 더 크게, 더 오래 울었다. 괜찮다. 그리 어려워하지 않아도 된다. 나는 본디 지독하고 뻔뻔한 여자라 내일이면 괜찮아질 것이다.
 아직은 미치면 안 되는데. 내 정신이 오락가락해 불안하다.
 네가 술에 취해 잠든 뒤, 나는 화장실에 갇혀 있던 토끼를 발견했다. 저녁 재료인가. 사람이 들어왔는데도 철없이 귀를 쫑긋거리는 본새가 마음을 무겁게 했다. 문을 열어 내보낼 때는 이 무슨 같잖은 위선인가 싶었다가, 토끼가 지나가던 자동차에 치어 죽었을 때는 그러면 그렇지, 했다.
 내게 이불을 덮어 줄 때 너는 어떤 마음이었느냐.

미안한 얘기지만 나는 그때 잠들지 않고 있었다. 이불이 어디 있는지 알면서도 일부러 찬 바닥에 몸을 웅크리고 누웠다. 자다 깬 네가 혹시 나를 발견하고 이불을 덮어 줄까 봐서.

봐라. 나는 이렇게나 영악한 어미란다.

너는 눈치채지 못했겠지만 나는 집안일에 익숙하지 못하다. 나이 오십이 넘도록 무슨 치기인가 흉을 봐도, 사실이 그랬다.

수선집은 그리 오래하지 못했다. 내 바느질 기술은 양장점 재단사들에 비해 어설펐고, 생계를 위해 다른 일거리를 모색하다가 88년, 서울 전체가 올림픽으로 들썩거릴 때 다시 방직 공장으로 들어갔다. 거기서도 오래 일하지 못했다. 나는 다시 시장으로 나와 이번에는 네 평짜리 식당을 했다. 가락국수에 김밥, 만두뿐이었던 메뉴는 곧 소주에 국밥으로 바뀌었다.

아무튼 나는 그렇게 공사다망하게 살았기 때문에 집 안에 들어앉아 밥하고 빨래하고 청소하는 일에 어설펐다. 그냥 할 줄이야 알지만 예쁘고 야무지게 할 줄은 몰랐다. 빨래는 한데 모아 세탁기에 돌리고, 설거지는 무조건 한꺼번에, 청소는 대충 발바닥에 밟히는 것만 없으면 되겠거니 했다.

그런데 너의 집에 들어와 집안일을 하면서, 나는 태어나 처음으로 내가 손끝이 야무지지 못하다는 사실에 답답함을 느꼈다.

완벽하고 다정한 엄마가 되고 싶었는데.

그래서 생각해 낸 것이 뜨개질이었다. 잘하지도 못하지도 않는 수준의 대바늘뜨기. 결심을 하기가 무섭게 나는 광장시장으로 달려갔다. 간판도 보지 않고 제일 먼저 눈에 띄는 털실 집에 들어가 주인을 채근했다.

제일 따뜻하고 부드러운 걸로 보여 주세요.

주인은 울 실을 잔뜩 꺼냈다. 조금 비싸고 많이 들어가긴 하는데 이게 아주 좋아요. 나는 두 번 고민할 것도 없이 죽은 토끼의 앞가슴처럼 뽀얀 실을 골랐다. 뭐 뜨시려고? 주인이 물었다. 나는 털실 집 벽에 걸린 샘플 옷을 하나하나 바라보다가 남성용 스웨터를 가리켰다. 저거 좀 오래 걸려요. 사이즈랑은 다 재 오셨어요? 그런 건 필요 없었다. 나는 주인이 꺼내 주는 뜨개 옷본을 뚫어지게 쳐다보다가 두 팔을 벌렸다.

어깨는 이만큼, 팔은 이만큼이요.

확실하세요? 그렇게 대충 하는 분들이 나중에 꼭 후회하시던데. 나는 고개를 저었다. 확실해요. 정확해요. 두 번이나 강조하고 나서야 주인에게 옷본을 받았다. 털실은 한꺼번에 사지 마시고 모자라면 다시 오세요. 주인이 당부했다.

그렇게 한 아름이나 되는 털실을 산 뒤에 너의 집으로 돌아온 나는 다른 일은 아무것도 하지 않고 오직 뜨개질을 하는 것에만 매달렸다. 다친 손가락이 약지라 다행이었다. 빨리. 빨리 완성해야 할 텐데. 아직 11월이지만 이제 곧 12월이 될 텐데. 날씨가 추워질 텐데. 나는 꼭 쫓기는 사람처럼 미친 듯 손을 놀렸다.

돌아온 너는 내게 옷이 든 쇼핑백을 내밀 때도, 다녀왔노라 인사말도 없이 슥 지나 화장실로 들어갈 때도, 차려 놓은 밥을 우격다짐으로 퍼먹을 때도, 내 손에 들린 뜨개 옷만을 바라보고 있었다.

- 나 만나기 전에 어디서 뭐 했어?
- 가족은 없어? 남편이나…… 자식들이나…….
- 나도 형제가 있냐고!

널 만나기 전에 내가 뭘 했든 그게 무슨 의미가 있겠느냐. 우리가 이렇게 만났다는 사실이 중요하지. 남편이나 자식도 마찬가지다. 세상에 남은 건 오직 우리 둘뿐이다. 나는 내 남은 생을 전부 너를 위해 쏟아부을 작정이고, 너는 그냥 받기만 하면 된다. 이 험한 세상에 너를 온전히 사랑해 줄 수 있는 유일한 존재가 나라는 것만 알면 된다. 내가 원하는 건 오직 그것뿐이다.

- 나한테 작겠는데…….

 내 손에 든 뜨개 옷을 보다가 너는 결국 그 한마디를 했다. 나는 무릎 위로 뚝뚝 떨어지던 주책없는 눈물을 닦아내고 너를 위해 팔을 벌렸다.
 내 몸이 조금만 더 컸으면 좋았을 텐데.
 나는 너를 안아 줄 때마다 그런 생각을 했다. 너무 작은 엄마라 실망하면 어쩌나, 포근하게 안아 줘야 하는데 어색하다 느끼면 어쩌나, 내내 그것이 걱정이었다.
 그래서 네가 긴 팔을 들어 올려 나를 끌어안았을 때, 그 몸짓이 매우 어색한 데다 오랜 망설임을 머금고 있다는 사실을 알았는데도 너무 기뻐서 어린애처럼 울음을 터뜨리고 말았다.

 나는 그만큼 인정받은 것이다. 네게.

5

개미지옥에 빠진 정어리 떼

 장 사장이 직접 강도를 호출하는 건 드문 일이었다.
 사무실에 한번 들르라는 말에 아무 생각 없이 그러겠다, 대답하고 보니 용건을 물어볼 걸 하는 후회가 들었다. 오래 못 보면 서로가 불안한 사기꾼 빚쟁이도 아니고, 오래 안 보면 안달이 나 안부를 뒤지는 정 깊은 사이도 아닌데, 이유 없는 호출이라.
 "넌 인마 삼십 년 전에 이 바닥이 어땠는지 모르지? 너 같은 놈들이 한 놈 걸러 한 놈씩 있던 데야, 여기가. 돈 아니면 섹스. 버는 놈 반, 뺏기는 놈 반. 그 사이에 쓰는 놈들이 물고기 떼처럼 후루룩 들어왔다 빠져나가는 거지. 도시 정화를 하네, 개발을 하네, 뒤집을 때마다…… 그거 머냐. 밭떼기 갈아엎는 거. 윤작. 돌려짓기하는 거 있잖아. 그거처럼 몸 파는 년들 심었던 데다 사채꾼 심고, 아파트 나간 자리에 공구 상가 들어오고. 이 땅이 역사가 그래요."

장 사장은 마치 조선 시대부터 청계천에 살았던 사람처럼 굴었다. 그가 데리고 있는 몇몇 건달들은, 실제로 장 사장이 정말로 유식해서 서울 시장보다 청계천에 대해 잘 안다고 믿었다.

"그 새끼들 하는 짓이 카드 돌려막기 하는 거랑 다를 게 뭐가 있어. 이렇게 때려 박았다가 안 되니까 저렇게 때려 박고. 재개발이다 뭐다 해서 쫓겨났던 놈들도 다 어영부영 됐잖아. 금은방에서 돈 냄새 안 나게 된 지가 벌써 몇 년이냐."

도깨비 시장 털면 인제 도깨비 나와, 인마.

장 사장이 농담 삼아 던진 말에 그들은 킬킬킬 웃음을 터뜨렸다.

"요새 일처리가 왜 이래. 연락도 잘 안 되고. 하여튼 요즘 마음에 안 들어, 알아?"

결론적으로, 장 사장은 강도에게 별 용건이 없었다. 그냥 그간 있었던 일에 대해 듣고, 확인하고, 앉혀 놓고 헛소리를 늘어놓았을 뿐이었다. 정말 공교로운 타이밍이었다.

"야, 온 김에 미란이한테 좀 갔다 와라. 걔네 엄마 김치가 끝내줘. 딸년이 청계천 깡패 새끼들 죄다 구멍동서 만들고 다니는 것도 모르고 아주 분기마다 김치 싸서 보내는 양반 있어."

강도는 오전부터 장 사장에게 떠밀려 김치 심부름을 했다.

배미란은 자다 일어난 얼굴로 문을 열었고, 강도를 보자마자 욕을 하다가 한 대 얻어맞고, 장 사장이 보냈다는 말에 울음을 터뜨렸다.

강도는 미란이 우는 모습을 처음 보았다. 어디 좀 모자란 줄만 알았지, 사는 게 더럽고 치사해서 울기도 하는 줄은 몰랐다. 김치 가지러 왔다는 강도의 말에, 이불에 머리를 처박고 울던 미란이 경기를 일으키며 벌떡 일어났다.

"내가 진짜 이 씨발 새끼들 아가리에 김치까지 처넣어 줘야 돼? 가랑이 찢어지게 먹여 놓으면, 왜, 또 와서 내 몸에 싸지르고 가려고? 씨발놈들! 난쟁이 좆지리만 한 새끼가……!"

늘어진 나시 아래, 미란의 가슴이 출렁거렸다. 검은 유두가 소맷부리 사이로 보이는 줄도 모르고 미란은 부엌으로 달려가 냉장고 문을 열었다. 두 개의 붉은 김치 통이 끌려나왔다. 미란은 뒤꿈치를 벌벌 떨어가며 무거운 김치 통을 들어 올리더니, 화장실 변기에 쏟아부었다. 시큼한 김치 국물이 화장실 바닥 여기저기에 튀었다.

"개새끼들! 다 처먹어라! 다 먹고 뒈져 버려!"

남은 통이 비워진 것도 한순간이었다. 미란은 화장실이 온통 김치 건더기로 난장판이 된 뒤에야 그 자리에 쪼그리고 앉아 엉엉 울었다.

좁은 현관에 서 있던 강도가 집 안으로 들어왔다.

"야, 가서 말해. 배미란이 미친년이 그 김치 다 똥통에 던져 버렸다고!"

강도는 미란의 말은 듣는 둥 마는 둥 화장실까지 들어왔다. 그리고 미란이 집어 던진 김치 통을 집어 들더니, 변기 속을 가득 채운 김치를 손으로 퍼서 통 안에 도로 담았다.

"흐어어엉! 그거 우리 엄마가 농사지은 배추란 말이야. 우리 엄마 몇 살인 줄 알아? 벌써 칠순도 넘은 노인네가 막내딸 굶어 뒤질까 봐…… 흐윽, 제일 예쁜 배추만 골라서 담아 준 김치야. 거기 들어간 고추도 우리 엄마 거고, 거기 들어간 소금도 우리 엄마 거야! 그런데 그걸 왜 니들이 갖다 먹어, 이 씨발놈들아! 어어엉…… 흐어어!"

그렇게 한참 악을 쓰다가, 미란은 고무장갑을 꼈다. 이미 온몸이 불그죽죽한데도 차마 변기에 손을 담그지는 못하겠던지 부엌으로 가 고무장갑을 끼고 왔다. 강도에게도 한 짝 내밀었지만 그는 무시했다.

"오빠, 장 사장 그 새끼 이거 맛있다고 먹겠지?"

아마 그럴 것이다.

"씨발…… 더럽게 맛있게 처먹어라. 아주 국물까지 싹싹 긁어 먹어라. 쌤통이다. 개새끼."

울음을 그치고는 아주 신이 나서, 미란은 변기를 박박 긁고 화장실 바닥까지 박박 긁었다. 중간에 머리카락이 몇 개 끼어 들어가자 좋다고 시시덕거렸다.

강도는 미란이 깨끗하게 닦아 준 김치 통을 들고 장 사장의 사무실로 돌아왔다.

"왜 이렇게 오래 걸렸어? 미란이랑 한판 하고 왔냐?"

강도는 대답하지 않았다.

* * *

을지로에서 청계천 건너편까지 온 건 오랜만인 것 같았다.

강도는 일부러 천천히 걸었다. 지난밤에는 며칠을 못 잔 사람처럼 잠에 빠져 정신을 못 차렸다. 그 전날 밤새도록 잠을 설쳐 그 여파인가 싶었는데, 아무리 그래도 이상할 정도로 잠이 깊었다.

이번 채무자는 나이가 많았다. 드문 일이었다. 늙어 죽을 때가 다 된, 머리가 흰 노인이었다. 얼마나 오랫동안 공장 일을 했는지 마디가 툭 불거져 나온 손이 기형에 가까웠다.

강도는 핸드폰에 저장된 주소를 확인한 뒤, 노인의 공장 안으로 들어갔다.

기계가 많았다. 좁은 공간에 웬 기계를 이리도 많이 채워

넣었는지 오래된 것부터 최신식으로 보이는 것까지, 가게를 차렸나 싶을 정도였다. 노인은 시끄러운 기계 소음 속에서도 강도가 들어오는 인기척을 느꼈는지 철판을 돌리다 말고 힐끔 누런 흰자를 들어 올렸다.

프레스를 사이에 두고 강도와 노인이 서로를 마주 보았다. 철컹! 소리와 함께 길쭉한 철판이 잘릴 때마다 두 사람의 시선이 마주쳤다.

어쩐지 노인의 눈빛이 거슬렸다. 삶을 포기한 것도, 복수를 계획하는 것도 아닌 초연하고 담담한 눈빛. 강도의 진한 눈썹이 꿈틀거렸다.

노인의 발이 다시 규칙적으로 레버를 밟았다. 그럴 때마다 묵직한 프레스가 내려와 철판을 자르고 다시 올라가는 일이 반복되었다. 장승처럼 고요한 노인의 눈을 노려보다가, 강도가 불쑥 손을 내밀었다.

철판 위로 강도의 손이 튀어나왔다. 손바닥이 위를 향하고 있었다. 어서 돈을 내놓으라는 소리였다. 노인의 한쪽 발은 여전히 레버 위에 얹혀 있었다. 노인이 모르는 척 발을 구르기만 하면 강도의 오른손은 손목째 날아가게 될 판이었다.

시멘트처럼 빛바랜 노인의 얼굴색이 거무죽죽해졌다. 노인은 늘어진 입술을 실룩이다 강도의 손 바로 옆 공간에 제 손을 집어넣었다. 그리고 부러 크게 오른발을 흔들었다.

"뭘 원하나? 이거!"

레버를 밟으면 두 사람의 손이 잘린다. 하지만 어느 쪽도 물러서지 않고 서로를 노려보았다.

"얼마든지 잘라 주지!"

걸걸하게 쉰 노인의 목소리가 공장을 크게 울렸다. 하지만 강도는 알고 있었다. 노인은 절대 강도의 손을 자르지 못할 거란 사실을. 제 손을 자른다면 모를까, 남의 손엔 해코지 못할 사람이었다. 이강도는 그런 사람을 아주 많이 봐 왔다.

그래서 저렇게 소리를 지르는 것이다. 레버를 누르는 것과 동시에 강도가 손을 빼리란 사실을 알고 있으니까. 하지만 노인은 손을 빼지 않을 것이다.

부들부들 떨리던 몸이 결심을 굳힌 듯 크게 움직였다. 스위치를 누르려 한 것이다. 하지만 강도가 기계 전원을 내리는 바람에 노인은 뜻하는 바를 이룰 수 없었다.

페달식 레버를 밟는 소리가 딸칵 하고 울렸다. 물론 기계는 움직이지 않았다. 노인이 포기하고 입을 열었다.

"여기…… 청계천이 곧 없어져. 그거 알아?"

강도가 느릿느릿 고개를 끄덕였다. 몇 년 전부터 장 사장이 귀에 닳도록 떠들곤 하는 소리였으니까.

"내가 처음 여기 온 게 열여섯이야. 피죽도 못 얻어먹고, 학교도 제대로 못 다닌 놈이 서울 와서 할 일이 뭐가 있나. 공장에서 기술만 배우면 다 되는 줄 알고 들어왔지. 고향에서 지지고 볶고 살았으면 농사짓고 소 키우고 했을 텐데, 여기서 드럼통 만들고 쇳가루만 마시다 평생을 보냈어."

그게 오십 년이었다. 노인은 대꾸조차 하지 않는 강도에게 피를 토하듯 절절하게 말했다.

"청계천을 하늘에서 내려다본 적 있나?"

개미집이 따로 없지. 개미지옥. 이 빌어먹을 땅이, 사람을 잡아먹고 살아. 덩치를 불려서 이만해졌지. 너도 곧 알게 될 거야. 너희들이야 가해자니까 우리처럼은 안 될 거라고 생각하지? 천만에! 기다려. 얼마 안 남았어.

"알았으니까 가요."

"어딜?"

"높은 데."

철거 계획이 잡힌 세운 상가는 적막했다. 노인은 앞서 걸었다. 꼬장꼬장한 등이 이리 흔들, 저리 흔들 하는데도 꿋꿋하게 계단을 걸어 올라갔다. 노인이 크게 휘청거릴 때마다 강도는 어쩔 수 없이 마른 나뭇가지 같은 노인의 팔을 잡아 일으켜 세워야 했다.

"너도 불쌍한 놈이야! 인간의 탈을 쓰고 저승사자 흉내를 내다니……."

장 사장 밑에서 일하면서 별의별 소리를 다 들었던 터라 노인의 혀 차는 소리쯤은 아무렇지도 않았다. 하지만 노인이 잘 걷던 걸음을 우뚝 멈추자 저도 모르게 고개를 들고 올려다보게 되었다.

노인이 혼잣말인지 모를 물음을 던졌다.

"돈이 뭔가? 인생이 뭔가? 가족이 뭔가? 오십 년을 여기서 버텼지만 결국 아무것도 없어. 집 주인들이야 빌딩이 들어서면 좋겠지만 우리 세입자들은……."

노인에게 남은 건 아무것도 없었다.

"난 애초에 그 돈을 갚을 생각이 없었어. 실컷 쓰고나 죽자고 빌렸지."

끓는 몇 마디를 툭 던진 노인이 등을 돌리더니 다시 계단을 오르기 시작했다. 강도는 그저 말없이 노인의 등을 바라보며 걸었다. 어디까지 올라가나 했더니 벌써 5층이었다. 노인은 강도가 시키기도 전에 저 스스로 건물 끝으로 걸어가 섰다.

멀리 청계천 너머 광화문 쪽에 깨끗하게 솟아 있는 고층 빌딩들이 보였다. 마치 줄기줄기 흐르는 물을 경계로 한 시대를 건너뛴 것만 같은 광경이었다. 노인은 한동안 그곳을 바라보며 손가락을 움찔거렸다.

"곧 여기도 저기처럼 빌딩이 들어서겠지."

비틀린 손이 건물 아래 명동 한복판을 가리켰다. 바글바글한 사람들의 검은 머리통이 바삐 어딘가를 향하고 있었다. 도로엔 차들이 밀려 서 있고, 길은 사람으로 가득 차 답답했다.

"모두 방향을 잃은 물고기들 같지 않나?"

노인의 말을 들은 강도는 언젠가 TV 다큐멘터리에서 봤던 정어리 떼를 떠올렸다. 무리를 지어 헤매던 작은 어류. 노인의 말을 듣고 보니, 아래 행인들이 그렇게 보이는 듯도 했다.

"내 인생도…… 방향을 잃은 물고기였어. 다들 어디로 가는 거지? 저기 빨간 옷을 입은 사람은 어딜 저렇게 달려가지? 가 봐야 별거 없는데……. 그거 아나? 내 손에 폭탄이 있다면 저기 던지고 싶어."

거칠게 오르락내리락하던 노인의 가슴이 제 속도를 되찾았다. 강도는 이쯤에서 노인을 말려야겠다고 생각했다. 하지만 그는 그럴 생각이 없는지, 기어이 더 높은 곳으로 올라가려는 듯 걸음을 옮겼다. 계단을 오르는 굽은 다리가 휘청거렸다. 말리려던 강도가 어울리지 않게 한 번 망설이더니 툭, 내뱉었다.

"죽으면 보험금이 복잡해집니다."

"죽음? 죽음은 뭔가?"

으흐하하핫! 노인이 크게 웃었다. 그는 강도를 무시하고 더욱 높은 곳으로 올랐다. 뒤에서 팔을 잡았지만 갑자기 그런 힘이 어디서 났는지, 무서운 완력으로 강도를 뿌리쳤다. 그리고는 기어이 7층까지 올라가 거리 한복판을 내려다보는 것이다.

죽을 것이다.

강도는 그제야 실감하기 시작했다. 늙은이가 죽으려고 하는 것이다.

"나 때문에 죄책감은 갖지 말게."

우스운 말이었다. 강도가 누군가의 죽음을 방관하는 것은 잦다 못해 익숙해진 일이었다. 어떤 사연을 가진 사람이, 어떻게 죽어도 지금까지 죄책감이나 동정심을 가져 본 일 없었던 강도였다. 그는 세상에서 제가 가장 불쌍한 놈이라 여겼으니까.

노인은 크게 숨을 내리쉬었다. 바짝 마른 나무인 양 좁은 몸뚱어리에서 어마어마하게 큰 숨이 흘러나왔다. 길고 길게 토해 내고도 남아 으어어 하는 울음까지 나왔다.

강도는 포기하고 등을 돌렸다. 말려도 소용없다는 사실을 깨달았기 때문이다. 죽으려고 시위하는 사람은 저런 숨을 토하지 않는다. 강도가 노인을 뒤로하고 계단을 내려와 1층 입구를 빠져나올 때쯤, 등 뒤에서 퍽 하는 소리와 함께 찢어지는 비명이 들렸다.

강도는 뒤를 돌아보지 않았다.

노인을 죽인 건 이강도가 아니다.

떨어지는 노인에겐 손도 대지 않았는데, 마치 죽기 싫다고 매달리는 사람 억지로 떠민 것처럼 마음이 안 좋았다. 무딘 강도의 심장이 안 좋다, 정도로 여기고 있었지만 사실 그건 난생 처음 느끼는 후회와 죄책감이었다.

아무리 걸어도 거북한 숨이 뱉어지질 않았다. 강도는 달리기 시작했다. 좁은 골목을 열없이 달려 집에 돌아왔다. 그러고도 안으로 들어가지 못해 가로등 아래에 웅크리고 앉았다. 여자가 서서 그를 올려다보던 곳이었다. 강도는 고개를 들어 창문을 바라보았다.

내가 죽인 게 아니야.

엄지로 주먹을 문질렀다. 바닥을 치고 허공을 쥐어 패도 슬픔이 가시질 않았다. 강도의 손에서 시큼한 김치 냄새가 났다. 여자를 만난 뒤, 없는 줄 알았던 마음이 생긴 모양이다.

고통이 사채 이자처럼 배를 불리고 자라났다.

* * *

"오늘 그 사람은 어떻게 했어?"

집에 들어가자마자 여자가 대뜸 물어왔다. 평소엔 강도가 하는 일에 대해 별로 궁금해하지 않더니, 오늘따라 눈빛이 집요하다. 당황한 강도가 머뭇거리며 대답했다.

"7층에서 스스로 떨어졌어."

"죽었겠구나?"

여자가 물었다. 강도는 고개를 끄덕이다 거친 손으로 마른 세수를 했다.

"도대체 돈이 뭐라고. 오늘 그 사람이 죽기 전에 마지막으로 물었어요. 돈이 뭐냐고."

"뭐라고 말했어?"

"말 못 했어……."

식탁 앞에 앉아 있던 여자가 의자를 뒤로 끌며 일어났다. 머그 컵을 가득 채운 따뜻한 보리차가 강도 앞에 놓였다. 그는 의자에 털썩 주저앉아 모락모락 솟아오르는 수증기를 바라보았다.

"돈 문제만은 아니었을 거야. 사는 게…… 힘들지. 누구나 힘들어. 나도 지금 여기서 내가 뭘 하고 있는지 모르겠는데, 하물며 죽을 결심을 한 사람 마음을 남이 어떻게 알겠어."

여자가 거실 서랍장 위에 있던 강도의 수첩을 가져왔다. 그리고 펜과 함께 내밀었다.

"적어."

"뭘."

"오늘 있었던 일."

강도는 펜을 쥐고도 한참을 망설였다. 뭐라고 써야 할지 알 수가 없었다. 노인의 이름과 채무, 사망이라고 적어야 하나? 결국 강도는 돈, 한 글자를 적었다. 그런데 막상 적고 보니 더 쓸 말이 없었다.

여자가 턱을 괴고 중얼거렸다.

"돈…… 모든 것의 시작이고 끝이지. 사랑 명예 폭력 분노 증오 질투 복수 죽음……."

강도가 물었다.

"복수……?"

"그래. 복수."

갑자기 불안해졌다. 강도는 그를 죽이고 싶어 하는 수많은 사람들을 떠올리곤 탁 소리를 내며 펜을 내려놓았다. 그리고 여자에게 단단히 일렀다.

"낯선 사람은 문 열어 주지 마요. 바로 나한테 연락해."

여자가 고개를 끄덕였다.

"……그럴게."

집에 있는 여자가 위험할지도 모른다는 생각에, 강도는 방범 장치를 하나 더 달아야겠다고 결심했다. 하다못해 호신용 칼이라도 쥐어 줘야 그나마 안심이 될 것 같았다. 칼을 떠올리자 강도의 시선이 자연스레 거실 한쪽 벽으로 향했다. 여자의 사진이 있던 곳이었다.

그런데 그곳에, 다른 사진이 있었다.

눈앞에 있는 여자의 얼굴. 그것도 정면.

깜짝 놀란 강도가 달리듯 걸어가 사진 앞에 섰다. 설명하라는 눈으로 여자를 노려보자, 여자가 슬며시 눈길을 피하며 중얼거렸다.

"볼 때마다…… 미안해서."

"뭐?"

"널 버렸잖아. 용서받을 수 없는 짓이었단 거…… 알아. 그러니까 계속 화풀이 해. 내가 좀…… 덜 미워질 때까지. 나 괜찮아, 강도야. 엄마…… 괜찮아."

강도가 떨리는 손으로 여자의 사진을 떼어 냈다. 그리고 한 손에 들고 한참을 바라보았다. 사진 속의 여자는 눈앞에 있는 여자보다 조금 딱딱하고, 처연한 얼굴을 하고 있었다. 단정하게 빗어 넘긴 단발머리가 한쪽만 귀에 꽂혀 반쯤 흘러내렸다.

강도는 여자의 사진을 다시 벽에 걸었다. 이번에는 대충 구멍을 뚫어 못에 걸쳐 놓는 게 아니라, 제대로 압정을 가져와 깔끔하게 박았다.

여자가 어느새 강도의 어깨 뒤에 다가와 있었다.

"강도야."

"……말해요."

"우리 산책 나갈까?"

작은 손이 점퍼를 내밀었다. 강도가 여자의 손에서 옷을 받아 입었다.

*　　　*　　　*

느닷없이 나타난 엄마라는 존재는 폭력으로 점철된 이강

도의 삶에 많은 변화를 가져왔다. 다른 사람의 눈에는 평범하다 못해 일상적인 것들도 온통 생경하고 낯설어, 강도는 마치 남의 삶을 대신 살고 있는 것 같은 기분이 들었다. 하지만 그것도 이내 당연하고 마땅한 애정을 받는 것으로 여겨졌다. 남들은 다 가지고 태어나는데 오직 이강도만 지금까지 없었으니까 조금, 아니 많이 늦게 오기도 하는구나 했을 뿐이었다.

이 날도 마찬가지였다. 강도는 여자가 차려 주는 아침상에 앉아서 어린애처럼 손에 수저까지 쥐어 준 뒤에야 밥을 떠먹었다. 집을 나설 때도 여자는 강도가 걱정돼서 못 견디겠다는 얼굴로 큰길까지 배웅을 나왔다. 차 조심하고, 나가서도 밥 챙겨 먹고, 몸조심하라는 흔한 당부에 강도는 못 견디겠다는 얼굴로 미미하게 고개를 끄덕였다.

여자는 강도의 모습이 점이 되어 사라질 때까지 그렇게 한참을 길가에 서 있었다.

그때부터였다. 먼지처럼 부유하던 이강도의 삶이 드디어 청계천 땅바닥에 발을 디뎠다. '남들처럼 살아간다'는 말이 어떤 의미를 가지는지 조금씩 깨달았다. 여자를 향해 엄마라는 말을 내뱉은 뒤부터, 이강도는 '남들처럼 살고' 있었다.

"그만두겠습니다."

강도는 장 사장을 찾아가 일을 그만두겠다고 말했다. 처음엔 어이없는 얼굴로 들은 척도 하지 않던 장 사장이 담배를 꺼내 물었다. 왜, 네 몫이 적어? 누가 더 많이 줄 테니 그쪽으로 오래? 강도는 아니라고 말했다. 장 사장은 그럼 뭔데 새끼야, 소리 지르며 재떨이를 집어 던졌다.

"그냥, 이제…… 평범하게 살려고."

너 미쳤냐? 장 사장은 정말로 재미없는 농담이라며 실소를 머금었다. 강도는 대꾸 없이 그의 사무실을 나왔다. 뒤에서 장 사장이 고함을 질렀다. 야, 저 새끼 불러와! 강도는 돌아보지 않고 집을 향해 걸었다.

일을 해야 되겠지. 여자는 작고 약해 보였으니까 강도가 나가서 돈을 벌어야 한다. 할 줄 아는 거라곤 사람 패는 것밖에 없지만, 노가다라도 하면 어떻게든 두 사람 입에 풀칠은 할 것이다. 강도는 부지런하게 생활 정보지를 구하고 다녔다.

조금만 일찍 나타나지. 하루 일과를 끝내고 집으로 돌아가면서, 강도는 저도 모르게 그런 생각을 하고 있었다. 사람을 죽이기 전이라든가, 장 사장을 만나기 전이라든가, 혹은 그가 청계천에 발을 디디기 전으로. 물론 그 전이라면 더 좋았을 것이다. 소년원에 들어가기 전이나, 혹은 학교에 다니던 십대 중반으로.

아니, 애초에 날 버리지 않았으면-.

엄마.

개미지옥에 빠진 정어리 떼 | 187

주먹을 쓰면 학교에 와 빌어 줄 엄마가 있고, 돈을 훔치다 걸리면 종아리를 때릴 엄마가 있고, 소년원에 가면 울며 기다려 줄 엄마. 몸이 아플 땐 굵어 가는 아들의 뼈마디라도 쓸어 주고, 가난한 집 사정을 미안해하고, 사이가 좋지 않거나 멀리 떨어져 살더라도 가슴에 품어 서로의 존재를 당연하게 여기는, 엄마.

쓸데없는 생각이지만 그저 상상하는 것만으로도 근질근질한 기분이 들었다. 강도는 난생 처음으로 몽상에 빠져 걸음을 늦췄다. 자기 자신을 주연으로 삼은 행복한 성장 드라마였다. 위기 따위 없는 평탄한 인생으로 클라이맥스와 해피엔딩이 동시에 찾아오는.

입가 근육이 당겼다.

이강도에게는 적어도 최근 몇 년간 웃을 일이 없었다. 기억도 나지 않는다. 언제나 비틀리거나 꾹 다물려 있기만 하던 입가에 어설픈 미소가 드리웠다. 움찔거리며 경련하던 입가에 없던 것이 생기려 하니, 괜히 콧구멍까지 벌렁거렸다.

강도는 그렇게 들뜬 기분으로 그의 집 현관문을 열었다.

엄마!

그리고 여자의 목에 시퍼런 칼날을 들이대고 있는 남자를 발견할 수 있었다.

"강도, ……강도야!"

"거기 서! 거기 서서 문 닫아!"

강도는 처음에 이게 무슨 일인가 제대로 파악하지 못해 굳어 있었다. 너무 당황해서 움직이지도 못하고, 그저 여자의 목에 닿을 듯 말듯 움직이는 칼날만 바라보았다.

"뭐 하고 있어! 이 여자 죽는 꼴 보고 싶어?"

남자가 더욱 큰 소리로 윽박지르며 칼을 휘둘렀다. 그는 얼마 전 양수리에 있는 폐건물에서 떨어져 다리 불구가 된 문계송이었다. 강도는 그제야 손발을 퍼득거리며 집 안으로 들어와 현관문을 닫았다.

여자의 검은 단발이 잔뜩 헝클어졌다. 두려움에 젖은, 흔들리는 눈이 애처롭게 강도를 향했다. 계송이 팔을 움직일 때마다 여자의 몸이 힘없이 흔들거렸다. 식식거리는 놈의 숨이 여자의 머리에 닿았다.

가끔 보복을 하겠다고 찾아오는 놈들이 있긴 했지만, 생각지도 못했다. 이 집에 이강도가 아닌 다른 누군가가 있었던 적이 없기 때문이다. 강도는 칼을 휘두르는 눈앞의 계송보다 안일했던 자신을 향해 격렬한 분노를 느꼈다. 좀 더 단단히 주의를 시켰어야 했다. 혼자 두고 나가지 말았어야 했다.

모든 것이 나 때문이다.

"악마 새끼! 하루도…… 널 잊은 적이 없어."

계송이 끓는 목소리를 냈다. 벌겋게 핏발 선 눈이 강도를 향해 분노를 터뜨렸다.

"네놈 때문에 이렇게 평생, 병신으로 아무것도 못 하고…… 거지새끼가 돼서 살고 있어! 이제 네놈이 죽을 차례야! 거기 무릎 꿇어!"

"아아악!"

칼날이 여자의 목에 닿았다. 덜덜 떨리는 손끝이 자칫 잘못했다가는 상처만으로 끝나지 않을 것 같았다. 강도는 계송이 지금까지 오직 자신에 대한 복수심만으로 버텨 왔다는 사실을 깨달았다. 폭력에 익숙한 이강도는 타인이 보내는 살의에 민감했다.

강도가 망설임 없이 바닥에 무릎을 꿇었다.

"엄마를 놓아 줘! 엄마는 잘못 없어……."

생각할 것도 없이 흘러나온 말이었다. 강도는 여자를 위해 애원하고 있었다.

여자의 눈에 가득 차 있던 눈물이 정처 없이 흔들렸다.

"웃기지 마! 네놈도 나를 엄마 보는 앞에서 모욕을 줬어! 고작…… 삼백만 원 때문에……."

고작 삼백만 원. 잔뜩 갈라진 계송의 목소리가 뱃속을 들끓고 있었다. 그가 거실 바닥에 있던 휘발유 통을 강도에게 던졌다.

"내가 너…… 비참하게 죽는다고 말했지! 몸에 부어! 어서!"

강도가 휘발유 통을 집어 들고 뚜껑을 열었다. 그때까지 그저 두려움에 떨며 이리저리 흔들리기만 하던 여자가 급하게 숨을 몰아쉬었다. 코를 찌르는 휘발유 냄새가 퍼지고 강도가 쏟아지는 기름을 머리부터 뒤집어썼다.

여자의 입에서 흐으으으, 울음이 흘러나왔다.

"……용서해 주세요! 제 탓입니다. 제가…… 어릴 때 아이를 버려서! 사랑 없이 자랐어요. 그래서 그래요! 강도는 아무것도 몰라요. 내가, 내가 그렇게 만든 거예요……."

"개소리하지 마! 저 새끼는 돈으로 인간을 시험하는 악마로 태어났어!"

계송은 갈수록 통제 불능이 되었다. 여자가 눈물을 쏟으며 그의 바지에 매달렸다. 몇 번을 털어 내던 그가 여자를 향해 두 눈을 부릅뜨더니 거친 손을 휘둘렀다.

"닥쳐! 너도 날 발로 찼지! 똑같아!"

머리, 뺨 할 것 없이 무자비한 구타가 이어졌다. 여자는 신음을 흘리면서도 애원을 멈추지 않았다. 머리채를 잡혀도 계속 강도를 용서해 달라는 말만 했다.

강도의 눈이 벌겋게 달아올랐다.

"불을 붙여! 어서! 넌 죽어야 해!"

계송이 여자의 머리채를 잡고 칼을 휘둘렀다. 강도는 다스릴 수 없는 분노로 몸이 덜덜 떨릴 지경이었다. 위험한 순간에도 강도의 시선은 붓고 터진 여자의 얼굴을 떠날 줄 몰랐다.

강도가 라이터를 집어 들었다. 울먹이던 여자가 비명을 터뜨렸다.

"안 돼! 강도야! 살려 주세요! 제발 살려 주세요!"

여자는 무릎을 꿇고 두 손을 모아 빌었다. 무릎으로 걸어 계송의 다리에 얼굴을 들이밀고 두 손을 싹싹 빌었다.

강도는 숨을 쉴 수가 없었다.

계송이 여자의 머리채를 놓고 제 주머니를 뒤지더니 라이터를 꺼냈다. 그리고 강도의 눈앞에 들이밀며 음산하게 중얼거렸다.

"내가 붙여 줄까?"

"안 돼! 안 돼요!"

찰칵. 찰칵. 계송이 라이터를 켜며 헛손질을 할 때마다 여자의 동공이 찢어질 듯 커졌다.

"안 돼-!"

"움직이지 마!"

싹싹 빌던 두 손으로 계송의 다리를 잡고 여자가 계속해서 비명을 질렀다. 계송은 여자를 떨어내려 몸을 흔들었지만 불구가 된 다리로는 아무것도 할 수가 없었다. 그에 더욱 흥분한 그가 다시 라이터를 잡았다.

그때였다.

어느새 벌떡 일어난 여자가 라이터를 쥐고 있던 계송의 손을 물어뜯었다.

"으아아악—!"

라이터가 떨어지고, 강도가 몸을 움직인 것은 거의 동시였다. 언제나 뒷주머니에 꽂고 다니던 한 뼘 길이의 단도. 강도는 능숙한 손놀림으로 단도를 빼, 계송의 가슴에 던졌다. 강도의 칼이 계송의 옷을 뚫고 심장이 있는 왼쪽 가슴 주위에 푹 꽂혔다.

"어……억……."

계송이 비틀거렸다. 여자는 아직까지도 계송의 손을 물고 있었다. 일그러진 입술 아래 붉은 피가 흘러나왔다. 계송이 마지막 힘을 짜내 들고 있던 칼로 여자를 찌르려 손을 움직였다.

여자는 본능적으로 움직였다. 한 손으로 칼을 잡고, 강도가 던져 계송의 가슴에 박아 놓은 칼 손잡이 부분을 다른 손으로 깊이 눌렀다.

푸욱. 반쯤 꽂혀 있던 칼날이 손잡이 바로 앞까지 깊숙이 들어갔다.

"어어……."

계송이 들고 있던 칼을 떨어뜨렸다. 강도가 여자의 팔을 잡아 제 쪽으로 끌어당겼다. 휘청거리며 딸려 오는 작은 어깨를 끌어안고 핏발 선 눈으로 잔뜩 경계하며 계송을 바라보았다.

그가 절룩거리는 다리로 뒷걸음질 치기 시작했다. 등을 돌려, 달아났다.

 강도가 그를 따라가기 위해 몸을 일으켰지만 여자가 매달리듯 어깨를 잡고 놓아주지 않았다.

 "그만!"

 강도는 움직이지 않았다. 여자의 어깨를 감싼 팔을 풀지도 않았다. 그 안에서 바들바들 떨고 있는 약한 몸을 뿌리치지 않았다.

 창가로 다가간 강도가 바깥을 내다보았다. 몇 번이나 쓰러지던 계송이 비틀거리는 걸음으로 걷다가 택시를 잡아탔다. 도로 위에 점점이 떨어진 피가 붉었다.

 계송이 사라진 뒤, 몸을 씻고 옷을 갈아입은 강도가 화장실 문을 열고 나왔다. 여자는 바닥을 기어 다니며 휘발유와 핏자국을 닦고 있었다. 어느새 밤이 깊어, 바깥은 온통 캄캄했다. 그저 희미한 가로등 불빛만 새어 들어오고 있었다.

 아직까지 진정이 되질 않는지, 바닥을 닦는 여자의 손이 때때로 움찔거렸다. 창백한 얼굴도 그대로였다. 강도는 한숨을 내쉬며 바닥에 주저앉아 여자에게서 걸레를 빼앗아 들었다.

 흠칫 놀라던 여자가 강도 곁에 웅크리고 앉아 물었다.

 "죽지는…… 않았을 거야? 그치?"

 죽었을지도 몰랐다. 강도가 칼을 던진 곳은 계송의 왼쪽 가슴이었다. 심지어 여자가 칼날을 더 깊이 박아 넣었으니.

"경찰에 신고하지도 않은 거 같고······."

바닥을 대충 닦은 강도가 계송이 놓고 간 칼을 집어 던졌다. 탁 소리와 함께 벽에 꽂힌 칼을 바라보던 그가 걸레를 내려놓고 벌떡 일어났다. 여자의 시선이 따라오는 것이 느껴졌지만, 무슨 말을 어떻게 해야 할지 몰라서 그냥 침대에 벌렁 드러누워 한쪽 팔로 얼굴을 가렸다.

여자가 죽을지도 모른다는 생각에 울음이 터질 것처럼 무서웠다고는 차마 말할 수 없었다.

6

사람은 누구나 죽어

TV를 보거나 술집, 혹은 카페에서 생일 파티를 하는 사람들을 본 적이 있다. 빨갛고 노랗고 파란 초에 불을 붙이고 매년 태어난 날을 축하하는 것.

이상하다고 생각했다.

태어난 게 축하할 일인가? 어미 배를 부풀게 하고, 아래를 찢고 튀어나와 무거운 짐 덩어리가 되는 게? 하나부터 열까지 전부 보살피지 않으면 죽어 버리는 연약한 생물이 되는 게? 이강도처럼 버려지기라도 하면, 세상 밖 타인에게 천하에 둘도 없는 인간쓰레기 소릴 들을 텐데. 태어난 게 과연 축하받을 일인가.

세상의 모든 어미가 태어난 자식을 반기진 않을 텐데-.

"이만 삼천 원입니다."

돈을 내고 빵집을 나오면서도 이걸 왜 사야 하는지 알 수가 없었다. 그냥, 여자가 사 오라고 했으니까. 엄마가, 사 오라고 했으니까.

시키는 건 뭐든 다 해 줄 생각이었다.

냉장고 안에 진열되어 있는 갖가지 케이크를 보다가 대충 화려해 보이는 것으로 골랐다. 무슨 맛인지는 어차피 모르니까 뭘 사도 똑같을 거라고 생각했다. 네모난 포장 상자를 들고 집을 향해 걸으면서 안에 있는 케이크가 뭉개지진 않을지 걱정하다가, 집에 가면 여자의 생일을 물어봐야겠다고 결심했다.

매일 똑같이 걷고 오르는 집인데 오늘따라 걸음이 가벼웠다. 요 며칠 느릿느릿했던 걸음도 다시 빨라졌다. 강도는 계단을 달리듯 걸어 올라갔다. 그리고 집 앞에 섰는데.

문이 열려 있다.

그의 집 현관문이 활짝 열려 있었다.

순간 누군가가 뒷덜미를 세게 할퀸 것 같은 기분이 들었다. 뒷목을 타고 오르내리는 섬뜩한 불안이 배를 조였다. 오장육부가 다 뒤틀렸다. 강도는 그대로 달렸다. 집 안으로 들어가 문이란 문은 다 열어 보았다. 화장실, 침실 할 것 없이 벌컥벌컥. 그러다 거실을 둘러보니 온통 여자의 흔적이다.

사람은 누구나 죽어 | 197

마시다 만 물, 벗어 놓은 옷가지. 바닥에 떨어진 구불거리는 머리카락까지 전부.

　잠깐 외출한 거겠지.

　강도는 그렇게 생각하려 애썼다. 들썩거리는 가슴을 진정하고 꽉 쥐고 있던 케이크 상자를 식탁 위에 올렸다. 저녁은 뭘 먹어야 하나. 케이크를 사 오느라 저녁 생각을 못 해서 먹을 게 없었다. 다시 나가려고 몸을 돌렸는데, 열린 문이 시야에 들어왔다.

　강도는 현관문을 닫지 않았다. 그냥 그대로 걸어 집을 나가 옥상으로 올라갔다. 완전히 해가 져서 어두운 하늘에 검은 구름이 껴 있다. 희미하던 가로등도 점점이 누런빛을 뿌리고 있었다.

　강도는 옥상 난간 앞에 서서 여자를 기다렸다.

　그 작은 몸으로 마른 발목을 종종거리며 걸어올 여자. 강도는 가로등 아래 인도를 노려보다가, 도로를 살피다가 반대쪽 골목을 기웃거렸다. 안절부절못하는 주먹을 쥐었다 폈다 시계를 보고, 잇새로 욕설을 지껄였다. 수십 번이나 전화를 했지만 받질 않았다.

　시간은 더디게 흘렀다.

　차가운 밤공기에 온몸이 저릿저릿해질 때쯤, 시계가 열두 시를 가리켰다. 여자는 오지 않았다.

　더 이상 기다릴 수 없었다.

*   *   *

어쩌면 장 사장일지도 모른다.

강도는 어두운 밤거리를 미친놈처럼 내달리다 우뚝 걸음을 멈췄다. 악다문 잇새로 거친 숨이 잘게 부서져 가슴이 아팠다. 어깨를 들썩이다 가만 생각해 보니 장 사장이 근래 강도의 일처리를 유독 마음에 들어 하지 않았다는 사실이 떠올랐다.

― 이강도, 너 이 새끼. 요즘 이상한 바람 들었지. 일 그만두고 싶다고? 아주 사는 걸 그만두게 해 줘?

어차피 똑같은 가해자인 주제에, 장 사장은 직접 주먹을 쓰지 않는다는 사실 하나만으로 강도를 인간쓰레기 취급하는 버릇이 있었다. 양심도 없는 새끼. 근본도 없는 새끼. 그가 하는 말은 늘 똑같았다. 양심 있는 사람이 그렇게 말도 안 되는 돈놀이를 하는가 싶었지만 제 손에 묻은 피가 많아 그저 입을 다물기만 했다. 지금까지는.

넌 나한테 그러면 안 돼, 이 새끼야.

장 사장은 강도의 몸이 자라고, 주먹이 굳고, 눈빛이 날카로워질 때마다 늘 그런 소리를 했다. 키우던 개에게 물릴까 겁먹은 사육사처럼. 강도는 별다른 반박을 하지 않았다. 소년 교도소를 나온 뒤 몇 년이고 길바닥 돌멩이처럼 굴러다니

사람은 누구나 죽어 | 199

던 강도를 주워 이만큼이나 살게 해 준 사람이 장 사장이었기 때문이다. 물론 장 사장 입장에서는 아무것도 모르는 삼류 양아치 하나 거둬 입맛에 맞게 반죽만 한 셈이었지만, 그걸 은혜라고 우기는데 아니다 반박할 논리가 없었다.

그러니 제멋대로 날뛰는 이강도를 장 사장이 내버려 둘 리가 없다고.

강도는 방향을 틀어 다시 달리기 시작했다. 늦은 밤, 아무도 없는 밤거리를 울리는 그의 신발 소리가 탁탁 성마른 울림을 뱉어냈다.

늦은 밤인데도 장 사장의 대출 사무실은 환하게 불이 켜져 있었다. 새벽까지 잠드는 일이 없는 그들은 분명 사무실 안에서 현찰이 뭉텅이로 오가는 도박판을 벌이고 있을 것이다. 강도는 헐떡이는 숨을 진정할 겨를도 없이 문 앞에 서서 인터폰을 눌렀다.

딸깍. 누군가 인터폰을 받는 소리가 났다. 강도는 상대가 입을 열기도 전에 소리쳤다.

"장 사장님! 저 이강도입니다!"

인터폰 너머에서 쯧, 혀 차는 소리가 났다. 다시 딸깍 소리가 나더니 잠시 후 문이 열렸다.

강도는 벌컥 열린 문틈으로 장 사장의 얼굴이 튀어나오자 마른침을 삼키며 사무실 안쪽을 살펴보았다.

하지만 그 사이를 장 사장의 거대한 몸이 꽉 채우고 있어,

아무것도 볼 수가 없었다. 강도가 안달하며 시선을 내리자, 기름이 번들거리는 얼굴로 그를 노려보는 장 사장이 보였다.

강도는 따귀를 맞았다.

눈앞이 번쩍했다. 나무토막처럼 두꺼운 장 사장의 손바닥이 강도의 얼굴을 후려치고 지나갔다. 강도는 아픔을 느낄 새도 없었다.

"잘못했습니다!"

큰 소리로 잘못을 빌었지만 소용없었다. 장 사장이 다시 손을 들어 올렸다.

철썩. 철썩. 철썩. 철썩. 장 사장은 강도가 고개를 제자리로 돌릴 때마다 더 세게 따귀를 때렸다. 쓰러질 때까지 계속 때릴 속셈인 것 같았다. 입가의 여린 살이 찢어지며 붉은 피가 맺혔다. 그 후로도 몇 번이고 강도의 얼굴을 후려치던 장 사장은 그의 손가락에 끈적끈적한 피가 묻어나오자, 그제야 들어 올렸던 손을 내렸다.

"이 은혜도 모르는 새끼!"

장 사장이 소리쳤다. 강도는 허리까지 굽혀 가며 그에게 잘못을 빌었다.

"죄송합니다! 죄송합니다……."

퍼억. 이번엔 숙인 머리통을 후려갈겼다. 장 사장은 한쪽 발을 들어 올려 강도의 배를 발로 차 밀어냈다.

"꺼져! 뭐? 그만두고 싶어? 이 일이 니가 하고 싶을 때 하고, 하기 싫으면 안 해도 되는 그런 일인 줄 알았어? 넌 이 새끼야. 내 밑에서 나가는 순간 병신 되든가, 빵에 가는 거야."

"사장님……."

"시끄러워! 아무튼 니놈 일은 다른 사람이 잘하고 있어. 넌 그냥 꺼져!"

밀려나지 않으려 버티다 보니 절로 무릎을 꿇게 되었다. 강도는 장 사장의 허리춤을 붙잡았다. 주먹이 날아들어도 개의치 않고 애원했다.

"용서하시고 엄마를 돌려주십시오!"

"뭐? 엄마? 엄마가 있었어?"

강도는 그저 고개를 끄덕이기만 했다.

"……그래서 그만뒀어? 보복이 두려워서?"

기막혀하는 듯, 장 사장의 목소리에는 적당한 분노와 허탈함이 섞여 있었다. 쯧, 다시 한 번 혀를 찬 장 사장이 주먹을 내렸다. 나무토막처럼 두툼한 손바닥이 양복 주머니 속으로 사라지고, 강도는 머리 위로 툭 내던져진 그의 말을 들었다.

"난 아니야."

사실인지 아닌지 알 수가 없었다. 상대방의 거짓말을 귀신처럼 눈치채는 기술 같은 건 가지고 있지 않았다. 채무자들이 돈을 숨겨 놓고 없다고 할 땐 그저 때리다 보면 진실을 털어놓으니까 자세히 살필 필요도 없었다. 무너진 강도의 얼굴에 혼란스러움이 들어찼다.

　장 사장은 안 해도 될 말을 지껄였다.

　"니가 병신 만든 사람 중에 하나겠지."

　강도가 허물어졌던 무릎을 세웠다. 입가에 흐른 피를 주먹으로 문지르고 천천히 등을 돌렸다.

　장 사장은 끝까지 이강도를 가해자로 몰았다.

　"돈을 받아 오라고 했지. 병신 만들라고는 안 했어! 지나치게 잔인한 새끼."

　그럼 보험 증서에 사인은 왜 하게 했나. 왜 날 병신 전문이라고 불렀어. 강도는 묻지 않았다. 대신, 장 사장의 목소리가 들리지 않는 곳으로 달려가기 시작했다.

　벌써 두 시가 다 되어 간다.

　강도는 장 사장의 사무실에서 집까지 한 번도 쉬지 않고 달렸다. 여전히 열린 채로 방치되어 있는 현관문을 열고 들어가서 거실 한쪽 서랍에 넣어 둔 수첩을 찾아 펴 들었다. 그의 장부였다. 이강도가 그 동안 처리했던 일, 채무자들의 이름과 주소가 최종 상환액과 함께 자세하게 적혀 있는.

　강도가 떨리는 손으로 수첩을 펼쳤다. 한 장, 한 장을 넘길 때마다 배로 불안해졌다. 수많은 사람들의 이름. 그들은 모두 이강도에 의해 재산을 잃었거나, 몸의 일부분을 잃었거나, 가족을 잃었거나, 목숨을 잃었다. 상환이 끝난 자들의 이름에는 붉은 선이 그어져 있었다. 강도는 더듬거리며 볼펜을 찾아 쥐었다. 그리고 여자를 데려갔을지도 모르는, 용의자일지도 모르는 이름에 동그라미를 치기 시작했다.

최근일 것이다. 강도를 저주하며 몸부림쳤을 것이다. 책임져야 할 가족이 있지만, 그 가족에게 버림받았을지도 모른다. 그러니까-.

이럴 시간이 없었다. 강도는 다시 벌떡 일어나 가장 먼저 동그라미를 친 남자의 공장으로 달려갈 준비를 했다.

그런데 몸을 돌려 현관문을 열자마자, 강도의 몸이 석상처럼 굳어졌다.

끓는 분노가 갈 곳을 잃고 흘러넘쳤다. 뛰쳐나가려던 몸이 그대로 멈춰, 근육이 경련을 일으킬 참이었다.

현관 앞에 여자가 있었다.

"강도야……?"

여자는 막 문을 열고 들어오려던 참인지, 한쪽 손을 슬쩍 들어 올리고 있었다. 강도와 시선을 마주치자 검고 둥근 눈이 끔벅 움직이며 눈썹을 밀어냈다. 이 늦은 시간에 어딜 가냐는, 이해를 요구하는 눈빛이었다.

끔찍한 안도가 전신을 뒤덮었다. 강도는 갈 곳 없는 화를 풀기 위해 몇 번이고 벽을 내리쳤다. 쾅. 쾅. 쾅. 여자가 깜짝 놀라 어깨를 움츠렸다.

"어디 갔었어! 얼마나 걱정했는지 알아? 전화라도 가져가던지!"

강도의 고함 속엔 쩍쩍 갈라지는 울음이 섞여 있었다. 여자가 아주 작은 목소리로 말했다.

"미안해……."

시린 새벽 공기에 차가워진 작은 손이 강도의 눈앞으로 다가왔다. 여자가 한 걸음을 내디뎌 강도에게 다가서더니 강도의 얼굴을 어루만지기 시작했다. 피딱지가 앉은 입가를 쓸고, 부어오른 눈가를 매만졌다.

"걱정했구나. 엄마…… 괜찮아. 그런데 왜 다쳤어? 누가 이랬어?"

"아무것도 아냐."

"다치고 다니지 마. 응?"

여자가 두 팔을 벌렸다. 여자의 몸을 중심으로 깔때기처럼 어설프게 벌려진 팔, 그 안의 작은 공간이 강도를 안기 위해 다가오고 있었다. 그건 턱없이 좁고 낮아서 강도는 그의 커다란 몸이 그 안에 들어갈 수 없으리라고 생각했다.

여자는 강도를 안아 주기 위해 벌렸던 팔을 다시 내려야 했다.

강도가 적지 않은 힘으로 여자를 뿌리쳤기 때문이었다. 케이크를 사 들고 집으로 오던 길, 현관문이 열려 있다는 사실을 알았을 때부터 바닥을 모르고 곤두박질치던 이성이 완전

사람은 누구나 죽어 | 205

히 무너져 내렸다. 여자가 위험에 빠졌다는 것보다, 여자의 품이 너무 작아 그를 껴안을 수 없을 것 같다는 생각이 더 크게 와 닿았다. 그 와중에도 뿌리친 손을 물리지 않고 다시 한 번 다가오는 여자의 행동에 숨길 수 없이 기뻐하는 자신이 비참했다.

강도는 언젠가부터 조용히 울고 있었다.

그는 자신이 울고 있다는 사실을 몰랐다. 눈두덩에 축축하게 번진 눈물이 꼬리를 남기며 볼 위를 흐르고, 턱에 맺혀 떨어질 때까지도 모르고 있었다.

강도를 바라보던 여자의 얼굴에 깊은 슬픔이 배어 나왔다.

여자가 손을 들어 올려 강도의 눈물을 닦으려 했다. 하지만 강도는 다시 한 번 여자의 손을 뿌리치고 방 안으로 들어가 버렸다. 쾅 소리와 함께 닫힌 문이 침실을 한층 더 어둡게 만들었다. 강도는 비틀거리며 창가로 다가갔다. 유리창 밖에 우두커니 서 있는 가로등 불빛이 그의 얼굴을 누렇게 비추었다.

"어……엄마."

울음에 뭉개져 발음이 분명치 않았다. 강도는 입술만 달싹여 여자를 부르고는 얼른 소매로 눈물을 닦았다. 하지만 뜨뜻미지근한 눈물은 여전히 멈추지 않고 흘러내렸다. 어깨가 들썩이고 콧속이 끈적끈적한 점액으로 가득 차기 시작했다. 강도는 눈물을 닦을 때마다 함께 흘러나오는 콧물을 계속해서 소매로 훔쳐냈다.

치익-.
거실에서 성냥을 켜는 소리가 들렸다. 눈물이 마를 때까지 미동 없이 서서 애꿎은 가로등만 노려보던 강도가 고개를 돌렸다.

문을 열고 거실로 나왔더니 여자가 식탁 위에 강도가 사 온 케이크를 올려놓고 촛불을 켜고 있었다. 어스름한 달빛이 가라앉은 공간에 지독하게 안 어울리는 따스한 촛불이 흔들거렸다. 강도는 홀린 듯 걸어와 그 작은 불빛을 바라보았다.

"불어야지."

여자가 말했다. 강도는 촛불을 불어 끌 때, 소원을 빈다던 말을 떠올렸다.

소원. 강도는 선머슴 어린애가 된 것처럼 손을 모았다. 그리고 누군지도 모를 절대자에게 여자가 그를 떠나지 못하게 해 달라고 빌었다. 그렇게 하고 나니 여자의 무사 안녕을 빌었어야 했나, 하는 후회가 들었다.

"생일 축하합니다……. 생일 축하……합니다. 이렇게 하는 거 맞나?"

남의 입으로는 한 번도 들어본 일 없는 노래가 흘러나왔다. 고아원에서 하던 단체 생일 파티는 기억에 남아 있지도 않으니, 강도는 여자가 불러 주는 노래가 생애 처음이나 마찬가지라고 생각했다.

후욱. 강도가 어설프게 촛불을 껐다. 그의 눈엔 어느새 다시 눈물이 흘러내리고 있었다.

여자는 울지 않았다. 대신 어두운 거실에 앉아 물끄러미 강도를 올려다보았다. 강도의 눈을, 눈물을, 번갈아가며 몇 번이나 응시하더니 작은 입을 달싹였다.

"부탁이 있어."

"말해 봐."

"내일……."

강도는 순간, 여자가 무척이나 늙어 보인다고 생각했다. 오십은 넘었을 텐데 나이에 맞지 않게 젊어 보여 그를 의심케 하더니, 이제는 주름살 같은 건 그리 보이지도 않는데 지독하게 늙어 보였다. 툭 치면 스러져 심장이 멈출 것 같은 느낌. 생이 다한 나무가 스스로 뿌리를 들어내는 듯 지친 목소리였다.

"내일 나무 하나만 심어 줘."

나무. 강도는 여자가 하는 말에 무심코 고개를 끄덕였다.

"우리 만난 기념인가? 알았어. 근데……."

안심한 듯 고개를 숙이던 여자가 강도를 바라보았다.

"옷이 어디 갔어? 나 주려고 뜬 거. 오늘 입고 싶은데……."

강도가 거실을 두리번거리며 물었다. 어두워 보이질 않자,

불까지 켜고 찾았다. 여자가 이리저리 집을 들썩이는 강도의 손을 잡고 말했다.

"작다며. 다시 뜰 거야."

"뭐? 그냥 줘. 입다 보면 늘어나겠지."

"싫어. 너한테…… 작잖아."

고집스럽게 고개를 흔드는 여자를 보며, 강도는 뜨끈해진 눈가를 쓸었다.

다음 날 강도는 여자를 위해 나무를 심었다. 자리까지 다 정해 놨다며, 여자는 소나무 묘목을 짊어진 강도를 이끌고 인근에 있는 야트막한 산자락으로 갔다. 오래된 참나무들이 둘러싸고 있는 둥글고 작은 공터였다. 오전엔 해가 들고, 멀리 청계천이 보였다.

"여기?"

강도가 물었다. 여자가 고개를 끄덕였다. 언제 와서 미리 파 놓은 것인지, 작은 구덩이가 보였다. 강도는 묘목이 자리를 잡을 수 있도록 한 번 더 삽질을 했다.

"우리 만난 기념이야?"

여자가 해사하게 웃었다. 미소를 지어도 꺼질 듯 위태로운 웃음만 간혹 흘리던 여자가, 얼굴 가득 잔주름을 퍼뜨리며 웃었다.

"여기는 다 참나무들인데 이 소나무가 여기서 살까?"

사람은 누구나 죽어 | 209

"살 거야."

나무를 다 심은 뒤에는 둘이 돌아가면서 흙을 밟았다. 여자가 중얼거리듯 고맙다고 말했고, 강도는 그냥 고개를 끄덕였다.

"강도야."

"말해요."

"나 죽으면 여기 나무 아래 묻어 줘."

"뭐?"

강도는 화를 냈다. 왜 그런 말을 하냐고, 재수 없는 소리 하지 말라고 소리를 질렀다. 여자는 강도의 얼굴을 물끄러미 올려다보았다. 그리고 다시 한 번 웃었다.

"사람은 누구나 죽잖아."

그렇지만 아직 아니잖아. 강도는 답답한 마음에 여자의 손을 움켜쥐고 재빨리 산을 내려왔다. 종종거리며 따라오는 여자는 내내 말이 없었다.

그날 밤은 유난히 잠이 오질 않았다. 이제는 습관이 될 것 같은 불면이라, 강도는 애써 눈을 감지도 않고 그저 누워만 있었다.

여자는 작은 방에서 자고 있을 터다. 기척도 없이 조용한 걸 보니 자는 게 분명했다. 강도는 오래 고민할 것 없이 침대 위에 아무렇게나 늘어뜨렸던 몸을 일으켰다. 그리고 어둠 속을 걸어 여자가 잠든 방으로 들어갔다.

 여자는 얕고 고른 숨을 쉬고 있었다. 강도는 한참을 서서 잠든 여자를 내려다보았다. 여자의 방 창문은 가로등 길가에 있지 않아, 온통 어둠뿐이었다. 그래도 얼마간의 시간을 더 버티고 서 있으니 선연한 윤곽이 드러나기 시작했다.

 엄마.

 여자는 옆으로 누워 둥글게 몸을 말고 있었다. 비틀려 다무는 것밖에 할 줄 모르던 강도의 입이 부드럽게 벌어졌다. 그는 여자를 보며 다시 한 번 천천히 말했다.

 "엄마."

 여자에겐 들릴 리가 없을 정도로 아주 작은 말이었다. 소리가 입 밖으로 나오지 않아 숨으로만 맴돌았다. 그래도 상관없었다.

 강도가 여자의 침대 속으로 몸을 움직였다. 이불을 들추고 그 안의 작은 공간으로 제 큰 몸을 우그려 넣었다. 여자의 턱 밑으로 머리를 우그려 넣고, 몸통을 끌어안았다. 이불 밖으로 다리가 나왔지만 올릴 생각도 없었다. 그는 그저 여자의 작은 품 안에 들어가고 싶었을 뿐이었다.

 여자가 잠에서 깨어났다. 고르던 숨이 멎고, 짧게 들이마셨다가 길게 내뱉어진다. 강도는 눈을 감았다. 그리고 여자의 손을 제 몸에 두르고 다시, 더 깊은 품 안으로 파고 들어갔다.

여자의 몸에서 부드러운 냄새가 났다. 마른 가을 같은 냄새. 체온을 잃어 가는 향기였다. 강도는 눈을 감고 깊게 숨을 들이켜며 여자의 가슴에 얼굴을 묻었다. 두 개의 젖무덤에서 그 향이 나는 것 같았다. 엄마 냄새. 이건 엄마 냄새였다. 그게 뭔지도 모르면서 그렇게 느꼈다. 그의 얼굴이 좌우로 흔들리며 여자의 가슴을 파헤치기 시작했다.

그때까지 가만히 강도를 품고 있던 여자가 돌연 이불을 걷어 냈다. 그러더니 멈칫 고개를 들어 올린 강도의 뺨을 찰싹하고 세게 내리쳤다.

따끔한 통증이 느껴졌다. 강도가 당황하며 여자를 올려다 보았다.

"네 방에 가서 자."

어둠에 익숙해진 시야에, 여자의 굳은 얼굴이 보였다. 애처롭고 약하게만 보였던 여자의 얼굴이 무서운 그림자를 드리우고 있었다. 엄하게 다그치는 말투에, 강도가 저도 모르게 눈을 내리깔았다. 어째서 이렇게 움츠러드는지 모를 노릇이었다. 무슨 잘못을 했는지 모르겠는데, 뭔가 큰 잘못을 한 것 같은 느낌이었다.

"어서 나가!"

여자가 다시 한 번 강도에게 말했다. 소리를 지르거나 비명을 지르는 게 아니라, 그저 단호하게 나가라고 했다. 강도는 그제야 비칠비칠 몸을 일으켜 여자의 방을 나섰다.

잠을 잘 수 없었다.

아침이 되자 분위기는 더 이상하게 가라앉았다. 강도는 태어나 처음으로 누군가의 눈치를 보기 시작했다. 여자는 사실 평소와 그리 다를 바 없는 모습인데, 이상하게 화난 사람처럼 보였다. 씻고 청소하고 아침을 준비하는 와중에도 평소보다 강도와 눈을 마주치는 횟수가 적었다.

강도는 그가 정말로 무슨, 큰 잘못을 했다고 생각했다.

사실 여자가 아침을 준비하는 건 강도가 일어나기 전이었기 때문에, 눈을 마주치고 대화를 하거나 하는 일은 지금까지도 많지 않았다. 여자는 평소와 다름없이 묵묵하게 집안일을 했을 뿐이었다. 하지만 간밤 내내 잠을 설친 강도가 평소보다 이른 시간에 일어났고, 저 혼자 겁에 질려 여자를 슬쩍 피해 다니며 눈치를 보고 있었다.

"밥 먹어."

강도가 화장실에서 나오자마자 여자가 수저를 놓으며 말했다. 메뉴도 평소와 다르지 않았다. 여자가 가져온 것인지 없던 김치가 생겼고, 그걸 넣어 끓인 찌개가 있을 뿐이었다. 강도는 의자에 앉아 젓가락을 들고 여자를 바라보았다.

엄한 얼굴도, 단호한 목소리도 없었다. 지난밤에 뺨을 맞았던 것조차 꿈인가 느껴질 정도였다.

강도는 결국 밥 한 숟가락도 입에 넣지 못한 채 묻고 말았다.

"내가 뭐 잘못했어?"

"그래."

강도의 얼굴이 설핏 굳었다. 여자가 이렇게 빨리 대답할 줄은 몰랐다는 듯, 눈가 근육이 당겼다.

"무슨?"

내가 뭘 잘못했어. 강도가 물었다. 여자는 이번에도 망설일 것도 없이 즉각 대답했다.

"이제 어린애가 아니잖아?"

"뭐?"

"다 큰 아들이 엄마랑 자는 거 봤어?"

강도는 대답하지 못했다.

"잘못해서 혼난 거야. 다음부터 그러지 않으면 되잖아. 이제 밥 먹어. 응?"

여자가 다시 다정하게 말을 걸었다. 강도는 풀 죽은 얼굴로 미미하게 고개를 끄덕였다. 턱을 괴고 앉아 강도가 밥 먹는 모습을 지켜보던 여자가 불쑥 걱정스럽게 말했다.

"이따 나무에 물 좀 주고 와. 아무래도 말라 죽을 거 같아."

어제 나무를 심었던 자리만 유독 흙이 울퉁불퉁해 금방 찾아낼 수 있었다. 강도는 물을 주면서 동시에 발을 움직여 엉성한 흙더미를 꾹꾹 밟았다. 강도의 가슴께도 오지 않는 작은 소나무는 오래된 참나무들 사이에서 단연 눈에 띄었다.

왜 소나무일까.

강도는 나무를 심는 내내 어린애처럼 쪼그리고 앉아 소나무 잎사귀만 뚫어져라 쳐다보던 여자를 떠올렸다. 이 볼품없는 작은 나무가 여자에게 무슨 의미를 가지는가. 우리 만난 기념인가 묻는 말에, 여자는 대답하지 않았다.

– 나 죽으면 여기 나무 아래 묻어 줘.

왜 그런 말을 했을까.

꼭 죽을 때가 가까운 사람인 양.

소나무 둥치를 어슬렁거리던 강도의 주머니에서 핸드폰 벨소리가 들렸다. 주위가 고요해 단조로운 벨소리가 온통 크게 울렸다. 침묵을 깨는 기계음은 날카로웠다. 강도는 어울리지 않게 어깨를 움츠렸다.

"여보세요."

지– 지직– 직. 조용한 가운데 뭔가 묵직한 것을 질질 끄는 소리가 났다.

"여보세요?"

불길한 예감이 들었다. 요 며칠 동안 강도를 미치게 만들었던 불안감이 서서히 실체화되고 있었다. 안개처럼 뿌옇고 바람처럼 신출귀몰하던 것이 형상을 갖추고 이를 드러냈다. 강도는 전화기를 귀에 바짝 붙이고 짧은 숨을 들이마셨다.

어느새 그의 입술을 비집고 하악하악 거친 숨소리가 새어 나오고 있었다.

콰당-!

부딪치는 소리.

쨍그랑-!

깨지는 소리.

강도는 어찌할 바를 모르고 여보세요 여보세요, 소리를 질렀다. 그때 여자가 울음 섞인 비명을 내질렀다.

- 강도…… 강도야! 누가 문을 부숴!

"뭐? 엄마!"

- 어억!

여자의 목소리가 비틀렸다. 문이 열렸는지, 철문 부서지는 소리가 났다. 강도는 달리기 시작했다. 전화기를 들고, 나무 사이를 헐레벌떡 뛰었다.

- 강도…… 아악! 강도야! 제발…… 왜 이래요!

누가 여자를 때리고 있었다. 여자가 신음을 흘리고, 울음을 내뱉었다. 철썩 소리가 연달아 들리더니 집 안을 부수는 소리도 들렸다.

"엄마! 무슨 일이야!? 누가 왔어!"

- 아악! 아아악!

여자의 비명이 서릿바람 속에 흩어졌다. 강도는 뚝 끊어진 전화기를 부서뜨릴 듯 거세게 움켜쥐고 집을 향해 달려가기 시작했다.

애증(愛憎)

 엄마가 생긴 너는 꽤 다정한 아들이었다. 인간 백정이나 다름없는 일을 하면서도, 그들의 끔찍한 사연을 내게 들키고 싶어 하지 않았다.

 너는 내가 부산을 떨며 깨울 때까지 일어나지 않고 기다렸고, 밥을 챙겨 줘야 먹었다. 내 별것 아닌 솜씨에도 밥을 남기는 일이 없는 너는 늦게 들어오거나 외박을 하지도 않았다. 내게 말을 거는 일은 드물었으나, 나와 되도록 많은 시간을 보내기 위해 바깥에 나가지 않으려 애쓴다는 사실쯤은 눈치챌 수 있었다.

 너는 이상했다. 술도 담배도 하지 않았다. 나는 네가 집으로 돌아오기 전에 피웠던 담배 냄새를 지우고, 바깥에 나갔다가 돌아오면 양치부터 했다. 고작 담배 몇 대에 네게 독한 여자로 보이고 싶지 않았다. 나는 사는 게 헛헛해서 담배를 배웠지만 담배 맛이 좋다고는 한 번도 생각해 본 일 없었다. 그저 끊을 이유가 없으니 계속 피울 뿐이었다.

 술도 마찬가지였다. 나는 잊어버리고 싶은 과거가 아주 많았다. 일일이 나열하기도 버거운 낯 뜨거운 과거들. 천이백 원짜리 소주 한 병이면 다 잊어버릴 수 있는데 굳이 스스로를 고문하면서 살고 싶지 않았다. 나는 얼마 전까지 거의 매일 술을 마셨다. 하지만 너를 만나고부터는 그러지 않았다.

 너의 마음이, 나조차도 버겁게 느껴질 정도의 빠른 속도로 변화하고 있다는 걸 알았다. 너는 몰랐던 모양이지만 내게 웃을 줄도 알게 되었고, 가끔은 울 것 같은 얼굴로 나를 물끄러미 바라볼 때도 있었다. 시도 때도 없이 우물거리는 입술이 나를 엄마라고 부르기 위한 준비 과정이라는 걸 나는 알았다. 기다리는 시간은 지루하지 않았다.

 산책이나 나가자는 말에 무뚝뚝하게 점퍼를 입고 나서는 너를 보면서, 나는 무슨 얘기를 들려줄까 고민했다. 오십 살이 넘도록 악착같이 살았는데 마땅히 털어놓을 따뜻한 추억이 없어서 정말로 한참을 고민해야 했다.

"애기가 태어난 지 얼마 안 돼서 이렇게…… 잘 때 얼굴을 찡긋찡긋거리거든. 그걸 배냇짓이라고 하는데, 나는 처음에 그게 뭔지 몰라서 이게 웃는 건가 우는 건가…… 한참 고민했어. 가르쳐 줄 사람도 없고, 마냥 신기하고 웃겨서 매일매일 쳐다봤지. 그런데도 질리지가 않는 거야. 어느 날은 애교를 부리는 건가 싶고…… 어느 날은 얼굴을 찡그리는가 싶고."

내가 그랬다고? 네가 물었다. 나는 웃었다.
우리는 청계천을 따라 걸었다. 캄캄한 밤의 인공 냇가엔 사람이 없었다.

"뱃속에 있을 땐 더했지. 초산인 데다 몸도 작은데, 이상하게 배만 엄청 컸어. 시장 사람들이 죄다 한마디씩 하는 거야. 아들이구먼. 아들이여. 아들이겠네. 그땐 병원도 잘 안 가서 아들인지 딸인지 모르고 그냥 낳는 사람 많았는데, 나는 덕분에 쉽게 알았지."

아들이라서 좋았어? 네가 물었다. 나는 또 웃었다.
편의점에서 따뜻한 커피를 사 들고, 마시진 않고 손에 쥐었다. 너는 내가 건네주는 커피를 거절했다. 나는 뜨거운 캔을 양쪽 주머니에 넣고 손을 녹였다.

"진통이 시작됐는데 일이 많이 밀려 있었어. 다림질도 해야 되고, 바지 기장 줄여 달라는 건 또 왜 그렇게 많은지. 그건 그나마 시간이나 빠르지, 정장 사이즈 줄여 달라고 가져왔는데 몸통을 줄여 놨더니 소매가 너무 큰 거야. 진통이 오면 가위 잡고 웅크렸다가…… 다시 일하고, 또 한참 있다 진통이 오면 다리미 올려놓고 웅크리고. 멍청하게 계속 버티다가 가게 문 걸어 놓고 나가는데, 진짜 길에서 낳는 줄 알았어. 너무너무 아파서 전봇대 붙들고 엉엉 울었더니 지나가던 사람들이 병원까지 데려다 주더라고. 나도 참…… 왜 그랬는지. 간신히 병원에 갔더니 의사가 깜짝 놀라는 거야. 이 아줌마 애 다 낳았네. 그랬어. 웃기지."

많이…… 아팠어? 진짜 그렇게 아팠어요? 네가 물었다. 나는 고개를 끄덕였다.

돌아오는 길에 너는 드디어 나를 엄마라고 불렀다. 입술을 우물거리면서, 마치 실수로 물을 쏟아 낸 것처럼 급작스럽게.

나는 내가 할 수 있는 최대한의 기쁨을 가장하고 웃었다.
울음이 터질 것 같았기 때문에.

며칠 전부터 누군가 나를 지켜보고 있는 것 같았다. 뒷목이 서늘하니 따끔거릴 때마다 휙 뒤돌아봤지만 누군지 알아낼 수 없었다. 하지만 익숙한 눈빛, 익숙한 감정이었다. 가눌 곳 없는 분노를 머금은 원한과 살의가 충만한 시선.

나는 그 원인이 너라는 사실을 어렵지 않게 깨달았다. 네가 버는 돈은 그 사람들의 증오를 낳았으니까.

언젠가는 나타나겠지. 위협을 하거나 원망을 할지도 모른다. 하지만 나는 네게 말하지 않았다. 흔한 일일 텐데 유난 떨고 싶지 않았다. 내게 삶에 대한 집착이 조금도 남아 있지 않았기 때문이기도 했다.

남자는 한쪽 다리를 심하게 절뚝거렸다. 너무 쉽게 문을 열고 들어오기에 잠그지 않았던가 고민도 해 봤다. 그러다 눈이 마주쳤고, 나는 그 사람을 대번에 알아보았다.

양수리에서 시멘트 블록을 끌어안은 채 떨어진 남자였다. 그땐 나도 네 마음을 돌리기에 급해서 깊이 생각할 것도 없이 남자의 부러진 다리를 걷어찼었다.

— 악마 새끼! 하루도…… 널 잊은 적이 없어!
— 이제 네놈이 죽을 차례야! 거기 무릎 꿇어!

내 목에 드리워진 남자의 칼을 보고 너는 무릎을 꿇었다. 나는 모든 것이 내 잘못이라 빌었다. 내가 널 버려서, 사랑 없이 자라서 그런 거라고 소리치고 빌었다.

당연하게도 내 알량한 애원은 소용이 없었다. 남자는 휘발유 통을 던졌고, 너는 기름을 뒤집어썼다. 라이터 돌이 찰칵찰칵 소리를 낼 때마다 내 마음은 새카맣게 타들어 가는 것 같았다. 나는 얼마 안 가 죽을 테지만, 그때가 결코 지금은 아니었다.

어디서 그런 힘이 나왔는지 모를 노릇이다. 나는 남자의 팔을 물었고, 너는 남자의 몸에 칼을 꽂았다.

남자가 피 흘리며 달아난 후, 핏자국을 닦는 내내 나는 온몸을 달달 떨었다. 무서워서가 아니라 지나치게 화가 났기 때문이었다. 걷잡을 수 없는 흥분 때문에 씩씩 콧김이 새어 나올 지경이었다. 이 세상의 어느 누구도 너를 죽일 수 없었다. 내가 있는 한, 신이라 해도 너를 벌할 수 없었다. 어디 감히- 다리병신 따위가 찾아와 너를 단죄하려 한단 말인가.

그날 밤 너는 악몽에 시달렸다.

나는 네 머리맡에 앉아 너의 밤을 지켜보고 있었다.

내가 그 다리병신에게 죽는 꿈이라도 꾸는 것인지, 너는 울음 섞인 신음을 흘리며 몸을 뒤틀었다. 간간히 들려오는 엄마 소리에 나는 손발이 차갑게 식어 가는 느낌을 받았다.

너는 참 불쌍한 아이다.

나는 내 인생이 너무 불쌍해서 남을 동정하지 않는 여자다. 하지만 나는, 네가 너무 불쌍해서 울고 싶었다.

<u>으으으</u>, <u>흐으으</u>. 참 힘들게도 새어 나오는 신음이었다. 그냥 속 시원히 뱉으면 잠에서 깨어날 수도 있었을 텐데, 무슨 꿈이기에 그토록 깨어나지 못해 안달하고 있느냐. 엄마 가지 마. 엄마 안 돼. 엄마 제발. 너는 꿈속에서 참 간절하게도 엄마를 불렀다. 깨어 있을 때 그러지. 그러면 나는 아무 미련 없이 죽을 수 있을 텐데. 너는 꼭 내가 없는 곳에서 엄마를 찾는가 보다.

얼마나 그리웠으면.

애증이란 게 그렇다. 사랑이 클수록 미움도 크고, 미움이 자라는 만큼 사랑이 자란다. 너는 평생 동안 어미를 미워하고 원망하고 증오하였으니, 그만큼 나를 사랑하게 됐을 것이다.

나는 여전히 네 머리맡에 앉아 있었다. 이만한 인기척에도 깨어나지 않는 너를 보곤 용기를 얻어, 네 얼굴을 쓰다듬기도 했다. 까칠한 볼을, 축축한 이마를 만졌다. 너는 각진 이마와 살짝 휘어진 코, 아래로 처졌음에도 신기하게 험악해 보이는 눈매를 가졌다. 눈썹 때문인가. 짙은 눈썹을 매만지다 짧은 머리도 쓸어 보았다.

어쩌면 이렇게 하나도 닮지를 않았나.

나는 내 얼굴을 아주 잘 안다. 네 눈에 어떻게 보이는지도 안다. 너는 어찌 생각할지 몰라도, 나는 참 그게 걱정스러웠더랬다. 닮은 데가 없어 내 말을 안 믿어 줄까 봐. 내 몸은 아주 작고, 내 눈은 둥글고 처연해 가련해 보이며, 내 코와 입은 평범하기 그지없다.

그런 생각을 하면서 너를 매만지는데, 돌연 네가 악몽 속에서 빠져나왔다. 평온해진 얼굴로 내 손바닥을 비비고 있다. 애교 많은 강아지가 주인에게 밥 달라 칭얼거리듯 속없는 행동이었다.

무슨 변덕인지.

나는 너를 한번 품어 보기로 했다.

혹시 모르니까.

이불 속엔 온기가 별로 없었다. 나는 네 머리를 끌어안고 옆으로 몸을 누였다. 몽중에서도 내 품을 파고드는 네가 가엾다. 너는 그 큰 몸을 꿈틀거리며 내 안으로, 안으로 안겨들었다.

나는 네가 자라지 않았음을 안다.

어미의 젖가슴이 주는 원초적인 애정과 풍요로움을 느끼지 못했을 너라서, 나는 네가 내 가슴에 얼굴을 문질렀을 때도 이해할 수 있었다. 몹쓸 병에 걸린 너는 내 품속에서 발기하고, 허리 짓을 했다. 무슨 짓을 하고 있는지도 전혀 모른 채 그저 애달프게 매달리기만 했다. 나는 처음엔 아주 크게 놀랐으나, 이내 숨 막힐 듯 가슴이 아팠다. 너는 이렇게도 불쌍하다. 이 세상 모든 아들들의 첫 이성은 어미요, 욕정이 올바르게 자라도록 강제하는 이도 어미여야 한다. 하지만 그 어느 것 하나 누리지 못한 너는 아직 첫 몽정의 그날에 머물러 있는 듯하다. 나는 너의 바지 속으로 손을 집어넣었다. 단단하게 발기되어 뜨거운 열기가 새어 나왔다. 어느덧 격렬하게 흔들리던 네 몸이 멈추고, 나는 평화롭게 잠든 너를 지켜보다가 침대 밖으로 기어 나왔다.
 화장실에서 네 정액이 묻은 손을 씻으면서, 나는 울었다.
 숨 쉬기가 괴로워 울다가 죽을 수도 있겠다 싶었다.

 너는 부끄러운 꿈을 꿨다 웃으며 말했지만, 나는 그 밤사이 한 가지 결심을 했다.
 너는 이제 자라야만 한다.
 언제까지고 어린 채로 살아서는 안 된다. 나를 위해서도 너는 어서 빨리 자라야만 했다.
 그래서 또 잔머리를 굴렸다. 나를 만나 한 살이라도 나이를 먹는 너를 확인하고 싶어서 오늘이 네 생일이라 거짓말을 했다. 케이크가 필요하다 말하는 내게, 너는 그 스웨터가 생일 선물이었느냐 물었다. 설거지를 하는 동안 조용하다 싶어 돌아보았더니 네가 스웨터를 입고 있었다. 너는 옷이 작다 말했다. 나는 고개를 끄덕이며 벗어 놓으라고 말했다.
 어딜 가는지 기분이 좋아 보였던 너는 멍하니 생각에 빠진 내게 우물쭈물 속삭였다.

- ……불안해.
- 갑자기 사라질 것 같아.
- 다시 혼자가 되면 못 살 거 같아.

아아. 나는 이제 때가 됐음을 깨달았다.
 너는 내가 없으면 못 살 정도로 나를 사랑하고 있었다. 나는 이제 네게, 사랑보다 더 깊고 거대한 것을 가르치기로 했다.

7

용의자들

 숨이 차다. 경련하는 호흡기를 타고 들쩍지근한 이산화탄소가 뿜어져 나왔다. 가슴이 아파 몇 번이나 으흐, 으흐 신음을 내뱉었다. 지나가는 사람들이 강도를 이상한 눈으로 바라봤다. 대낮 청계천 골목을 미친 듯 질주하는 키 큰 남자는 그네들 눈에 쫓기는 범죄자로밖에 보이지 않았을 것이다.

 산소가 들어가 이산화탄소가 되어 나오는 과정이 이렇듯 고통스럽게 느껴진 건 처음이었다.

 까마득한 학창 시절, 선생들 담배를 주워 피다 걸려서 좆빠질 정도로 운동장을 돌았을 때에도 이렇게 괴롭지는 않았던 것 같았다. 그때 운동장의 모든 산소를 다 마실 기세로 숨을 들이켜던 강도에게 체육인지 수학인지 기억도 안 나는 선생이 반장에게 말했다. 이 새끼 본드 냄새나나 잘 맡아 봐.

어수룩한 반장은 본드 냄새가 어떤 건지도 모르고, 그저 시키니까 한다는 불쾌한 얼굴을 하고 강도에게 다가와 냄새를 맡았다. 안 나는 것 같은데요. 반장이 말했다. 선생은 코웃음 쳤다. 그럼 안 씻어서 나는 냄새냐 이거? 강도는 아무 말도 하지 않았다. 몇 바퀴를 뛰었는지도 몰랐다. 선생은 강도가 고아이기 때문에, 엄마 없는 새끼이기 때문에 그렇다는 말은 한 마디도 하지 않았지만 강도의 귀에는 모든 것이 그렇게 들렸다.

강도는 그날 후들거리는 다리를 질질 끌고 공구상에 가서 목공용 본드를 한 통 샀다. 짜서 쓰는 것도 아니고, 통으로 나오는 누런 본드였다. 마시려고 마음만 먹으면 죽을 수도 있는 양이었다. 하지만 강도는 본드 통을 들고 다리를 질질 끌어서 선생의 고물 자동차가 있는 곳으로 갔다. 어설프게 주차된 승용차들 사이에 붉은색 스텔라가 보였다.

강도는 본드 한 통을 전부 쏟아부었다.

그가 그런 짓을 한 것도 전부 엄마가 없기 때문이었다. 이 강도는 엄마가 없어서 빌어먹을 개새끼가 됐다.

"씨바아알-!"

그때 맡았던 본드 냄새가 나는 것 같았다. 콧속을 마비시키는 누렇고 찐득찐득한 냄새가 흐으, 흐으 숨을 내쉴 때마다 느껴졌다. 달리는 내내 미칠 것 같은 분노가 치솟았다. 너무 화가 나면 눈물이 날 수도 있다는 걸, 처음으로 알았다.

청계천의 뿌연 하늘이, 낡고 부산스러운 상가가, 맺고 끊긴 골목이 하나씩 사라졌다. 그러자 강도의 시야엔 오직 여자만이 남았다. 작고 야윈 어깨에 회색 모직 코트를 뒤집어쓴 여자가 울고 있었다. 비틀거리며 달아나고 있었다. 손이 없고 다리가 없는 병신들이 칼을 들고 여자를 뒤쫓았다. 으아아아. 강도는 거의 본능적으로 달리고 있었다. 그저 조금이라도 빨리 집으로 가야 한다는 생각뿐이었다.

"엄마! 엄마! ……엄마아아!"

고함을 지르며 들어간 집 안은 온통 난장판이었다. 깨진 유리가 바닥을 나뒹굴었다. 문은 활짝 열려 있고, 거실에 있던 몇 개 안 되는 가구가 쓰러져 엉뚱한 장소에 처박혀 있었다. 여자가 먹던 것으로 보이는 밥상이 뒤엎어진 채 식탁과 의자에 냄새나는 국물을 흘렸다. 강도는 턱이 덜덜 떨려와 일부러 입을 꾹 다물었다.

여자가 없었다. 엄마가 없었다.

"엄마…… 어디 있어. 엄마……."

깨진 유리조각에 피가 묻어 있었다. 강도는 식식거리는 숨을 급하게 삼키다 바닥에 떨어져 있는 수첩을 집어 들었다. 장부였다.

누가 엄마를 데려간 건지 찾아야 했다. 강도는 동그라미가 그려진 몇 개의 주소를 훑어 내리며 급하게 집을 나섰다.

 첫 번째 용의자는 범인이 아니었다. 한쪽 다리를 잃어 휠체어에 앉은 시보리 공장 사장은 강도를 보자마자 온몸을 덜덜 떨기 시작했다. 휠체어 높이에 맞춰 낮게 제작한 작업대 위에 망치질 하던 철판이 여러 개 뒹굴고 있었다. 그는 공장 문을 열고 강도가 들어오자마자 망치를 떨어뜨렸다.
 "너야?"
 강도가 이를 갈며 물었다. 남자는 무조건 고개를 흔들었다. 휠체어 바퀴를 타고 누런 오줌이 새어 나왔다. 남자의 바지가 축축하게 젖어 들었다.
 "정말 아니야?"
 "왜, 왜 그래⋯⋯ 뭔데 그래. 보험금 다 줬잖아. 또 왜 이래!"
 병신. 강도가 중얼거렸다. 스스로에게 하는 말이었는데, 남자가 어깨를 떨었다. 강도는 제대로 움직이지도 못하는 눈앞의 남자가 여자를 해코지할 수 없다는 사실을 인정했다. 그러자 앉은 채로 오줌을 질질 흘리며 달달 떠는 남자가 측은하게 느껴졌다.
 분명 마지막으로 만났을 때 반드시 죽여 버리겠다고 복수할 거라고 소리를 고래고래 질렀는데, 휠체어에 앉은 채로는 불가능한 얘기였다.

강도가 바닥에 떨어진 망치를 들어 남자의 다리 위에 올려 주었다. 뒤돌아 걸어 나가는 그의 등 뒤로 울분에 가득 찬 망치 소리가 들려왔다.

 두 번째 용의자도 아니었다. 문 닫힌 공구 상가 앞에서 한참을 서성이던 강도는 옆집 구멍가게 노인이 그 집 시골로 이사 갔다고 전해 주는 말에 그대로 몸을 돌렸다. 주소를 알아내는 건 어렵지 않았다. '공장 임대, 급매' 종이에 적혀 있는 번호로 전화만 하면 되었으니까.
 하지만 찾아간 양평 구석에 놈은 없었다. 넋이 나간 듯 보이는 노모가 혼자 앉아 중얼거리고 있을 뿐이었다. 강도가 대문 안쪽으로 들어서자, 노모는 아들 친구가 왔다며 크게 기뻐하더니 다짜고짜 강도의 손을 잡고 걸었다.
 "……아들 있어요?"
 강도가 물었다. 노모는 여전히 혼잣말을 중얼거리고 있었다. 아이고 이럴 줄 알았으면은 미리 갔다 오지 말 것을. 다리가 아파 죽겠네. 그래도 친구 놈이 왔는데 데려다는 줘야지. 저녁은 묵고 갈 테냐.
 "이종도! 어디 있냐니까!"
 강도가 노모의 귓가에 대고 크게 소리 질렀다. 노모는 걸음을 멈추지 않았다. 억센 손이 강도의 손목을 움켜쥐고 한참을 걸었다. 그렇게 얼떨결에 따라간 뒷산 입구에 허름한

묘가 있었다.

　여자의 소나무처럼 울퉁불퉁 성근 흙이 튀어나온 묘였다.

　"종도야. 친구 왔다."

　노모가 드디어 입을 열어 제대로 된 말을 꺼냈다. 강도는 기가 막혀 한동안 무덤을 바라보고 서 있었다.

　"얼마나 고맙노? 니를 아직도 잊지 않은 친구가 있네! 니 참 행복하다……."

　이종도는 죽은 모양이다. 강도는 두 번째도 아니란 사실에 점점 몸이 달았다. 그렇다면 도대체 몇 번째 놈이 엄말 데려갔단 말인가. 발길을 돌려 돌아가려는데, 노모가 별안간 강도를 향해 버럭 소리를 질렀다.

　"니는 돈 때문에 죽지 마라! 돈이 뭐라꼬!"

　강도가 몸을 돌렸다.

　뒷산 언덕을 뛰듯이 걸어 내려오는데 등 뒤에서 노모의 괴성이 들려왔다.

　"이 개새끼! 니놈이 어미보다 먼저 죽어! 팔 하나 없다고! 내가 널 어떻게 키웠는데!"

　늙은 어미가 죽은 아들을 향해 화를 냈다. 초라한 아들의 무덤을 떠나지 못해 하루에도 몇 번씩 낡은 몸을 이끌고 찾아와 화를 냈다.

　"나쁜 놈의 새끼!"

　다리가 무거웠다. 엄마가 있어도 돈이 없으면 죽는다. 이종도는 팔 하나를 잃었지만 그래도 늙은 엄마가 곁에 있었다. 시골이지만 몸 누일 집도 있었고, 아픈 아들 위해 늙은 몸 혹사하는 엄마가 있었다. 그런데도 죽었다.

그건 전부 제 탓이었다. 이강도가 빌어먹을 엄마 없는 새끼였기 때문이다.

세 번째 용의자는 일산까지 가서 찾아야 했다. 강도는 낡은 컨테이너 앞에 서서 문을 두드렸다. 몇 번을 끈질기게 두드리자 구정물 줄줄 흐르는 어린 사내애가 문을 열었다.

"아버지 있어?"

아이가 뒤를 돌아보았다. 안쪽에서 목발을 짚은 남자가 절뚝거리며 걸어 나오고 있었다. 강도는 앞뒤 잴 것도 없이 아이를 밀치고 안으로 들어가 남자의 멱살을 잡았다. 병신 된 다리를 받쳐 주던 목발이 우당탕 소리를 내며 바닥으로 쓰러졌다. 강도는 남자의 뒤통수를 벽에 강하게 처박으며 이를 드러내고 물었다.

"어제 뭐 했어?"

남자에게서 진한 술 냄새가 났다. 퀭하게 가라앉은 눈가에 붉은 주름이 져 있었다. 이미 심각한 알코올 중독인 것으로 보였다. 하지만 남자는 강도의 두 눈을 똑바로 바라보며 한 자, 한 자 씹어뱉듯 말했다.

"······니놈 생각을 했지."

"그래서!"

"돈 천만 원 때문에 날 이렇게 만든 네놈을 하루도 잊은 적이 없어……!"

"그래서 어제 뭐 했냐고!"

남자의 눈에 불똥이 튀었다. 문을 열며 강도를 노려보던 아이처럼, 남자도 흰자를 치켜 올리며 소리 질렀다.

"복수하고 있었지!"

강도가 다시 한 번 남자의 뒤통수를 벽에 박았다.

"똑바로 말해!"

"칼로 찔러 죽이고! 불에 태워 죽이고! 물에 처박아 죽이고! 갈가리 찢어 죽이고! 그런데도 분이 안 풀려! 네놈이 부모라도 있다면 납치해서…… 네놈이 보는 앞에서!"

시익시익. 남자의 입에서 거친 숨소리가 흘러나왔다. 강도는 숨도 안 쉬고 놈을 노려보고 있었다. 독을 쏘는 뱀처럼 뜨거운 입김을 뿜어 대던 남자가 히죽 이를 드러내고 웃었다.

"그런데…… 다 소용 없어. 나 같은 병신이! 하긴 뭘 해! 그냥…… 이렇게 병신같이 살다가 니놈이 지옥 가길 기도라도 해야지."

흐흐! 흐흐훗! 남자가 기괴한 웃음소리를 내뱉었다. 강도는 여전히 멱살을 움켜쥔 손을 풀지 않았다.

"기다려. 아들한테…… 네놈한테 당한 걸 매일매일 몇 번이나 얘기해 주고 있으니까. 꼭 내 대신 복수할 거야. 아까

봤지? ……내 아들 눈빛."

그때였다. 문을 등지고 있던 강도의 허리 뒤쪽을 날카롭고 뾰족한 것이 찌르고 들어왔다. 깜짝 놀란 강도가 남자를 놓고 뒤를 돌아보았다. 남자의 아들이 뾰족하게 깎은 연필을 들고 씩씩거리며 서 있었다. 옷이 두꺼워 살을 뚫고 들어오지는 못했지만 날카로운 통증이 남았다.

아이는 저보다 두 배는 큼직한 강도를 올려다보면서도 겁먹지 않았다. 흰자를 까뒤집고 막무가내로 손을 휘둘렀다. 강도가 얼른 몸을 피했다.

쫓아 나오려는 아이와 미친놈처럼 웃고 있는 남자를 바라보다, 강도는 다시 걸음을 옮겼다.

하루 종일 돌아다녔는데도 여자의 그림자조차 발견할 수 없었다. 강도는 주머니에 쑤셔 박아 두었던 수첩을 꺼내 들고 최근이 아닌 그보다 전의 일을 기억해 내기 위해 애썼다. 그리고 또 몇 개의 동그라미를 그렸다.

여자가 강도의 집에 들어온 건 최근의 일이고, 두 사람은 청계천을 벗어나지 않았다. 그렇다면 여자를 데려간 놈도 청계천 안에서 장사하는 놈이지 않을까. 강도는 왠지 그럴 것 같은 강한 예감이 들었다. 다시 수첩을 꺼내 들고 동그라미 위에 또 동그라미를 그렸다.

공장 밀집 지역으로 걸어가는 강도의 발치에 버려진 사채 명함들이 일그러진 모자이크를 그리고 있었다. 그는 주위를 두리번거리며 걸었다. 수첩을 펴 들고 주소를 비교하고, 기억을 더듬어 가며 걸었다.

그러다 을지로의 한 선반 공장 앞에 멈춰 섰다.

이상구. 오천만 원. 수첩에 나와 있는 주소도 맞았다. 문을 닫은 지 꽤 된 듯 셔터에 먼지가 쌓여 있었다. 자물쇠도 단단히 잠겨 있다. 강도는 문을 두드렸다. 당연히 안에서는 어떤 기척도 느껴지지 않았다. 공장을 내놓고 지방으로 내려갔거나, 어딘가의 가족에게로 달아난 듯했다. 임대 문의 종이조차 붙어 있지 않아서 연락처를 알아낼 수도 없었다. 강도는 몇 번이나 셔터를 두드려 보다가 다시 발길을 돌렸다.

수첩에 적혀 있는 이름들은 아직 많았다. 강도는 신경질적으로 페이지를 넘기다 문득, 여자를 만나기 직전에 찾아갔던 곳을 떠올렸다.

꽤 나이가 젊은 부부였다. 남편이 새 기계를 마련한답시고 돈을 빌렸던가. 결국 이자가 쌓여 삼천 단위를 넘어서자 한쪽 손을 뭉개야 했던. 남자의 이름이나 얼굴은 자세히 떠오르지 않았다. 그저 그 아내. 고된 노동에 지친 아내가 산발을 하고서는 강도 앞에서 옷을 벗었다. 남편을 알루미늄 셔터 밖에 세워 두고 흰 몸뚱이를 들이밀었다. 자신은 그때 뭘 어떻게 했더라.

브래지어로 여자를 때렸었나.

거기까지 떠올린 강도가 다시 달리기 시작했다. 수첩을 뒤지지 않아도 부부의 공장이 어디 붙어 있는지는 정확히 기억하고 있었다. 한참을 달리던 강도가 부부의 선반 공장 앞에 다다랐다. 헌데 여기도 마찬가지였다. 굳게 잠긴 셔터 위에 부연 먼지가 쌓여 있었다. 한참을 그 앞에 서서 셔터를 두드리던 강도가 근처 가게로 머리를 들이밀었다.

"저 집 이사 갔어요?"

남편이 병신 됐는데 공장을 어떻게 해. 마누라가 벌어 먹인다고 자리 옮겼지. 뭐 트럭 빌려서 장사하는가 보던데. 거기 어디더라. 문정동인가 하우스 촌 알아?

강도는 다시 달렸다.

*   *   *

빌려 줄 때는 얼마 타지도 않은 새거라고 하더니 벌써 고장만 두 번째였다. 검사를 받고, 브레이크 오일을 갈아 끼우느라 장사할 시간마저 뺏겨서 오늘은 앞치마 주머니에 돈이 많지 않았다. 명자는 트럭을 빌려 주던 중고차 매매상을 떠올리곤 개새끼, 욕설을 베어 물었다.

명자는 지긋지긋한 청계천을 떠나 더 가난한 하우스 촌으로 흘러들어 왔다.

하우스 앞 공터에 트럭을 세워 놓고 의자 헤드에 머리를 기댔다. 온몸이 저릿저릿하게 피곤하고 아팠다. 통통 부은 다리엔 감각이 있는지 없는지도 모를 지경이었다. 쪼그리고 앉아 입만 나불거렸더니 다리에 피가 통하지 않아 그랬다. 손바닥은 온통 나무껍질처럼 갈라져 장갑을 끼나 벗으나 똑같이 거칠거칠했다. 명자는 시동이 꺼진 트럭 안에서 혼자 상념에 빠져들었다.

근래 명자가 하루 중 가장 많이 하는 일은 저 혼자 팔자타령을 하는 것이었다. 차 안에 있으면 듣는 사람 없으니 쉴 새 없이 짜증을 내고 욕설을 퍼부었다.

얼마 되지도 않는 빚인데 그걸 못 갚아서 남편이 병신이 되어 버렸다. 아니, 사실대로 말하자면 이자를 그 따위로 불려 처먹는 놈들이 나쁜 거였다. 능력도 없으면서 빚을 내 놓고 병신이 되니 방구석에 틀어박혀서 술이나 처먹는 남편이 나쁜 건지, 없는 사람 주머니에서 피고름 빨아먹는 사채꾼들이 나쁜 건지, 명자는 어느 쪽도 더하고 덜하지 않다고 생각했다.

하지만 그놈만은 용서할 수 없었다. 이강도. 악마 같은 새끼. 명자가 중얼거렸다.

한참을 그렇게 앉아서 팔자를 되새김질하다 보니 뉘엿뉘엿 넘어가던 해가 완전히 자취를 감추고 있었다. 병신 남편의 방공호가 되어 버린 어두컴컴한 하우스를 바라보다가, 명자는 차 문을 열고 나왔다.

명자의 중고 트럭엔 팔다 남은 야채들이 냄새를 풍기며 시들어 가고 있었다. 비싼 건 살 수 없어서 새벽부터 청과 시장에 가서 떨이로 넘어가는 것들만 긁어모아야 했다. 하루 종일 아파트촌을 돌아다니며 일부는 팔고, 일부는 퇴짜를 맞았다. 직판이니 유기농이니 하는 것들이 마트마다 판치는 세상에 다 시들어 가는 떨이 야채를 사는 사람은 많지 않았다. 그나마도 식당가를 돌아다니며 사정사정해야 헐값에 팔아 치울 수 있었다. 그러니 당연히 명자의 손에 남는 돈은 그리 많지 않았다.

명자는 더러운 앞치마 주머니에서 현금 한 주먹을 꺼내 들었다.

그나마도 다 천 원짜리였다. 남들은 한 끼 식사값으로도 쓴다는 단돈 몇 만원. 오늘따라 유독 얼마 되지 않는 돈이 원망스러웠다.

한숨을 삼키며 안으로 들어가려다 문득 남편의 얼굴이 떠올랐다. 명자가 일을 나가는 새벽, 남편은 깨어 있다가 퉁명스럽게 말했다. 소주 한 병만 사다 줘. 명자는 기가 막혔다. 그만 좀 마셔. 누구 죽는 꼴 보려고 그래? 병신 데리고 사는 것도 서러운데, 술까지 먹으면 날더러 어떡하라고! 남편은 손찌검을 했다. 병신 되기 전에는 그래도 때리진 않았는데, 손을 잘리니 툭하면 그걸 무기 삼아 휘둘러 댔다. 명자는 맞으면서 하우스를 나와야 했다. 술 안 사 오려면 들어오지 마!

남편이 고래고래 소리를 질렀다. 울면서 운전을 할 수가 없어서 억지로 꾸역꾸역 집어 삼켰다.

명자는 미리 사다 놓은 소주 한 병과 싸구려 땅콩 한 봉지를 챙겨 들었다. 그리고 조용히 하우스 문을 열고 안으로 들어갔다.

남편은 명자가 들어오자마자 손부터 내밀었다. 명자는 남편의 손에 기어이 소주를 쥐어 주었다. 뚜껑을 비틀어 따고, 병째로 들이켜며 인상을 쓰는 남편의 모습을 멍하니 바라봤다.

안쓰럽지 않은 것이 아니었다. 남편은 술을 못했다. 소주 서너 잔만 마셔도 온몸이 붉어지는 타입이었다. 먹고 나서 몸살 앓듯 아픈 것도 싫어해, 드물게도 술을 즐기지 않는 남자였다.

하지만 그것도 오른손이 뭉개진 뒤부터는 달라졌다. 이제 남편은 술이 없으면 살지 못했다. 술이 주는 괴로움이 있어야 목숨을 부지하고 숨을 쉬었다. 하우스 안에 또 하우스를 들여 간신히 추위를 견디며 사는 부부는, 이제 서로에게 줄 것이 상처밖에 없었다.

남편이 저를 불쌍하다는 얼굴로 바라보는 명자에게 버럭 소리를 질렀다.

"씨발년! 오늘은 또 어떤 놈이냐?"

"그 헛소리 좀 그만해. 야채 팔아서 번 돈이라고 몇 번이나 말해?"

"하! 웃기시네. 개 같은 년. 너 이씨…… 밖에 저 차도 가랑이 벌려서 빌려 온 거잖아. 내가 모를 줄 알고!"

억장이 무너졌다. 명자는 하지 말아야지, 말아야지 했던 결심을 한순간에 무너뜨리고 남편을 향해 미친 듯 소리 질렀다.

"굶어 죽기 싫으면 입 닥치고 있어! 네가 그 돈만 안 빌렸어도 이렇게 안 살아!"

"나만 잘 살자고 빌렸냐?"

"있는 기계로 열심히 하면 되지…… 새 기계 샀다가 감당도 못 하고 병신만 됐잖아!"

"씨발! 그래, 다 내 탓이다!"

남편이 반쯤 남은 소주를 벌컥벌컥 들이켜더니 빈 병을 명자에게 집어 던졌다. 명자의 머리를 아슬아슬하게 비껴간 소주병이 하우스 벽에 처박혀 산산이 부서졌다.

명자는 미칠 것만 같았다. 오갈 데 없던 분노가 저 깊은 밑바닥에서부터 끓어올랐다. 남편을, 눈앞에 있는 주정뱅이를 지금 당장 죽일 수 있을 것도 같았다.

"야, 이 병신 새끼야. 니가 그러니까 병신이나 돼서 이렇게 살고 있지! 누군 그러고 싶어서 그런 줄 알아? 내가 그 더러운 새끼들한테 매달리지도 않았으면 니 입에 뭐 하나라도 들어가기나 했을 줄 아냐고! 이럴 거면 받아 처먹지를 말던가! 잠도 못 자고 새벽같이 나가서 하루 종일 콩나물 한 박스만 팔아 달라고 사정하는 게 어떤 기분인지…… 니가 알기나 해? 개처럼 벌어 와서 남편 주둥이에 술로 처넣고 있는 내 심정을 니가 알기나 하냐고!"

"뭐라고? 이게 진짜 보자 보자 하니까……."

"차라리 죽어! 죽어서, 병신 꼴 보이지 말고…… 죽어!"

명자가 악을 쓰며 소리를 질렀다. 남편이 뭐라 말했지만 명자의 귀엔 아무 말도 들리지 않았다. 부부는 서로를 향해 주워 담을 수 없는 말만 뱉어 댔다.

"그렇게 의심스러우면 니가 나가서 돈 벌어 와."

차라리 둘 다 죽든가. 마지막 말은 쓴 물과 함께 입안으로 사라져 버렸다.

하우스 안에서 들려오는 부부의 고함 소리를 듣다가, 강도가 주먹을 들어 올렸다. 그리고 일부러 큰 소리를 내며 두드렸다.

쾅쾅쾅! 문짝이 부서져라 흔들렸다. 끝나지 않을 것 같던 고함 소리도 멎었다. 강도는 슬리퍼를 질질 끌며 다가온 명자가 문을 열자마자 불쑥 하우스 안으로 들어섰다.

명자의 눈이 찢어질 듯 커졌다. 명자는 갑자기 눈앞에 나타난 강도를 보며 이 악마 새끼, 라고 중얼거렸다. 강도가 한 손으로 명자를 밀치고 하우스 안쪽까지 들어가 남편을 노려보았다. 바닥에 앉아 주정을 부리던 남자가 식겁하더니 엉덩이로 뒷걸음질을 쳤다. 싸구려 의수가 빠져 바닥에 뒹구는데도 그저 강도를 피해 달아나기만 했다.

강도가 허리를 굽혀 남자의 의수를 집어 들었다. 마네킹처럼 단단한 손을 잡고, 남편을 향해 휘둘렀다. 빡! 으악! 퍼억! 흐아아! 남편은 구석에 몸을 웅크리고 엉엉 울었다. 비명을 지르다 울고, 살려 달라고 빌다가 또 울었.

"잘못했어! 그러지 마……. 으악! 사, 살려 줘! 제발 죽이지 마!"

명자는 남편의 비참한 모습을 바라보며 앞니로 입술을 쥐어뜯고 있었다.

강도가 물었다.

"우리 엄마 어디 있어?"

남자는 강도가 무슨 말을 하는지 당연히 이해할 수 없었다.

"무슨 엄마? 너도 엄마가 있었어?"

"니가 우리 엄마 데려갔잖아!"

"아니야, 아니야! 난 안 그랬어!"

"근데 왜 도망쳐!"

뭉개져 형체를 알 수 없는 오른손과 멀쩡한 왼손이 맞부딪쳤다. 남자는 강도를 향해 빌고 있었다.

"무서워서…… 당신이 너무 무서워! 난 아무 짓도 안 했어. 정말이야! 난 꼼짝도 못 해. 이 손으로 뭘 해! 봐. 이거 봐! 내 손 병신이잖아!"

남자는 강도에게 멱살을 잡힌 채 뭉개진 손으로 빌고 또 빌었다. 강도는 하우스 안을 굴러다니는 소주병을 보고, 남자의 풀린 눈을 보더니 거칠게 멱살을 놓았다. 그리고 미련 없이 등을 돌렸다.

"저기!"

그냥 나가려는데 남자가 강도를 불러 세웠다.

"돈 좀 있으면 주고 가! 수, 술 좀…… 술값 좀."

강도가 별생각 없이 지갑을 열었다. 만 원짜리 몇 장이 들어 있었다. 강도는 세어 보지도 않고 잡히는 대로 돈을 꺼내 남자에게 내밀었다. 남자가 바닥을 기어 돈을 받기 위해 손을 뻗었다.

하지만 어느새 다가온 건지 명자가 거칠게 손을 휘둘러, 강도가 내민 돈을 뿌리쳤다. 구깃구깃한 지폐가 바닥으로 흔들리며 떨어졌다.

"필요 없어! 악마 새끼 돈!"

명자의 목소리는 낮고, 덜덜 떨렸다. 강도를 향한 증오가 끓다 못해 흘러넘치는 목소리였다. 부글부글 거친 명자의 목소리를 듣고, 강도가 다시 몸을 돌렸다.

바닥에 떨어진 돈을 줍기 위해 남편이 버둥거리며 팔을 뻗는 동안 명자는 아무렇게나 굴러다니던 빈 소주병을 집어 들었다. 그리고 바닥에 내리쳐 밑바닥을 깼다. 퍼석 날카로운 소리와 함께 유리 조각이 흩어졌다. 버둥거리던 남편도, 하우스를 나가려던 강도도 명자를 돌아보았다.

명자가 깨진 소주병을 들고 강도를 노려보고 있었다. 펑퍼짐한 앞치마가 흔들거릴 정도로, 명자는 온몸을 떨었다.

강도는 그 눈을 아주 잘 알고 있었다. 지금까지 이어 온 이 강도 인생에서 두 번째로 익숙한 눈빛이기도 했다.

죽이고 싶어. 죽여 버릴 거야. 죽어 마땅한 새끼!

눈물조차 흐르지 않는 명자의 눈은 그렇게 말하고 있었다.

"법만 없다면 너 같은 새끼…… 당장 죽이고 싶어!"

깨진 병을 쥐고 있는 명자의 손에서 붉은 핏방울이 뚝뚝 떨어졌다. 강도는 그저 가만히 서 있었다. 돌아서 나가 버릴 수도 있었지만 그렇게 하지 않았다. 왜인지 걸음이 떨어지지 않았다.

제 몸보다 커다란 앞치마를 두르고, 헝클어진 머리를 얼굴 여기저기에 붙이고 서 있는 명자는, 이제 보니 사라진 여자와 닮은 구석이 있었다. 여윈 어깨가 낮고 둥글다. 부릅뜬 눈은 검고 컸다.

명자가 움직였다.

온몸을 조각조각 찢어 삼켜도 시원찮을 악마 새끼가 눈앞에 있었다. 명자는 남편이 말리는 소리도 듣지 못한 듯, 강도를 향해 비틀거리며 걸어오더니 들고 있던 소주병을 집어 던졌다. 깨진 유리가 강도의 허벅지를 때리고 바닥으로 떨어졌다. 명자는 그것으로도 분이 풀리지 않아, 한 걸음을 더 걸었다. 그리고 강도를 한껏 올려다보며 입술을 짓씹었다.

명자의 피 묻은 손이 올라갔다. 그리고 강도의 얼굴을 후려치고 지나갔다.

철썩 소리가 났다. 화들짝 놀란 남편이 명자에게 미쳤냐며 소리를 질렀다. 하지만 명자는 들은 척도 하질 않았다.

철썩. 철썩. 철썩. 명자는 얼마 전, 강도가 그녀에게 했던 것처럼 무표정을 가장하고 손바닥을 휘둘렀다. 찢어진 상처에서 계속해서 피가 흘렀다. 강도는 명자의 손을 피하지 않았다. 하루 종일 돌아다녀 끈적끈적하고 거뭇해진 그의 얼굴에 명자의 손에서 흘러나온 핏물이 선명하게 달라붙었다.

"인간쓰레기 새끼! 내 차에 매달아 갈아 죽이고 싶어!"

이것도 꽤나 여러 번 들었던 말이었다. 이강도에게 인생을 망친 채무자들은 많았고, 그들은 하나같이 비슷한 저주를 퍼부었다.

하지만 명자가 토해 내는 증오는 뭔가 다른 것 같았다. 다르게 다가왔다.

강도는 아교처럼 달라붙어 떨어지지 않는 명자의 시커먼 감정을 맨몸으로 고스란히 뒤집어썼다. 명자가 하는 말이 여자가 하는 말로 들렸다. 널 죽이고 싶어. 끝내는 명자의 얼굴이 여자의 얼굴로 변했다. 눈앞이 캄캄해졌다.

"지옥에나 가 버려."

명자가 말했다. 따귀를 맞을 때도 열리지 않았던 강도의 입이 들썩였다.

"그런 데가 정말 있어?"

"있어. 너 같은 새끼가 가야 되니까."

강도가 말 잘 듣는 아이처럼 고개를 끄덕였다. 어쩐지 명자의 말이 맞는 것처럼 느껴졌다. 등을 돌려 하우스 밖으로 걸어 나가는 강도를 바라보며, 명자가 그제야 억눌린 울음을 토해 내기 시작했다.

술 취한 남편은 여전히 바닥에 떨어진 지폐를 주우려 안달하고 있었다. 명자가 발로 남편의 손을 걷어찼다.

"왜 그래? 아깝게!"

"이 병신아! 병신아…… 으어어어엉!"

강도는 돌아보지 않았다. 축축한 소매로 얼굴에 묻은 피를 닦아 내며, 다음 용의자를 향해 움직일 뿐이었다.

아무래도 집에 쳐들어왔던 계송이 의심스러웠다. 그때 죽었는지 확인을 했어야 했는데. 여자가 말리는 통에 그냥 보내고 말았다. 비틀거리며 사라지던 뒷모습이 선명해, 강도는 계송의 공장을 향해 달렸다.

계송의 공장 셔터엔 자물쇠가 없었다. 강도는 셔터를 두드리려던 손을 슬그머니 내렸다. 안에선 아무 소리도 들리지 않았다. 왠지 모를 섬뜩한 기운이 그 안에서 흘러나오고 있었다. 강도는 어쩐지 찝찝한 기분에 인상을 찡그리며 셔터를 들어 올리고 안으로 들어갔다.

공장 안은 온통 캄캄했다. 밤이라 빛조차 새어 들어오지 않았다. 강도는 아무것도 보이지 않아 답답한 마음에 두 손을 허우적거리며 벽에 있는 전등 스위치를 찾았다. 얼마 안 가 네모난 플라스틱 스위치가 손에 잡혔고, 불을 켰다.

깜박이며 몸부림치던 불빛이 제대로 들어왔다. 갑자기 밝아진 실내에, 강도는 눈살을 찌푸리며 주위를 둘러보았다.

"허억…… 뭐야!"

계송은 공장 바닥에 누워 있었다. 그의 왼쪽 가슴엔 여전히 강도의 칼이 깊게 박혀 있었다. 상처를 비집고 흘러나온 피가 공장 바닥에 검은 웅덩이 자국을 만들었다. 비릿하고, 퀴퀴하고, 역겨운 냄새가 났다.

기겁한 강도가 크게 뒷걸음질 쳤다.

계송의 얼굴은 퍼렇고, 검었다. 자세히 살피지 않아도 그가 죽은 지 시간이 꽤 지났다는 사실을 알 수 있을 정도였다. 강도는 크게 움츠러든 심장을 두드리며 간신히 몸을 세웠다. 계송의 시체 앞에, 그의 노모가 쭈그리고 앉아 있었다.

늙고 병든 몸은 부서지기 직전이었다. 아들의 죽음 이후, 아무것도 먹지 못해 얼굴이 검었다. 아들을 잃은 어미는 더 이상 살아 있는 사람이 아니었다. 세상 가장 다정하고 위대한 어미의 정이, 세상 가장 거대하고 지독한 증오로 변하고 있었다.

감당할 수 없는 공포가 밀려들었다.

노모의 얼굴은 악귀 같았다. 주름을 따라 만들어진 음영이 시커먼 핏물이 되어 흘렀다. 아들이 죽어 없는 세상은 노모에게 생지옥이나 다름이 없었다. 마른 나무 뿌리 같은 손이 뻐거덕거리며 아들의 심장에 꽂혀 있는 칼 손잡이를 쥐었다.

눈이 마주쳤다. 강도는 칼을 뽑아 들고 자신을 노려보는 악귀를 피해, 공장 밖으로 달아나 버렸다.

강도는 공구 상가 후미진 곳에서 몸을 웅크리고 앉아 있었다. 바닥이 차고 딱딱하고, 주위가 어둡다는 것은 그에게 아무런 의미도 되지 못했다.

그는 근 삼십 년을 살아오면서 태어나 처음으로 이 세상에 온전히 혼자 있는 것 같은 기분을 느꼈다. 냉혹한 시간과 날카로운 공간이 강도의 맨살에 닿았다. 할퀴고, 잡아 뜯고, 아프게 했다. 참으로 무자비한 외로움이었다. 강도는 무릎을 당겨 좀 더 몸을 작게 웅크렸다.

아이는 어미의 자궁에서 태어난다. 씨가 잉태되기까지의 과정은 수동적이나 이후엔 오롯이 어미의 자궁이 아이를 키

운다. 그건 자연의 신비이며 일방적인 모정의 강요였다. 본능에 각인된다는 어미에 대한 그리움은 이미 그때부터 형성되는지도 몰랐다. 강도는 태어나자마자 버려졌기 때문에 어미에 대해 아무것도 알지 못했지만, 때문에 그 결핍을 메우고자 하는 마음이 더욱 간절했다.

그래서일 것이다. 한번 맛본 모정의 달콤함은 그를 완전히 버려진 당시의 어린아이로 되돌려 놓았다. 큰 키와 강인한 팔다리 따위는 있으나 마나 한 것이었다. 엄마라는 존재 앞에 강도는 속수무책이었다. 뭔지도 모르고 입에 넣어 주기에 삼켰더니, 혀가 얼얼할 정도로 달디단 사탕이었다. 먹으면 죽어. 악마가 속삭였다. 그래도 너무 달아 뱉을 수가 없었다.

강도는 집으로 돌아갈 수 없었다. 여자가 없는 집은 더 이상 이강도의 집이 아니었다. 집에는 엄마가 있어야 한다. 당연한 명제였다.

늙은 어미를 두고 죽어 버린 계송의 시퍼런 면상이 계속해서 떠올랐다. 그 심장에 칼을 꽂은 것은 저였다. 혼이 빠져나간 사람처럼 앉아서 죽은 아들의 얼굴만을 하염없이 바라보던 늙은 어미. 강도는 노도와 같이 밀려오는 후회와 추위에 어깨를 감싸 안았다.

모정은 잔인하다. 강도는 이제야 깨달았다. 맹목적인 것은 결코 부드럽지 않았다. 늙은 어미는 돈 앞에 자식을 잃었다. 그 칼이 되었던 것이 이강도의 존재였다. 이제 그 낡은 몸은 무엇으로 세상을 살아갈 것인가. 강도는 알았다. 여자를 구하기 위해 계송의 가슴을 찔렀던 행위는, 계송의 죽음과 늙은 어미의 스러짐이라는 결과를 낳았다. 그것이 인과였다.

세상 가장 확실한 인과가 이곳 청계천에 있었다. 돈이 사람을 낳고, 돈이 사람을 죽이는 세상. 형체도 없이 부서지던 계송의 늙은 어미는 구깃구깃한 지폐를 닮아 있었다.

엄마……

강도는 입을 벌려 가만히 여자를 불러 보았다.

품에 걸리는 수첩을 꺼내 펼쳤다. 일그러진 동그라미에 전부 엑스 표가 그려져 있었다. 강도는 그 하나하나를 들여다보고 생각하고, 또 들여다보고 생각했다. 도대체 누가 여자를 데려갔나. 이제는 여자를 찾지 않으면 죽는다고 여겼다. 강도는 멈출 수 없었다.

그때 그의 눈에 띄는 한 동그라미가 보였다. 셔터가 내려진 채 자물쇠로 굳게 잠겨 있던 이상구의 공장. 어디로 갔는지 연락처를 알아낼 수도 없었던.

말로는 설명할 수 없는 괴악한 예감이 들었다. 강도는 굳어 뻣뻣해진 다리를 움직였다. 이곳일지 모른다. 생각하자마자 뜨거운 숨이 가슴을 치고 올라왔다.

강도는 비틀거리며 골목을 벗어나기 시작했다.

8

영성 정밀, 이상구

 절단기까지 들고 왔는데, 굳게 잠겨 있던 자물쇠가 보이지 않았다. 강도는 묵직한 절단기를 공장 입구에 내려놓았다.
 공장 주인이 돌아온 모양이다. 마음이 들썩였다. 강도는 한 손으로 셔터를 잡고 천천히 들어 올렸다. 거친 셔터 소리가 울리고, 희미하게 공장 내부가 드러났다.
 사용하지 않은 지 꽤 된 듯 보이는 기계와 선반, 철제 데스크가 몇 개 보였다. 바닥을 굴러다니는 페인트 통을 발로 밀어가며 공장 안으로 들어오니 정체를 알 수 없는 이상한 냄새가 나고 있었다. 마치 썩은 물 냄새 같았다. 강도는 저도 모르게 코를 벌름거렸다. 어쩐지 공장 내부를 맴돌고 있는 불쾌한 냄새가 익숙하게 느껴졌다.

그랬다. 그건 강도의 집 화장실에서 나던 냄새와 닮아 있었다.

장어 찌꺼기나 닭 내장이 하수구에 다 내려가지 않고 남아 있을 때면 늘 그런 냄새가 났다. 상하고 썩어서 비리고 구린 냄새. 강도는 좀 더 안쪽으로 들어가 보았다.

어지러운 공장 내부, 그 한가운데 미묘한 위치에 냉장고가 넘어져 있었다. 냉장고 문은 활짝 열린 채였다. 모든 기계가 멈춰선 채 고요한데, 오직 그 커다란 냉장고만이 아직까지 코드를 뽑지 않아 웅웅거리는 소리가 났다. 강도는 냉장고 가까이 다가가 그 안을 들여다보았다. 텅 빈 냉장고는 입구에서 볼 때보다 훨씬 컸다. 그리고 악취가 났다.

흰 바닥에 거무죽죽한 피가 고여 있었다.

사람의 피다. 강도는 본능적으로 깨달았다. 냉장고 안에 들어 있던 것은 사람이다. 그리고 이건 관이었다. 하얗고, 차가운 관.

눈을 깜박일 때마다 그 안에 작고 여윈 여자의 몸이 누워 있는 광경이 떠올랐다. 여자의 검은 머리가 냉장고 바닥에 달라붙고, 여자는 몸이 작아 냉장고를 다 채우지도 못하고. 숨을 쉬지 않는 여자. 이제는 강도에게 여자가 아닌 엄마.

세상이 온통 캄캄한 듯 느껴졌다. 강도는 머리를 흔들고 손으로 입을 막았다. 조금씩 물러서는 뒷발에 빈 페인트 통이 닿았다. 쿠르릉. 깡통 구르는 소리가 났다. 손끝에 경련이 일었다. 차가운 공기 중에 뜨거운 무언가가 손가락을 타고 온몸을 기어올랐다.

그대로 몸을 돌려 공장에서 달아나려던 강도의 눈에 벽에 걸린 사진 한 장이 선명하게 다가온 것은, 바로 그때였다.

여유 공간 하나 없이 공구와 스티커로 가득한 벽에 사진 한 장이 툭 튀어나왔다. 강도는 홀린 것처럼 사진 앞으로 다가갔다.

평범하고 평범한 남자의 얼굴이었다. 어색해하는 얼굴에 피곤한 미소가 머물렀다. 더벅머리와 낡은 셔츠가 가난해 보이지만 입가가 앳된 언젠가의 채무자. 이상구.

수첩을 뒤적일 때는 기억조차 나지 않았던 남자의 얼굴이 이상하게 눈길을 끌었다.

이상구의 사진이 걸려 있는 벽 뒤쪽엔 작은 창고가 하나 있었다. 강도는 천천히 그 안으로 걸어 들어갔다. 축축하고 한기가 들었다. 페인트가 시멘트와 함께 떨어져 창고 벽은 온통 물집이 맺힌 것처럼 상처투성이였다.

좁은 창고, 가운데 놓여 있는 휠체어 하나, 그리고 그 앞에 낡은 운동화 한 켤레.

강도는 운동화가 놓인 곳까지 들어가 멈춰 섰다.

휠체어 위, 높은 천장에 굵은 체인이 늘어져 있었다. 올가미 모양으로 얼기설기 묶인 체인. 강도는 고개를 들어 천장을 바라보았다. 천천히 풀어 내리니, 체인 사이사이에 끼인 사람의 머리카락이 보였다. 중간 길이의 검고 뻣뻣한 머리카락이었다.

누군가, 여기서 목을 매 죽었다.

강도는 불에 덴 것처럼 화들짝 놀라 잡고 있던 체인을 놓았다. 금속은 차갑기 그지없는데 그걸 잡고 있던 손가락은 불에 달군 쇠망치로 얻어맞은 것처럼 얼얼하기만 했다.

그것으로 끝이 아니었다. 페인트가 벗겨져 시멘트가 드러난 벽에 수십 장의 사진이 다닥다닥 붙어 있었다. 모두 강도의 사진이었다. 청계천 골목을 누비는 모습부터 그의 낡은 빌라 현관으로 들어가는 뒷모습, 장 사장의 사무실과 그가 자주 다니는 정육점, 바깥에서 바라본 강도의 집 창문, 철거 직전의 상가, 양수리 폐건물.

이상구가 죽기 전에 미행한 건가. 아니면 죽은 뒤에 다른 누군가가 한 짓인가. 죽은 게 이상구가 아닌가.

강도는 이해할 수 없었다.

선반 위에 일기장이 있었다. 강도는 어서 와서 보라는 듯 덩그러니 놓여 있는 일기장을 들어 올렸다. 급하게 휘갈겨 쓴 불규칙한 글씨가 빽빽하게 들어 차 있었다. 강도는 선 채로 일기를 읽었다.

돈은 무엇인가. 삶은 무엇인가. 가족은 무엇인가. 인생은 무엇인가. 죽음은 무엇인가.

 강도는 그냥 일기를 덮어 버렸다. 돈, 돈, 돈. 같은 단어들이 나열돼 있고, 그 뒤엔 눈물로 쓴 것 같은 번진 글씨들이 어지럽게 흩어져 있었다. 자꾸만 환청이 들렸다. 이상구는 이름도 기억나지 않는 채무자였는데 무슨 이유인지 귓가에 대고 조롱하는 것 같은 그의 목소리가 들렸다.

 오백이 오천이 되고…… 오늘 나는 병신이 되겠지. 내 보험금을 가로채겠지.
 신이 인간을 시험하는 돈.
 그만 이 피곤한 게임에서 지고 싶다.
 엄마. 미안해요.

 채무자들의 얼굴이 하나씩 떠올랐다. 잘린 손을 붙잡고 오열하던 남자와 병신이 된 남편을 버리지 못해 진창으로 굴러 들어간 아내. 늙은 어미를 두고 홀로 떠나 버릴 정도로 깊은 절망에 빠졌던 남자. 강도에게 복수하기 위해 절뚝거리는 다리를 질질 끌고 찾아왔지만 되레 심장을 칼에 찔려 죽어 버린 남자. 아들에게 복수를 가르치는 아비. 자식을 위해 남은 손마저 잘라 달라고 내밀던 멍청이. 모두, 떠올랐다.
 전부 제가 한 짓이었다.

흐으……. 강도의 입에서 깊은 시름이 새어 나왔다.

이제 방법을 알았다. 강도는 어떻게 해야 여자를, 엄마를 되찾을 수 있는지 방법을 알게 되었다. 눈에는 눈, 이에는 이. 사진 속의 이상구가 말하고 있었다. 너도 똑같이 당해 봐, 새끼야. 강도는 고개를 끄덕였다. 내가 손을 자르고, 다리를 자르면 엄마를 돌려줄 거냐고 물었다. 이상구가 웃었다. 어색하고 일그러진 미소를 보여 줬다.

강도는 작은 창고에서 나와 냉장고 옆에 있는 프레스 기계 앞으로 다가갔다. 강도의 눈은 전에 없이 심하게 흔들리고 있었다. 비틀려 물린 입술이 덜덜 떨리고, 그 아래턱까지 다닥 소리를 내며 흔들렸다. 강도는 자신의 오른쪽 소매를 굵은 드릴에 물렸다. 두세 바퀴 돌리자 소매가 단단히 물려 빨려 들어갔다.

강도는 떨리는 손을 들어 올렸다. 미안해. 미안합니다. 미안해요. 내가 내 손 자르고, 내 다리도 자르면 우리 엄마 돌려줄 겁니까. 나도 똑같이 병신 돼서 이 몸뚱이 질질 끌고 다니며 손가락질 받으면 우리 엄마 돌아오겠죠. 대답은 들리지 않았다. 그래도 이 방법밖에 없었다. 강도가 스위치 위에 손가락을 올렸다. 그리고 두 눈을 꽉 감고 힘껏 눌렀다.

딸깍. 스위치가 눌렸다. 강도가 눈을 떴다.

아무 일도 일어나지 않았다. 기계가 작동하지 않은 것이다. 딸깍. 딸깍. 몇 번을 눌러 봐도 마찬가지였다.

후욱, 크게 숨을 들이마신 강도가 여기저기 기계를 돌아보았다. 레버를 밟고 흔들어 봐도 소용이 없었다. 그러다 자세히 살펴보니 전기 코드가 빠져 있는 것이 보였다.

 갑자기 긴장이 풀린 강도가 소매를 풀어낸 뒤, 두 손으로 거칠게 얼굴을 쓸어내렸다. 식은땀이 흥건하게 배어 나왔다.

 강도는 다시 심호흡했다. 코드를 꽂아 넣고, 기계 스위치를 올렸다. 전력이 들어오며 지잉- 하는 소리가 났다. 소매도 다시 말아 넣었다.

 그때였다. 내내 침묵하던 전화가 울린 건.

 강도에겐 마치 천둥이 치는 것 같은 소리였다. 강도는 깜짝 놀라 등을 움츠렸다.

 급하게 주머니 속에 손을 집어넣어 핸드폰 폴더를 열고 귀에 가져다 대자, 여보세요 말하기도 전에 여자의 비명이 들렸다.

 - 아악! ……아아악!

 엄마였다. 강도가 착각할 리 없는 여자의 비명 소리였다. 강도는 아무도 없는 공장에서 허공에 대고 버럭 소리를 질렀다.

 "엄마! 엄마-!"

 - 아하악! 흐윽…….

 신음 소리가 끊이질 않았다. 숨을 헐떡이고, 맞는 소리가 계속해서 났다.

영성 정밀, 이상구 | 259

"야 이 개새끼야! 누구야. 너 누구냐고! 그만해, 이 개새끼야!"

덜그럭거리며 누군가 핸드폰을 집어 드는 소리가 났다. 강도는 씩씩거리며 공장을 나서고 있었다. 수화기 너머에서 어쩐지 익숙한 남자의 목소리가 들렸다. 흥분으로 달아오른 거친 숨소리와 함께 사투리 억양이 섞인 특유의 걸쭉한 목소리.

— 뭐야? 이거…….

장 사장이었다.

강도의 눈이 뒤집혔다. 이 개 같은 새끼! 강도는 전화기를 든 채 달렸다. 공장 문을 박차고 나와 또다시 미친 듯 달렸다.

"엄마! 엄마, 대답해 봐! 야! 이 개새끼야! 엄마 건드리면 죽어! 너 죽여 버릴 거야!"

— 뭐야, 너…… 이강도?

"죽여 버릴 거야아아—!"

— 이 새끼가…….

전화가 끊어졌다. 장 사장이 일부러 끊어 버린 것이 틀림없었다. 시간이 없었다. 장 사장이 엄마를 어떻게 할지 몰랐다. 강도는 악을 쓰며 달렸다. 강도의 고함 소리에 놀란 상가 주민들이 가게 문을 열고 고개를 내밀고 있었다. 강도는 좁은 골목을 가로질러 꼬리에 불붙은 개처럼 뛰어갔다.

죽일 거다. 죽여 버릴 것이다. 여자의 몸에 상처 하나, 멍 하나라도 남았다간 정말 무슨 짓을 저지를지 모른다고 강도는 생각했다. 장 사장은 언제나 강도에게 잔인한 놈이라고, 악마 같은 새끼라고 욕했지만 강도는 그가 저보다 더하면 더했지 덜하지는 않은 놈이란 사실을 잘 알고 있었다.

강도는 정말로 기를 쓰고 달렸다. 더 빨리는 달릴 수 없을 정도로. 하지만 그조차도 한없이 느리게만 느껴졌다. 그가 시간을 지체하면 지체할수록 여자는 그동안 무슨 짓을 당하고 있을지 모르는 것이다.

장 사장은 청계천 상가 주변에서도 꽤 큰돈을 만진다고 소문난 사채꾼이었다. 아래로 부리는 건달만 해도 여럿, 강도는 점점 마음이 급해졌다.

장 사장의 사무실에서 돈을 빌리는 사람은 수도 없이 많았고, 그중에는 여자들도 있었다. 종로의 배미란처럼 주로 장사를 하는 여자들이었고, 장 사장은 사무실을 지키다 무료해질 때면 직접 몸을 일으켜 그 여자들의 가게로 수금을 하러 나갔다. 이자놀이가 아니라, 일수를 찍듯 그렇게 다녔다. 이 일을 하게 된 지 얼마 되지 않았던 수년 전, 강도는 장 사장이 그 여자들을 어떻게 다루는지 두 눈으로 목격했다.

장 사장이 가게 안으로 들어서도 여자들은 겁도 먹지 않았다. 그냥 느릿느릿 걸어 나와 돈이 없다고, 사정 잘 알지 않느냐고, 며칠만 더 기다려 달라고 외운 것처럼 읊어 댔다.

역겨운 장면이었다. 실랑이도 길지 않았다. 장 사장은 나이를 알 수 없는 중년의 술집 여자를 테이블 위로 엎드리게 했다. 여자는 희고 긴 치마를 입고 있었다. 장 사장이 두툼한 손으로 치마를 걷어 올리자 늘어진 허벅지와 시커먼 둔부가 드러났다. 여자는 반항하지 않았다. 그저 눈을 감고 테이블 모서리를 세게 쥐었을 뿐이었다.

앞뒤로 흔들리는 두 짐승을 보면서 강도는 깨달았다. 인간을 인간답지 않게 만드는 가장 강력한 존재는 바로 돈이었다. 악마 같은 게 아니었다. 있는지 없는지도 모를 지옥 따위, 눈앞에 닥친 현실에 비하면 아무것도 아니었다.

장 사장은 전문가였고, 뱀처럼 교묘하게 그 틈을 파고들어 생피를 짜듯 돈을 벌었다. 그런 남자가 기계 백정이나 다름없는 이강도를 곱게 놓아줄 리 없었다. 약점이 있다면 그걸 손아귀에 틀어쥐고 목을 조를 사람이었다.

지난 이틀간 얼마나 달린 건지 이제는 숨을 쉴 때마다 입에서 단내가 풀풀 나왔다. 강도는 어느새 장 사장의 대출 사무실 앞에 도착해 있었다. 강도는 인터폰을 집어 들지도 않았다. 주먹을 들고, 문짝을 부서뜨릴 기세로 문을 두드렸다. 발로 차고 괴성을 질렀다.

"누구야!"

장 사장이 나와 문을 열었다. 그가 입을 열어 강도를 욕했지만 전혀 들리지 않았다. 강도는 씩씩거리며 사무실 안으로 들어갔다. 그런데 아무리 둘러봐도 여자의 모습은 보이질 않았다.

피. 피다.

사무실 바닥에 핏자국이 있었다.

강도는 두 눈이 찢어져라 부릅뜨고 바닥에 점점이 떨어져 있는 핏자국을 바라보았다. 아직 굳지 않아 축축한 피였다. 주체할 수 없는 격노가 머릿속을 저릿저릿하게 만들었다. 강도의 이성은 통제 불능이었다. 지나치게 화가 나면 머리로 뜨거운 피가 몰려 얼굴 피부를 타고 벌레가 기어가는 듯 끔찍한 기분이 든다는 것도 처음 알았다.

장 사장이 강도의 어깨를 밀고 들어왔다.

"너 뭐야, 이 새끼야!"

"우리 엄마 어디 있어……."

"이런 미친 새끼! 왜 여기 와서 헛소리야!"

"우리 엄마 어디 있냐고!"

"아까 그 여자가 니 엄마야? 에미나 자식이나 하나같이 미쳐 가지고!"

강도의 눈에 살기가 맺혔다. 장 사장은 강도의 상태가 평소와 다르다는 사실을 인지하지 못했다. 그 자신의 분노로 눈이 멀어서 그저 막무가내로 주먹을 휘두를 뿐이었다.

"은혜도 모르는 새끼! 개새끼! 내가 널 지금까지 먹여 살려 줬는데! 미친 새끼가 왜 여기 와서 행패야, 행패가!"

일방적으로 장 사장의 주먹을 맞고만 있던 강도가 뒷주머니로 손을 가져갔다. 이성을 잃은 장 사장은 강도가 무슨 짓을 하려고 하는지 전혀 눈치채지 못하고 있었다. 강도는 습관처럼 뒷주머니에 꽂아 두었던 계송의 칼을 꺼내 들었다. 그리고 장 사장이 주먹을 들어 올리는 순간, 그의 품을 파고들어 사선으로 찔렀다.

"으헉! ……커억."

명치를 찌른 칼이 방향을 틀었다. 급소를 쪼개는 고통에 장 사장은 거대한 몸을 조금씩 무너뜨리고 있었다. 강도는 이제 떨지 않았다. 그는 장 사장의 명치에 꽂은 칼을 쑥 빼들고 다시 왼쪽 가슴을 찔렀다.

갈비뼈를 헤치고 깊이 들어간 칼날이 물렁한 장기를 잘라냈다. 푸쉭! 사방으로 피가 터져 나왔다. 강도는 그것으로 멈추지 않았다. 살기가 번들거리는 눈으로 장 사장을 내려다보며 찌르고, 찌르고, 찌르기를 반복했다. 거대한 장 사장의 몸은 수십 개의 자상으로 뒤덮여 피가 흐르지 않는 곳이 없었다. 사무실 바닥에 끈적끈적하고 비릿한 피가 웅덩이가 되어 흘렀다. 강도는 숨이 차오를 때까지 몇 번이고 장 사장을 찌르다가 그가 완전히 숨이 끊어져 바닥에 고꾸라진 뒤에야 몸을 일으켰다.

장 사장의 뱃가죽을 뚫고 들어간 계송의 과도는 손잡이까지 새빨간 피로 물들어 있었다. 강도는 몸을 돌려 달아나려다가 다시 칼 손잡이를 잡았다.

 아직 엄마를 되찾지 못했다. 아무래도 이상구의 선반 공장에 다시 가 봐야 할 것 같았다. 강도의 뒤를 미행한 사진들과 일기장, 그리고 냉장고에 고여 있던 피가 마음에 걸렸다. 어쩐지 마음속에서 누군가가 그 공장에 엄마를 데려간 범인이 있을 거라고 속삭이는 것 같았다.

 칼을 뽑아 든 강도가 걸쭉한 피를 옷자락에 대충 문질러 닦았다. 그리고 터벅터벅 걸어 장 사장의 사무실을 빠져나왔다.

 공장 문은 닫혀 있었다.
 강도는 그가 문을 닫아 놓고 나갔던가 생각했다. 아니었다. 급하게 달려 나가느라 문은 닫지 못했다. 불길한 예감이 들었다. 강도는 조용히 몸을 낮추고 공장 안으로 들어갔다.
 이상했다. 형광등은 켜져 있는데, 미묘하게 어딘가에서 아까와는 다른 느낌이 났다. 주위를 둘러보았다. 냉장고도, 선반 위에 내려놓고 간 사진도 그대로인데.
 "……."
 프레스 기계 전원이 꺼져 있다.
 헷갈리면 안 되는 일이었다. 분명 나가기 직전, 직접 손을 자르려고 전원을 넣었던 기계다. 그런데 누군가 일부러 코드를 뽑은 것도 모자라 전기선을 절단기로 잘라 놓기까지 했다.

"누구야, 누구냐고!"

강도가 소리 질렀다.

"나와서 차라리 내 손을 잘라! 내 다리를 썰어 버리란 말이야, 이 개새끼야! 우리 엄마 데리고 와-!"

아무도 없는 공장 안에 강도가 내지른 악다구니가 왕왕 울림을 일으켰다. 강도는 비틀비틀 걸어 창고 안으로 들어갔다. 휠체어 위에 쓰러지듯 앉으니 늘어진 체인이 눈앞에서 흔들거렸다.

눈물이 나오려고 했다.

"차라리 나 먼저 죽이지……."

그게 아니면.

"내 앞에 나타나지 말지……."

여자에게 하는 말이었다.

끝까지 모르는 척 살지. 버린 채로 잊어버리고 혼자 잘 살지. 왜 뒤늦게 나타나서. 내 좆같은 인생에 끼어들어서.

눈꼬리를 타고 눈물이 흘러내렸다.

이틀 내내 잠 한숨 못 자고 뛰어다닌 후유증인지, 강도는 휠체어에 앉은 채로 깊이 잠들고 말았다. 공장 안에는 그가 내뱉는 메마른 숨소리가 흩어질 뿐, 아무 소리도 들리지 않았다.

자박자박.

한참 뒤, 느릿느릿한 발소리가 다가왔다.

*　　　*　　　*

강도는 꿈을 꾸었다.

이름 모를 노란 꽃이 피어 있는 청계천 물가 계단에, 여자가 다리를 오므리고 앉아 있었다. 떡볶이 냄새. 맛있겠다. 그치? 여자가 속삭였다. 강도는 주머니에 손을 넣고 여자에게서 몇 걸음 떨어져 서 있다가 말없이 몸을 돌렸다. 떡볶이를 파는 노점상은 멀지 않았다.

같이 먹어. 떡볶이를 내미는 강도에게 여자가 말했다. 강도는 이번에도 말없이 여자의 곁에 앉았다. 햇살은 밝게 빛나고, 지나가는 사람들은 모두 웃고 있었다. 그곳엔 기계 공장 먼지도, 사채꾼도, 피 흘리며 쫓아오는 병신들도 없었다.

아~ 해. 여자가 강도에게 떡볶이를 내밀었다. 강도는 어색하게 입술을 우물거리다가 여자의 채근에 못 이겨 가까스로 입을 벌렸다. 매운 떡볶이가 입안으로 들어왔다. 맛있지? 여자는 또 해사하게 웃었다.

먹고 싶다고 해서 사 왔더니 정작 여자의 입에 들어가는 떡볶이는 거의 없었다. 강도가 우물우물 씹어 삼키기를 가만히 기다렸다가, 다시 하나를 집어 입에 넣어 주었다. 여자의 시선은 강도의 얼굴을 떠날 줄 몰랐다. 왜 안 먹느냐고 물어보니, 배가 부르다고 했다.

입에 넣어 주는 손길이 좋아 급하게 먹었더니 입가에 붉은 고추장 소스가 흘러내렸다. 여자는 또 소리 내어 웃으며 휴지를 꺼내 들었다. 가만히 있어. 아기처럼 얼굴을 내밀고 눈을 감는 강도에게, 여자는 다정하게 입가에 묻은 소스를 닦아 주었다.

지나가던 남자가 강도를 보고 웃었다. 하핫, 그리 기분 나쁜 웃음이 아니었는데도 여자가 갑자기 벌떡 일어나 화를 냈다. 이봐요! 왜 웃어? 지나가던 남자는 황당해하는 얼굴로 말했다. 웃기잖아. 애도 아니고. 나이 먹어서…… 손발이 없어? 여자가 저벅저벅 걸어가더니 돌연 따귀를 때렸다. 얻어맞은 남자는 너무 당황해서 아무 말도 못 하고 서 있었다.

평생을 못 보고 살았는데, 죽기 전에 엄마 노릇 좀 해 보고 싶어서! 그래서 찾았는데! 이십구 년 만에 만난 엄마가 아들 돌보는 게 웃겨? 웃기냐고!

여자가 바락바락 소리쳤다. 남자는 여자를 향해 미친년이라고 손가락질을 했다. 놀란 강도가 달려올 때까지 여자는 부릅뜬 눈을 돌리지 않았다.

부드러운 것이 얼굴에 닿았다. 온기를 머금고 미끄러지는 그 감촉이 조금도 현실인 것 같지가 않아서, 강도는 여전히 꿈속을 헤매고 있었다. 하지만 뭔가 굵고 묵직한 것이 목을 감아 조이자 그제야 조금씩 눈두덩을 움찔거렸다.

지잉- 웅- 웅- 웅-.

기계 전원이 들어오는 소리가 났다. 강도는 땅속에 처박힌 것처럼 묵직한 몸을 움직이려 애썼다. 하지만 집요한 꿈을 벗어날 수 없어, 그저 눈을 뜨기 위해 얼굴에 힘을 주는 것밖에 할 수 있는 일이 없었다. 몇 번을 실패한 뒤에야 움찔거리던 눈두덩이 열렸다. 하지만 눈앞에 드리워진 시커먼 어둠에 강도는 당황했다. 눈앞이 캄캄하다.

덜컹!

묵직하게 목을 조이던 쇠사슬이 팽팽하게 당겨졌다. 강도는 크게 놀라 몸을 들썩였다. 뒤늦게 손가락을 넣어 목에 감긴 체인을 풀어내려 애썼지만 소용없는 짓이었다. 체인은 단단하게 감겨 조금의 틈도 생기지 않았다.

"커억······."

기계가 돌아갈수록 조금씩 숨이 막혔다. 강도는 힘껏 소리쳤다.

"누구야! 너 누구야! 컥!"

체인이 위로 감기면서 엉덩이가 들렸다. 강도는 휠체어 위로 올라가야 했다. 아무리 소리쳐도 기계 돌아가는 소리만 날 뿐, 그 어떤 인기척도 느껴지지 않았다. 생리적인 공포가 강도의 몸을 잠식하고 들어왔다.

죽는다.

이대로 죽는다는 생각이 들자마자 떠오른 건, 강도를 올려다보던 엄마의 애처로운 얼굴이었다. 맹목적이고 애처로운 그 눈빛. 강도는 꺽꺽거리며 목이 조이는 와중에도 짓눌린 목소리로 빌었다.

"나는…… 죽어도 좋아. 우리 엄마! 우리 엄마만…… 살려 줘. 살아 있는 거지? 말해 줘. 제발!"

생사라도 알려 달라고, 내가 대신 죽을 테니 놓아 달라고 울며 애원했지만 들리는 건 여전한 기계 소리뿐. 강도는 휠체어 위에서 다리를 펴고 까치발을 들었다. 숨을 쉴 수가 없었다. 기도가 눌려 쇳소리가 났다.

"엄마……. 제발 엄마만……."

발이 들렸다.

매달려 꺽꺽거리던 강도의 눈에서 쉴 새 없이 눈물이 흘러내렸다. 얼굴에 씌워진 부드러운 천이 축축하게 젖어 들어갔다. 벌어진 입에선 더운 침이 흘러내렸다. 강도는 목 졸린 개처럼 그르렁거리는 소리를 내며 몸을 뒤틀었다.

"엄마…… 엄…… 엄마……!"

눈이 뒤집어지는 것이 느껴졌다. 시야가 점멸했다. 강도는 착실하게 죽음의 과정을 밟아 가고 있었다. 손발이 격렬하게 떨렸다. 긴장이 극에 달한 육체가 경련을 일으킨 것이다. 그리고 컥, 짧은 숨을 마지막으로 강도의 바지 앞섶이 축축하게 젖어 들었다. 배뇨를 하는 대신 사정을 해 버린 강도의 몸이 천천히 흔들리다가, 축 늘어졌다.

 자박자박. 발소리가 났다.

 기계는 여전히 돌아가고 있었다.

내 아들

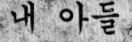

이제 나는 죽으려 한다.

묻고 싶었다.
강도야. 나를 얼마나 사랑하고 있어? 아직도 엄마를 원망하는 건 아니지? 내가 없으면 살아갈 수 없을 거라던 그 말, 진심이지? 믿어도 되는 거지? 정말 묻고 싶었다.
혹은 이렇게 묻고 싶었다. 너는 정말로 네 잔인한 성정이 단지 엄마에게 버림받았기 때문에 자라난 거라고 생각해? 사람을 우습게 알고, 남의 몸을 수수깡 장난감처럼 다루고, 남의 가족 눈에 피눈물 나게 하면서, 그 모든 일이 오직 엄마 때문이라고? 만약…… 그게 아니라면?

네가 태어날 때부터 악마였다면. 어쩔 건데.

솔직하게 말하자면 나는 내일 모레면 환갑이 되는 나이가 아니다. 나는 이제 갓 오십 대가 되었을 뿐이고, 네가 나를 믿어 주지 않을까 봐 거짓말을 했다. 교묘하게 나이를 속이고, 우연의 일치이긴 했지만 사진 속 여자와 비슷한 단발머리를 하고, 돈을 주고 네 뒷조사를 했다.

친절했던 흥신소 사장의 말대로 너는 정말 별것 없는 놈이었다.

태어나자마자 버려진 줄 아는 너는 사실 얼마간을 네 친어미와 함께 살았다. 나는 그 사실을 알고 나서 아주 많이 불안했더랬다. 당시의 일을 알려 줄 사람이 없어, 교묘하게 내 스물셋과 너의 탄생을 섞어 넣었다. 기억을 조작하는 것은 어렵지 않았다. 나는 반쯤 미쳐있었으니까.

네가 있었다던 시설에 가 보거나 네가 다녔다던 학교에 가 볼 수도 있었지만 소용없는 일임을 나는 알았다. 네 유아기와 청소년기에 대해서 알아 봤자 의심만 키울 뿐이었다. 그래서 나는 다정하고, 맹목적이고, 병신 바보 천치 같은 엄마가 되기로 했다. 불쌍하고, 고되고, 애처로운 엄마. 늙어 빈 몸에 아무것도 할 줄 모르는, 네가 없으면 길바닥에서 쓰러져 죽을 것 같은 엄마.

너는 쉽게 넘어왔다. 네 딴에는 나를 밀어내느라 모진 애를 다 썼다 생각할지 모르나, 내 눈에 너는 참 단순하고 순진한 아이였다. 어쩌면 그렇게도 멍청했느냐. 증오와 원한으로 얼룩진 내 눈동자가 네게는 그리도 깊은 애정이 담긴 것으로 보였느냐.

네가 사람을 해치러 나갈 때면 나는 늘 창가에 서서 멀어지는 너의 뒷모습을 바라보았다. 가까이서 볼 때는 그리 커 보이더니, 창밖의 너는 참으로 작은 인간이었다. 길가 어느 곳을 가도 똑같은 하잘것없는 인간 중에 하나일 뿐이었다.

나는 그 사실이 몹시 불편했다.

우격다짐으로 처음 네 집에 들어갔던 날, 쫓겨난 나는 창문을 깨뜨리고 날아오는 단도를 목격했다. 신기하게도 손에 착 감기는 네 칼을 쥐고 네가 내려오기만을 기다렸다. 너는 대충 주위를 둘러보다 포기하고 돌아가려 했으나, 나를 발견하고 걸음을 멈췄다.

네가 어서 찔러 보라며 배를 내밀었을 때, 나는 내 이성을 새카맣게 태워 버릴 정도로 뜨거운 불길 속에 갇혀 있었다. 손을 내밀기만 하면 네 배에 칼을 찔러 넣고 뜨끈한 장기를 도려낼 수 있었을 텐데, 그럴 수 없다는 사실이 미칠 듯 화가 나 몸이 떨렸다.

네게 그 칼을 돌려준 이유는 생각보다 날이 무뎠기 때문이다. 네가 나를 받아들인 이후, 나는 그 칼이 돌아올 때마다 너 몰래 조금씩 날을 갈았다. 들키지 않도록 아주 조금씩 끈질기게.

사실 중간에 한 번, 무너지려 한 때가 있었다.
거실에서 네 수첩을 발견했을 때다.

9/16 영성 정밀 이상구. 25세. 오천. 다리.

네가 곧바로 돌아오지 않았다면 나는 수첩을 붙들고 오열하며 바닥을 굴렀을 것이다. 백정이 잡은 동물 번호표를 모아두듯, 너는 끔찍하게도 인간 장부를 만들어 보관하고 있었다.
그 장부를 발견한 이후, 나는 다짐을 새로 해야 했다. 그래서 네가 집을 비운 사이 을지로 공장 골목으로 달려갔다. 영성 정밀. 내 코트 안주머니엔 묵직한 열쇠가 있었다. 셔터를 내리고 자물쇠를 잠가 둔 사람이 나였기 때문에, 열쇠가 내 손에 있는 것이다. 나는 쫓기는 사람처럼 주위를 둘러보다 셔터를 아주 조금만 올리고 그 아래로 기어 들어갔다.
공장은 컴컴하고, 악취가 났다. 이제는 눈을 감고도 찾을 수 있는 스위치에 손을 올려 불을 켰다. 셔터를 다시 내리는 것도 잊지 않았다. 나는 자박자박 소리를 내며 걸었다. 쓰러진 냉장고 앞에 다다랐을 때, 나는 이미 흐으…… 울고 있었다.

 이상구가 그 안에 있었다.

 죽은 이상구가, 차게 식은 이상구가, 저 창고 천장에 체인을 매달아 저 혼자 죽어 버린 천하의 불효막심한 내 아들이-!

 "상구야…… 상구야…… 상구야……."

 나는 병신처럼 계속 말을 질질 끌었다. 냉장고 문을 열고 아들의 얼굴을 확인하자마자 으으으, 짐승처럼 울었다. 썩은 냄새를 풍기는 아들의 얼굴을 매만지고, 소름 끼치게 차가운 아들의 손을 잡았다. 그리고 냉장고 문을 활짝 열어 둔 채 그 안에 들어가 아들의 가슴을 베고 누웠다.

 제일 따뜻하고 부드럽다던 울 실로 짠 스웨터가 내 손에 들려 있었다. 가만히 대어 보니 아들의 몸에 꼭 맞았다. 그래 틀릴 리가 없었다. 이십오 년을 끼고 산 하나밖에 없는 아들인데 사이즈를 모를 리가 없는 것이다.

 이강도 보아라.

 이 천사 같은 아이가 내 아들이다.

 가진 거, 배운 거 없는 비천한 어미밖에 모르던 세상 둘도 없이 착한 아들이다.

 어린 나이에 힘든 공장 일 하는 게 안쓰러워 그리도 말렸건만, 엄마 고생시키기 싫다고 한사코 웃으며 집을 나서던 아들이다.

- 엄마는 예쁜데 나는 왜 이리 못생겼지? 돌아가신 아부지 닮았나. 그래도 키 안 크고 덩치 작은 거 보면 딱 엄마 아들인가 싶기도 하고. 그거 알아요? 사람들이 나 엄마랑 분위기가 비슷하대. 눈동자 때문인가? 봐봐. 동공이 크잖아. 서클렌즈인가 여자애들이 예뻐 보이려고 끼는 거, 그거 한 거 같다더라. 엄마 눈도 그렇잖아.

 - 아, 좀 그만 좀 해요! 그렇게 좆 빠지게 일한다고 우리가 뭐 하루아침에 부자 되나? 엄마는 왜 엄마 생각밖에 할 줄을 몰라. 뭐? 나 장가보내고 싶다고? 대한민국 팔도를 뒤져 봐라. 공장 노가다 하는 편모 아들한테 누가 시집오나! 걔들이 정신이 나간 것도 아니고…….

 - 미안해. 울지 마. 엄마가 너무 고생하니까, 내가 무능해서 엄마가 자꾸 일 나가는 게 싫어 그랬어. 미안해. 우리 엄마 이제 늙어서 안 아픈 데가 없잖아. 젊은 내가 고생하는 게 낫지. 제발 나 쫓아다니면서 궁상떨지 말고 그냥 집에 있으라니까!

 - 뭐 그냥 조금만 빌리면 안 되나? 한 달…… 두 달이면 갚을 수 있을 거 같은데. 거기 사장님 인상이 좋더라고. 젊은 놈이 고생한다고 용돈 필요하면 말하라던데?

 - 이상해. 이게 아닌데…… 엄마 이거 사기야? 경찰에 신고할까? 우리…… 멀리 도망갈까? 그럼 공장은? 도망가

면…… 뭐 먹고 사는데?
 - 아퍼…… 아프다고! 으어어어! 엄마, 일어나. 일어나라고! 빨리 가서 약 가져 와. 어떻게든 해 봐. 아파서 잠이 안 온단 말이야! 엄마. 나 이러다 죽어. 나 죽는다고! 아파서 미칠 거 같아……! 아아아악!

 나는 처음 아들이 불구가 되었다는 사실을 알았을 때, 하늘이 무너지는 줄 알았다. 구름이 있고 비가 쏟아지기도 하던 서울의 회색 하늘이 이렇게 형편없이 무너지기도 하는구나 했다. 그런데 그건 내가 아주 잘못 생각한 거였다.
 뭉툭하게 잘린 다리는 손으로 고깃덩어리를 짜낸 듯 껍질이 쭈글쭈글했다. 이지러지고, 징그러웠다. 아들은 상처가 고통스러워 잠을 자지 못했다. 의사가 아무리 독한 진통제를 주사해도 소용없었다. 심리적인 이유인 것 같습니다. 밤이 새도록 울면서 아프다고 소리치는 아들의 다리를 끌어안고 나는 제발 가만히 있으라고, 상처가 덧난다고 소리 질렀다. 하루만큼의 고통이 지나 해가 뜰 때쯤에야 아들은 겨우 두세 시간 쪽잠이 들었다. 내겐 그 시간이 유일한 평화였다.
 하늘은 또 무너졌다. 이번에는 땅도 꺼졌다.
 아들이 불구가 된 후, 나는 아들 몰래 대형 마트 야채 코너에서 일을 하기 시작했다. 가난한 우리를 위한 어쩔 수 없는 선택이었지만, 때문에 나는 아들이 잘린 다리를 질질 끌고 이 쓸쓸한 공장에서 죽어 가고 있다는 것도 알지 못했다.

 땅을 치고 후회한들 이미 늦은 일이었다. 쉬는 날 자꾸만 끼니를 거르는 아들 걱정에 마트에서 파는 달고 매운 닭강정을 반값에 사 들고 공장으로 온 나는,

 "아아…… 아아아악-!"

 죽어 있는 아들을 발견했다.

 휠체어 위에 목을 매달고, 뻣뻣하게 늘어진

 "상구야…… 상구야, 안 돼! 아니야! 아아아……!"

 내 아들.

 내 아이가 무얼 그리 잘못했느냐. 이강도야. 대답해 보아라.

 하늘이 무너진 뒤에 땅마저 꺼지면 어떤 지옥이 기다리고 있는지 아느냐. 가진 거라곤 아들 하나밖에 없어 목숨보다 귀히 여기던 어미가, 혼자 살아남는 지옥을 네가 아느냐.

 나는 아들의 죽음 앞에서 내가 아직까지 숨을 쉬고 있다는 사실을 믿을 수가 없었다.

 상구가 죽었는데,

 나는 어떻게 살아 있나.

 아아, 그래. 너 때문이다. 너를 이대로 두고 갈 수가 없어서.

 그래. 이제 됐다. 나는 흔들리지 않을 것이다.

내 아들 | 279

― 어디 갔었어! 얼마나 걱정했는지 알아? 전화라도 가져가던지!

너는 나를 걱정했다 말했다. 아들을 두고 차마 발길이 떨어지지 않아 오래도록 공장에 있다가 돌아온 나는 울면서 화를 내는 네게 미안하다 사과했다.

내가 늦은 새벽에 돌아온 이유는 하나가 더 있었다. 휘발유 통을 들고 쳐들어왔다가 가슴에 칼이 박힌 채 돌아가야 했던 문계송이란 남자를 기억하느냐. 나는 네 수첩을 뒤져 주소를 알아낸 뒤, 남자의 공장을 찾아갔다. 당연하게도, 그는 죽어 있었다. 문계송의 시체를 발견한 늙은 어미가 그 앞에 앉아 오열을 쏟아 냈다. 어쩌면 그렇게 나와 닮은 모습이던지, 나는 대상을 아주 잘 골랐다고 생각했다. 저 어미는 쓸모가 있었다. 차마 죽지도 못한 채 오직 너를 향한 복수심만을 불태우며 살아갈 것이다.

나는 문계송의 늙은 어미에게 다가갔다. 경찰을 부르려는 이웃사람을 말리고, 늙은 어미의 귓가에 속삭였다.

범인을 아노라고,

놈의 이름이―

이강도. 늙은 어미가 너의 이름을 씹어 뱉었다. 삼일 뒤에 양수리로 오세요. 나는 그 한마디를 남기고 네게 돌아왔다.

네가 해쳤던 사람들이 나를 해칠까 두려웠느냐. 그래서 인간 장부를 들춰 보며 하나씩 되새기고 있었느냐.
그런데 어찌한다. 나는 내가 해칠 것이다.
네 장부에 내 이름은 없겠지.

엄마

이강도의 목숨은 끈질겼다.

그는 눈을 뜨고도 믿을 수가 없어 한동안 움직이지 않고 가만히 앉아 있었다. 별의별 생각이 다 들었다. 미쳐서 헛것을 보는 건가 싶기도 하고, 죽어 지옥에 왔는데 그 지옥이 살던 곳과 별반 다르지 않더라는 말도 떠올랐다.

그는 여전히 휠체어에 앉아 있었다.

위에서 끌어내려진 듯 두 다리가 어색하게 놓여 있고, 목구멍을 칼로 찌르는 듯 날카로운 통증이 느껴졌다. 강도는 눈물이 말라붙은 눈가를 비비며 고개를 들었다.

아까부터 전화벨이 울리고 있었다.

강도를 무의식에서 끌어 올린 것도 그 끈질긴 벨소리였다. 강도는 여전히 목에 감겨 있는 체인을 힘겹게 풀어냈다. 절그럭거리며 떨어진 체인을 발로 밀어내고 자리에서 일어나니, 순간적으로 다리가 풀려 중심을 잡을 수가 없었다. 강도는 휠체어 앞에 흉하게 엎어졌다. 아픈 몸을 바르작거리는 와중에도 전화는 끊어지지 않았다.

강도는 본능적으로 몸을 일으켰다. 전화를 받아야 했다. 마치 길들여진 개처럼 그는 턱 아래로 침을 뚝뚝 흘리며 기어갔다.

엄마였다. 저건 엄마의 전화였다. 작고 여윈 어깨를 가진, 둥글고 검은 눈을 한 엄마였다. 엄마가 살려 달라고, 구해 달라고 강도를 부르는 소리였다. 그러니까 받아야 했다. 강도는 기어이 창고 앞까지 기어 나가 바닥에 떨어져 있는 자신의 핸드폰을 집어 들었다.

"여보세요……."

목에서 깨진 쇳소리가 났다. 강도는 귓가에 전화기를 대고 중얼거렸다.

"여보세요. 엄마…… 엄마."

끊어질 듯 애처로운 엄마의 울음소리가 들렸다. 강도는 함께 울었다.

"엄마……."

— 강도야. 무서워, 강도야…….

중간중간 힘없이 잦아드는 울음소리가 강도의 귀를 아프게 울렸다.
 "엄마! 엄마⋯⋯ 거기 어디야. 내가 갈게⋯⋯."
 – 흐으⋯⋯ 으흐흑! 흐⋯⋯ 아악! 그만둬요! 제발⋯⋯!
 지독한 형벌이다. 강도는 가슴을 쥐어뜯으며 몸부림쳤다. 그리고 소리쳤다.
 "엄마아! 야 이 개새끼야! 그만해! 엄마, 엄마! 어디야!"
 – 강도야⋯⋯ 강도야! 아악!
 엄마의 고통스러운 비명을 마지막으로 전화가 끊겼다. 강도는 어느새 바닥에서 벌떡 일어나 공장 기물을 때려 부수고 있었다. 손바닥이 까지고, 어딘가에 찍혔는지 다리에서 피가 흘렀지만 아무렇지도 않았다. 이미 반쯤 정신이 나가 가슴의 아픔만이 고통으로 느껴질 뿐, 다른 곳은 무감각했다.
 강도는 비틀거리며 공장을 가로질렀다. 문을 열자, 훤한 대낮의 공장 골목이 나타났다.
 때마침 문자 오는 소리가 났다. 얼른 꺼내 확인해 보자 사진 한 장이 전송돼 있었다. 강도는 핸드폰에 얼굴을 처박고 부들부들 떨었다.
 엄마였다.
 고통스러운 듯 얼굴을 일그러뜨린 엄마가 두 눈을 꽉 감고 있었다. 작은 얼굴이 온통 상처투성이였다. 눈가가 붉었다. 터진 입술에 마른 딱지가 앉아 있었다.

"으아…… 으아아아!"

강도는 짐승처럼 울부짖으며 핸드폰을 붙잡고 몸을 흔들었다.

엄마의 얼굴 뒤로 보이는 배경이 익숙하다. 강도는 그곳이 어디인지 알고 있었다. 무감각했던 다리에 신경이 되살아났다. 다시 달려야 했다. 뭘 원하는지 몰라도 제 목숨을 주면, 엄마는 살려 줄 거라고 믿었다. 강도는 두 번 생각하지 않았다. 가서, 엄마를 구하고 죽어야겠다. 용서를 빌고 죽어야겠다. 엄마를 대신해서 죽어야겠다. 오직 그 생각뿐이었다.

뒷주머니에 손을 찔러 넣자, 당연히 칼이 만져졌다. 강도는 그대로 바깥으로 달려 나갔다. 택시를 잡아타고, 양수리로 향했다.

엄마는 양수리 폐건물 옥상 난간에 위태롭게 서 있었다.

투둑. 핏방울이 떨어졌다. 강도는 믿을 수 없는 눈으로 옥상을 바라보았다.

조금만 움직여도 젖은 낙엽처럼 떨어질 엄마의 몸이 흔들거렸다. 얼굴이, 옷이 전부 피투성이였다. 하얀 종아리에서 연신 피가 흘러내렸다. 뒤로 수갑을 채워, 허우적거릴 수조차 없었다. 엄마는 머리를 숙이고 입에 고인 피를 울컥 토해 냈다.

성마른 바람이 불었다.

엄마의 몸이 크게 휘청거렸다. 누가 뒤에서 민 것처럼 힘없이 발을 더듬었다. 한 걸음만 더 앞으로 나오면 작은 발이 허공을 밟고, 그대로 추락할 지경이었다. 난간 끝에서 눈물을 뚝뚝 떨어뜨리고 있는 엄마는, 건물 아래에 무릎을 꿇고 엎드린 강도를 하염없이 바라보았다.

"엄마아아아……."

강도는 어린애처럼 울었다. 흔들리는 엄마를 차마 올려다보지도 못하고 고개를 땅에 처박고 울었다. 뾰족한 자갈이 무릎을 긁어도, 아랑곳하지 않고 기어서 갔다.

"엄마를 놓아줘! 이렇게 빌 테니까……."

엄마의 몸이 다시 한 번 떠밀렸다. 고개를 들었다가 다시 울음을 터뜨린 강도가 바닥을 긁었다.

"안 돼! 안 돼……. 야 개새끼야! 우리 엄마 놓아줘! 원하는 게 뭐야. 다 내가 잘못했어. 내가!"

울음이 귀를 먹먹하게 만들었다. 강도는 그 사이를 비집고 들려오는 가느다란 애원을 들었다. 강도야, 엄마 무서워. 엄마 좀 살려 줘. 엄마 너무 무서워, 강도야……. 거리가 멀어서 표정을 읽을 수가 없었다. 그래도 울고 있다는 건 본능적으로 알았다.

뜨거운 물기가 떨어졌다. 강도는 무릎으로 기어가 엄마가 흘린 눈물을 눈에 담았다. 붉었다. 탁하고, 붉었다. 피였다. 얼굴을 쳐들자 미지근한 물기가 떨어졌다. 엄마의 머리에서 떨어진 핏방울이 강도의 이마와 코, 볼에 닿았다. 눈물과 섞여 흘렀다. 강도는 입안으로 새어 들어온 엄마의 핏물을 머금었다.

"차라리 나를 죽여!"

강도가 발악하며 소리쳤다. 뒷주머니에 꽂아 두었던 칼을 꺼내 들고 보란 듯이 치켜들었다.

"날 죽이라니까! 이렇게 빌 테니까…… 이렇게 용서를 빌게! 그러니까 날 죽여! 날!"

두 손을 마주 대고 바닥에 엎드렸다. 그리고 싹싹 빌기 시작했다. 거친 자갈이 굴러다니는 바닥에 이마를 찧었다. 퍽, 퍽 소리가 나고 찢어진 이마에서 핏물이 흘러내렸다.

"미안합니다! 잘못했습니다! 정말 미안합니다……."

그래도 소용없었다. 강도가 이번에는 들고 있던 칼을 치켜들었다.

"엄마를 놓아주세요! 내가 죽을 때까지 병신으로 살겠습니다!"

위에서 엄마의 비명 소리가 들렸다. 억눌린 흐느낌이 아래로 떨어졌다. 강도는 기꺼이 팔을 휘둘러 칼날을 자신의 허벅지에 내리꽂았다. 크악! 고통스런 신음을 베어 물고, 강도는 피가 흐르는 허벅지에 또 한 번 칼을 꽂으며 자해를 했다.

"제발 엄마를 살려 주세요! 제가 죽겠습니다! 제발!"

일어나려고 했지만 다리에 힘이 들어가지 않았다. 찌르지 않은 쪽의 다리로만 일어나려다 다시 주저앉은 강도가 앉은 채 몸을 세웠다. 그리고 이번에는 손잡이를 거꾸로 잡고 칼날을 명치에 가져다 댔다.

내가 죽어야 한다. 그래야 엄마가 산다.

위에서 엄마가 비명을 질렀다.

"안 돼! 그건 안 돼! 강도야…… 안 돼. 그러지 마. 강도야! 강도……."

"엄마를 살려 주세요! 대신 내가 죽을게요!"

"어서 칼 내려! 강도야! 안 돼, 그러면 안 돼!"

강도는 빌었다.

제발, 제발 용서해 달라고.

칼날이 심장을 향해 조금씩 파고드는데, 하필이면 그때 여자의 몸이 떨어졌다.

"아----악!"

아무리 짧은 순간이라도, 목격한 사람의 마음이 멈춰 버리면 그 순간은 영겁이 될 수도 있다.

강도가 예상했던 대로 여자의 몸은 젖은 낙엽처럼 떨어졌다. 마른 가을 냄새가 나는 몸에서 붉은 단풍이 피어났다. 강도는 무릎으로 기었다. 다리를 질질 끌고 기어가 여자의 머리를 감싸 안았다. 아직 따뜻하고 부드러웠다. 피가 흐르는 머리를 쓰다듬고, 얼굴을 주물렀다. 목, 어깨, 팔, 다리 할 것 없이 더듬거리며 체온을 확인했다. 가슴을, 심장을 꾹꾹 누르다가 여자의 몸이 멀쩡한 곳 하나 없이 전부 상처투성이란 사실을 깨닫고 천천히 손을 뗐다.

강도의 손바닥이 여자의 피로 붉었다.

강도는 우으으으, 어어어어, 속을 게워 내며 울었다. 울다가 비명을 지르고, 여자에게 빌고 애원하고, 바닥에 머리를 찧으며 스스로를 탓했다.

여자가 죽었다.

엄마가 죽어 버렸다.

전부 이강도 때문이었다.

복 수

생일 축하합니다…….

네가 사 온 케이크에 초를 꽂고, 불을 붙이고, 노래를 불렀다. 초가 스물아홉이 아니라 스물다섯인데도 너는 눈치를 채지 못했다. 화를 내다가 울다가, 이제는 어린애처럼 설레는 얼굴로 촛불을 꺼뜨리는 네게, 나는 작은 부탁을 하나 했다.
내 묏자리를 알려 주려고.
너는 나를 위해 소나무를 심었다. 우리가 만난 기념인가 묻는 말에 웃음이 터질 뻔했다. 그리 생각하고 싶었느냐. 너는 참 천진무구하다. 네가 나무를 심는 동안, 나는 쭈그리고 앉아 울퉁불퉁한 소나무 뿌리만 바라보았다. 참나무 성한 곳에 혼자 소나무이니, 너는 기억하기도 다시 찾아오기도 수월할 것이다. 소나무가 살거나 죽거나 내겐 중요하지 않았다.

나는 네가 이 장소를 똑똑히 기억하도록, 다음 날 일부러 주지 않아도 될 물까지 주고 오라고 시켰다.

나 죽으면 여기 나무 아래 묻어 줘.

화내지 말고 약속해라. 너는 나를 반드시 이 자리에 묻어야 한다.

네가 소나무에 물을 주러 간 사이, 나는 유령처럼 너의 집 거실에 앉아 거울을 들여다보았다. 헌데 이상한 일이었다. 나는 이상구의 엄마인데, 하늘 아래 내 자식은 이상구 하나뿐인데, 거울 속에 나와 비슷한 이강도의 엄마가 앉아 있었다. 환영을 보는 건가 했다가 내가 미쳐 가고 있다는 사실에 이유를 두었다. 마음이 조금 홀가분해졌다.

나는 지난 한 달간 계획했던 일을 실행하기로 했다.

집 안을 때려 부쉈다. 소리가 크게 나는 것들은 일부러 네게 전화를 건 뒤에 집어 던졌다. 너는 크게 당황했다. 내 비명 소리를 듣고 죽을 것처럼 놀라 소리 질렀다. 나는 한 손엔 전화, 한 손엔 망치를 들고 너의 거울을 부수며 아악-, 테이블을 쓰러뜨리며 또 아아악-, 소리를 질러 댔다.

전화를 끊고 난장판이 된 거실을 둘러본 뒤, 보란 듯이 거실 바닥 한가운데에 인간 장부를 내려놓았다. 너는 이 안에 있는 사람들을 찾아다닐 것이다. 누가 나를 데려갔는지 알아내기 위해서.

너의 집을 나와 오후부터 늦은 밤까지 나는 아들의 공장에 있었다. 영성 정밀은 이제 아들이 썩어 가는 냄새로 가득했다. 나는 냉장고 문을 열고 죽은 아들의 이마에 입 맞춘 뒤에, 휠체어에 앉아 충분할 만큼의 시간이 지나가기만을 기다렸다. 간혹 울기도 하고 소리도 지르면서.

신이여 말해 보라. 나는 피해자인가 가해자인가.

나는 아들의 시체를 작은 수레에 싣고 강도 네가 심어 준 나무가 있는 곳으로 갔다. 어디서 그런 힘이 나왔는지 모를 노릇이었다. 아들이 나를 닮아 덩치가 작아서 다행이다. 네가 다리를 잘라 내는 바람에 그만큼의 무게도 덜어졌겠지. 나는 날이 샐 때까지 땅을 팠다. 한시도 쉬지 않고. 힘들지 않았다. 어미가 자식의 무덤을 손수 파는데, 몸이 힘들다고 그만둘 수야 있겠느냐.
상구야. 천국으로 가거라.
나는 아들의 몸에 보들보들한 스웨터를 입혔다. 먼 길 가는데 추우면 안 되니까. 구덩이에 아들의 몸을 누여 놓고, 이제야 보내 주는 어미를 용서하라고 몇 번이나 당부한 뒤에 곧 따라갈 테니 길 헤매지 말고 똑바로 가라고 속삭였다. 거짓말이었다. 내 아들 상구는 천국으로 가겠지만,
 어미인 나는 갈 곳이 지옥밖에 더 있겠느냐.

 대출 사무소 장 사장을 찾아가 패악을 부리면서 또 네게 전화를 했다. 계획대로였다. 너는 하루 사이에 참 많이도 힘들어하며 나를 찾고 있었다. 장 사장이 발길질을 할 때마다 전화기 너머의 너는 목이 터져라 고함을 질렀다. 눈치 빠른 사채업자가 헛소리라도 지껄일까 무서워 나는 얼른 전화를 끊었다. 그리고 비틀거리며 사무실을 나왔다. 장 사장은 내가 미친년이라는 사실을 깨달았는지, 쫓아 나오지는 않았다.
 참 바쁜 날이었다. 네가 장 사장의 사무실을 향해 달리는 동안, 나는 아들의 공장으로 달려갔다. 네가 와 어지른 흔적이 여기저기 보였다. 페인트 통의 위치, 켜진 불, 아들의 사진, 늘어진 체인의 모양, 결정적으로 전원이 켜진 프레스 기계.
 너의 짐승 같은 감각은 이미 영성 정밀에 진범이 있다는 사실을 알려 주고 있는 듯하다. 단지 그게 나라는 것만 모를 뿐. 나는 네가 밖에 세워 둔 것으로 보이는 절단기를 들고 들어와 프레스의 전선을 잘라 버렸다.
 네 생각이야 뻔하다. 팔을 자르고, 다리를 자르면 용서받

을 수 있을 거라 생각했느냐.

 너는 오래지 않아 아들의 공장으로 돌아왔다. 피로 칠갑을 한 네 얼굴이 골목 어귀에 나타나자마자 나는 폐철 더미 뒤에 숨었다. 한참을 기다려도 나오지 않기에 몰래 들여다봤더니, 너는 내 아들의 휠체어에 앉아 잠들어 있었다.
 눈물을 흘리면서.

 "왜 그렇게 잔인했어?"
 "너를 용서할 수가 없어……."

 가난이, 무지가 죄라는 사실은 나도 이제 안다. 그러니까 너와 더불어 지옥으로 가려 한다. 나는 네 얼굴에 보자기를 씌우고, 목을 체인으로 단단히 감았다.

 "넌 돈으로 인간을 시험하는 악마야."
 "너도 이제 그 사람들의 심정이 되어 봐."

 이제 와서 울어도 소용없어. 불쌍한 놈. 악마 새끼. 중얼거릴수록 대담해졌다. 나는 되도록 먼 곳에 있는 기계에 체인을 감고 섰다. 버튼을 누르자 덜컹거리는 소리와 함께 체인이 돌아가며 네 몸을 들어 올렸다. 잠에서 깨어난 너는 있는 힘껏 발버둥 쳤지만 소용없었다. 네 엉덩이가 들리고 다리가 들리는 모습을 나는 눈 하나 꿈쩍하지 않고 바라보았다. 네가 울고 매달리고 애원해도 숨소리조차 섣부르게 흘리지 않았다.

아직은 들켜선 안 되니까.

너는 참 고맙게도 아직까지 나를 엄마라 생각하고, 내게 엄마를 살려 달라며 빌었다.

정신을 잃어버린 너를 다시 내리고, 체인을 풀어 놓고, 보자기를 벗겼다. 분이 풀릴 때까지 몇 번이고 따귀를 때리기도 했다. 벌겋게 부어 눈물로 범벅이 된 너의 얼굴을 보니 새삼 나란 여자의 악독함에 진저리가 났다. 강도야. 모든 진실을 알게 된 뒤에도 너는 나를 용서하지 마라. 내게 잘못을 빌지도 마라. 그래야 나도 너를 용서하지 않고, 네게 잘못을 빌지도 않을 것이 아니냐. 나는 꼭 네게 받은 만큼 돌려주고 죽을 것이다. 그러니까 너도 너무 억울해 마라.

너는 언제 깨어나려나.

해 저무는 양수리는 온통 고요하다. 사람 해치는 장소 하나 참 잘 골라냈구나 싶다. 양수리 구석에 있는 버려진 건물까지 택시를 타고 오는 동안, 나는 소주 한 병과 진통제 한 움큼을 먹었다. 택시 기사의 찜찜해하는 눈초리가 우스웠다. 내가 차 안에서 죽을까 봐 걱정이었는지 과속 카메라조차 신경 쓰지 않고 막 밟아 달려왔다. 나는 덕분에 너그러운 마음이 되어 택시 기사의 손에 현금 십오만 원을 쥐어 주었다.

나는 아픈 걸 참 싫어하는 사람이었는데, 견딜 만하다는 사실이 놀라웠다. 계단을 하나 오를 때마다 한 번 상처를 냈다. 날카로워 보이는 돌을 주워 들고 팔뚝을 긁어내리고 머리를 찧었다. 그래도 성에 차질 않았다.

옥상까지 올라온 나는 울퉁불퉁한 시멘트 바닥에 몸을 던졌다. 모직 코트를 비롯해 두꺼운 옷은 모조리 벗어 던지고 팬티와 브래지어만 입은 채로 자갈 위를 굴렀다. 엎드려 앉아 네모난 시멘트 블록 모서리에 머리를 찧었다.

상구야. 조금만 기다려. 이제 곧 놈의 영혼은 죽을 거야. 제 눈앞에서 내가 죽으면 똑같이 가족을 잃은 고통으로 껍데기만 남아 미쳐서 살아가겠지…….

그런데 상구야. 엄마가 미안해. 너무 슬퍼서 제정신이 아닌가 봐. 처음엔 이런 마음이 아니었는데, 자꾸만 강도가…… 강도 불쌍해 상구야. 너무 불쌍해…….

혼자 외로웠지? 상구야. 엄마가 곧 따라갈게. 천국까지는 못 가더라도…….

복장이 터지고 피가 거꾸로 치솟을 노릇이다. 팔자 사납다 소린 골백번을 더 들어서 새삼스러울 것도 없는데, 죽을 때가 되니 내 팔자가 도대체 왜 이러나 싶기도 하다. 나는 너를 미워하는 것만으로도 충분히 살아졌고, 죽을 수도 있었는데.
 자꾸만 네가 불쌍해서-.

 언제 시작됐는지도 모를 눈물이 뚝뚝 떨어졌다. 핸드폰으로 전송된 내 사진을 받은 너는 참 빨리도 건물 아래에 나타났다. 이제 모든 것을 끝내야 할 시간이다.
 나는 네가 달려오는 동안 전화기를 내려놓고 유리 조각으로 내 몸을 찢었다. 그도 모자라는 것 같아 더 커다란 유리를 통째로 들고 와 바닥에 깨뜨린 뒤, 그 위를 데굴데굴 굴렀다. 벽에 머리를 박고 마지막으로 얼굴에 흉측한 칼자국을 냈다.
 예쁜 엄마는 괴물이 되었다.
 손목을 뒤로 돌려 수갑까지 다 채우고 나서야, 나는 옥상 난간에 섰다.
 네가 무릎을 꿇고 엎드려 빌고 있었다.

 - 엄마를 놓아 주세요! 내가 죽을 때까지 병신으로 살겠습니다……!

 누가 뒤에서 미는 것처럼 일부러 크게 몸을 휘청거리고, 엎드린 네 머리 위로 눈물을 흩뿌리며 살려 달라고 애원했다.

― 제발 엄마를 살려 주세요! 제가 죽겠습니다…….

스스로 허벅지를 찌르는 너를 보다, 나도 모르게 몸을 앞으로 수그려 더 크게 휘청거렸다. 내 몸에서 끊임없이 흘러나오는 붉은 피가 네 눈앞에 떨어졌다.

너는 네 심장에 칼을 꽂으려 했다.
나를 위해서.
나는 그때, 진심으로 기뻤다. 네가 내 계획대로 움직여 주었기 때문인지, 아니면 그만큼 나를 사랑해 주었기 때문인지 모르겠다. 기쁘면서도 지독하게 슬퍼서, 나는 갑자기 너를 말려야겠다는 생각밖에 할 수가 없었다. 아들 하나를 그렇게 보냈는데 너마저 죽게 내버려 둘 수가 없어서.

안 돼. 강도야. 엄마가―

누군가 내 등을 밀었다.
나는 아주 깊은 심연으로 떨어져 내렸다. 짜릿한 부유감과 함께 짧은 해방감, 그리고 쭈뼛거리는 공포가 뒤섞여 혼란스러웠다. 떨어지기 직전, 나는 나도 모르게 강도 네게 달려가려고 몸을 돌렸었다. 그런데 그곳에 나와 똑같은 얼굴을 하고 있는 문계송의 늙은 어미가 서 있었다. 무서운 힘으로 내 어깨를 떠밀고, 쭈글쭈글한 입술을 우그러뜨렸다.

나는 내 계획이 더할 나위 없이 완벽하게 성공했음을 안다.
나와 함께 너의 영혼마저 죽어 버렸으므로.

⑩
이강도

나 죽으면 여기 나무 아래 묻어 줘.

죽을 걸 알고 있던 사람처럼 여자는 말했다. 강도가 심어 준 소나무 잎사귀를 손가락으로 툭툭 건드리면서. 죽음을 말하는 얼굴이 너무 해사해서 크게 윽박지르지도 못했다. 희게 변한 머리카락이 군데군데 섞여 몇 년 지나면 환갑이 된다던 나이가 어색하지 않은 모습인데, 이상하게 쪼그리고 앉아 고개를 들어 올리면 그 작고 둥근 얼굴이 나이보다 어려 보였다.

강도는 죽은 여자를 업고 천천히 걸었다.

묻어 달란 자리에 와 보니, 초라한 소나무 묘목이 보였다. 강도는 여자의 몸을 한쪽에 곱게 누여 놓고 소나무 앞에 털썩 주저앉았다. 흙바닥은 찬 서리를 맞아 겉은 축축하고 속은 단단했다. 강도는 맨손으로 흙을 파냈다. 손톱이 깨져 피가 흘렀다. 뿌리가 드러날 때쯤, 가운데 줄기를 잡고 들어 올리자 소나무 묘목은 통째로 뽑혀 나왔다. 후두둑. 흙이 쏟아졌다. 강도는 죽은 여자의 반대쪽에 묘목을 던져 놓고, 다시 흙을 파내기 위해 손가락을 삽처럼 구부렸다.

그런데.

"으, 으아아악-!"

사람의 얼굴이 그 안에 있었다.

죽은 지 한참 되어 보이는 퍼렇고 검은 남자의 얼굴이 흙 사이로 드러났다. 강도는 비명을 지르며 엉덩이로 뒷걸음질을 치다가 문득, 눈에 익숙한 것이 있어 다시 고개를 빼 들었다. 여자가 매일매일 강도의 집에서 품에 안고 만지작거리던 스웨터다. 여자는 귀신에라도 홀린 사람처럼 하루 종일 뜨개질만 하곤 했다. 그런데 그 옷을 땅속 죽은 남자가 입고 있었다.

생일 선물 따위가 아니었다.

두려움도 잊고 달려와 남자의 몸에서 흙을 치워 낸 강도는 그 스웨터가 남자의 몸에 맞춘 것처럼 꼭 맞는다는 사실을 알았다. 더불어 영성 정밀 공장 벽에서 발견했던 남자의 사진도 떠올랐다. 이상구.

　일기장에 쓰여 있던, 엄마 미안해요.

　이상구의 엄마.

　"으으으으…… 으흐으으윽……."

　강도는 깨달았다. 여자는 이강도의 엄마가 아니라, 이상구의 엄마였던 것이다. 그래서 이강도를 찾아와 엄마 행세를 하고, 이강도를 행복한 어린애로 만들고, 이강도에게 복수했다. 이강도가 가장 원했던 것을 손에 쥐어 줬다가 한순간에 빼앗아 버렸다.

　진정 잔혹한 복수요, 모정이었다.

　"아무것도…… 아무것도……."

　아무것도 원하지 않았는데. 강도는 여자를 원망하고 미워하고 그리워했다. 화를 내고 욕하고 싶은데 그럴 수가 없었다. 죽은 여자의 몸을 끌어안고 가슴에 얼굴을 문지르다가 이상구의 몸에서 스웨터를 벗겨 냈다. 이것마저 빼앗길 순 없었다. 작은 스웨터 안에 몸을 우그려 넣고, 강도는 이상구의 옆에 죽은 여자를 나란히 누였다. 그리고 그 옆에는 제 몸을 누였다.

　"엄마."

　여자의 왼쪽엔 이상구가, 오른쪽엔 이강도가 손을 잡고 있었다. 강도는 이상구와 함께 여자의 손을 잡았다가, 가슴을 만지다가, 몸을 끌어안았다가 결국은 일어났다.

"원하는 대로 해 줄게."

엄마. 사이좋게 누워 있는 두 사람의 몸에 흙을 덮고, 그 앞에 소나무를 다시 심고, 산자락을 내려왔다.

* * *

집행자의 조건은 간단했다.

이강도를 가장 증오하는 사람.

어렵지 않았다. 강도는 곧바로 한 여자를 떠올렸다. 이름은 기억나지 않는데, 병신 남편 먹여 살리겠다고 소형 트럭을 몰고 다니며 야채를 팔던 여자. 처음엔 며칠만 더 말미를 달라며 강도 앞에서 옷을 벗었고, 나중엔 소주병을 깨고 달려들어 따귀를 날리던 그녀, 명자.

강도는 오래 고민할 것 없이 바로 문정동 하우스 촌으로 갔다. 밤새 무덤가에 있다가 움직인 터라 아직 동이 트기도 전인 새벽이었다. 강도는 그때와 똑같이 하우스 앞 공터에 비스듬하게 주차되어 있는 소형 트럭을 발견했다.

차로 갈아 죽이고 싶다고 했었지. 강도는 이상구의 공장에서 가져온 체인을 트럭에 고정시키고, 차 밑으로 기어 들어가 반듯하게 누웠다. 그리고 두 다리에 칭칭 체인을 감았다. 혹시 중간에 풀어질까 봐 몇 번이나 바짝 잡아당겨 고리를 걸었다.

강도는 두 손을 가슴에 올리고 여자가 떠 준 스웨터를 만지작거렸다.

엄마. 우리 엄마.

하우스 안에서 병신 남편과 명자가 다투는 소리가 났다. 명자는 문을 열고 점퍼 지퍼를 올리며 걸어 나왔다. 안에서 칭얼대던 남편이 고래고래 소리를 질렀다. 명자는 대꾸조차 하지 않고 깊은 한숨을 내뱉었다. 긴 입김이 새어 나왔다.

트럭 문이 열렸다. 시동이 걸리기까지는 또 조금의 시간이 걸렸다.

눈을 감은 강도는 희미한 담배 연기를 맡았다.

부르릉 부르릉.

낡은 트럭이 힘겨운 엔진 소리를 내뱉었다. 천천히 차가 출발한다. 명자는 울퉁불퉁한 공터를 벗어나 도로 위로 차를 몰았다. 곧 속도가 붙었다. 부아앙. 천막을 펄럭거리며 달려가는 명자의 낡은 트럭 뒤로, 검고 긴 줄이 생겨났다.

자비를 베푸소서

피에타
pieta

* 글자료 제공 : 호호호비치
* 타이틀 디자인 : 프로파간다 (propa-ganda.co.kr)

PROLOGUE

르네상스의 거장 미켈란젤로의 '피에타'
죽은 예수를 끌어안고 고개를 숙인 채 깊은 명상에 사로잡힌 마리아

낭만주의의 거장 들라크루아의 '피에타'
예수의 얼굴에 깊게 배어있는 가혹한 죽음과 숭고한 고통

영혼의 화가 빈센트 반 고흐의 '피에타'
고난의 죽음을 당한 예수의 얼굴에 드리워진 고흐의 자화상

그리고… 김기덕 감독의 〈피에타〉

PIETA is..

이탈리아어로 **'자비를 베푸소서'** 란 뜻으로, 성모 마리아가 죽은 예수를 안고 비탄에 잠겨 있는 모습을 묘사한 미술양식. '피에타'에 드러난 성모 마리아의 감정은 인간이 살아가면서 수없이 겪는 상실의 고통에 은유 되어 시대를 초월하여 보편적인 공감의 대상이 되었으며, 미켈란젤로, 고흐 등 세기의 예술가에 의해 재 탄생되어 왔다.

영화사 보도자료

INFORMATION

제목 피에타(pieta)
감독 김기덕
출연 조민수, 이정진, 우기홍, 강은진, 조재룡
러닝타임 104분
제작 김기덕 필름
제공/배급 NEW
등급 청소년 관람불가
개봉 2012년 9월 6일
홈페이지 http://pieta.kr/
트위터 http://twitter.com/movie_n_NEW

STORY

김기덕 감독 열여덟 번째 영화
〈나쁜 남자〉 이후 11년... 더 나쁜 남자가 온다!

끔찍한 방법으로 채무자들의 돈을 뜯어내며 살아가는 남자 '강도(이정진)'.
피붙이 하나 없이 외롭게 자라온 그에게
어느 날 엄마라는 '여자(조민수)'가 불쑥 찾아 온다.

여자의 정체에 대해 끊임없이 의심하며 혼란을 겪는 강도.
태어나 처음 자신을 찾아온 그녀에게 무섭게 빠져들기 시작한다.

그러던 어느 날 여자는 사라지고,
곧이어 그와 그녀 사이의 잔인한 비밀이 드러나는데…

**결코 용서받을 수 없는 두 남녀,
신이시여 이들에게 자비를 베푸소서.**

ABOUT PIETA I

**세계 3대 영화제를 휩쓴 김기덕 감독의 열여덟 번째 영화
제69회 베니스 국제영화제 공식 경쟁부문 진출 확정!
2005년 〈친절한 금자씨〉 이후 한국영화 7년 만의 쾌거!
김기덕 감독, 국내 최다 베니스 국제영화제 초청 4회 기록!**

2004년, 제54회 베를린국제영화제 은곰상(감독상) 수상작 〈사마리아〉, 같은 해 제62회 베니스국제영화제 은사자상(감독상) 수상작 〈빈 집〉, 그리고 2011년, 직접 각본, 연출, 촬영, 배우까지 모든 역할을 소화한 셀프 다큐멘터리 〈아리랑〉이 제64회 칸 국제영화제 주목할 만한 시선 부문 그랑프리를 수상하며 세계 3대 국제영화제 그랜드슬램을 달성한 국내 유일무이의 거장 김기덕 감독.

그의 열여덟 번째 영화 〈피에타〉가 제69회 베니스 국제영화제 공식 경쟁부문에 초청되며, 또 한번 김기덕의 화려한 귀환을 예고하고 있다. 이번 공식 경쟁부문 초청은 1987년 〈씨받이〉를 시작으로 매해 한국영화가 빠지지 않고 베니스 국제영화제 레드카펫에 입성해오다, 2005년 〈친절한 금자씨〉 이후 진출이 불발되어왔던 한국영화가 7년

만에 입성했다는 점에서 의미가 크다.

2000년 대 초반, 〈섬〉, 〈수취인불명〉으로 2년 연속 베니스 국제영화제 공식 경쟁부문에 초청되었던 김기덕 감독은 2004년 베니스 국제영화제에서 〈빈 집〉으로 은사자상(감독상), 젊은비평가상, 국제비평가협회상, 세계가톨릭협회상까지 총 4개 상을 휩쓸었다. 2012년에는 〈피에타〉로 베니스 국제 영화제에 네 번째 초청받은 김기덕 감독은 베니스' 영화제 공식 경쟁부문 국내 최다 초청감독이라는 영예를 얻게 되었다. 〈악어〉 이후 16년 동안, 끊임없는 열정으로 쏟아냈던 열일곱 편의 걸작을 통해 세상을 놀라게 했던 김기덕 감독이 또 한번 어떤 강렬한 충격을 선사해줄지 전세계의 관심이 집중되고 있다.

ABOUT PIETA Ⅱ

세계 대륙을 대표하는 거장들이 한 자리에 모인다!
김기덕 감독, 대한민국 대표 베니스 국제영화제 출정!
세계적 거장들과 황금사자상 두고 뜨거운 경쟁 펼친다!

오는 8월 29일 화려한 개막을 앞두고 있는 제69회 베니스 국제영화제가 공식 경쟁부문(Venezia 69)의 화려한 라인업을 발표했다. 칸 영화제, 베를린 영화제와 함께 세계 3대 국제영화제로 손꼽히는 베니스 국제영화제는 1932년 시작되어 약 70년의 역사를 자랑하는 가장 오래된 전통을 지닌 국제영화제이다. 올해 베니스 국제영화제는 재임명된 알베르토 바르베라 집행위원장의 소신에 따라, 전 영화제에 비해 다소 줄어든 초청작 총 60여 편의 영화가 상영될 예정이다. 이는 영화제에 참여하는 사람들이 전 상영작을 관람하는 것이 가능하도록 전체 영화의 수를 줄일 뿐만 아니라, 강렬한 인상을 던질 작품들로만 선정하여, 양보다는 질로 승부하겠다는 자신감이 보여지는 대목이다.

전체 초청작 중 공식 경쟁부문은 총 18편으로 대한민국에서는 김기덕 감독의 〈피에타〉가 공식 경쟁부문에 유일하게 초청되었다. 〈피에타〉와 함께 황금사자상을 두고 화려한 경쟁을 치르게 된 영화로는 〈트리 오브 라이프〉로 칸 영화제 황금종려상을 수상한 테렌스 맬릭 감독의 〈투 더 원더〉, 히치콕의 대를 잇는 스릴러의 거장 브라이언 드 팔마 감독의 〈패션〉, 김기덕 감독 외 유일하게 아시아 감독으로 초청된 기타노 다케시의 〈아웃 레이지 비욘드〉, 가장 마지막으로 공식 경쟁부문에 합류한 폴 토마스 앤더슨 감독의 〈더 마스터〉 등이 있다.

이와 같이 세계 대륙을 대표하는 명 감독들이 함께 선의의 경쟁을 치를 예정으로, 대한민국 대표로 초청된 김기덕 감독은 다시 한번 전 세계에 한국영화의 위상을 빛내게 되었다.

ABOUT PIETA Ⅲ

**작품성과 대중성을 동시에 거머쥔 역대 베니스 초청 한국영화!
〈오아시스〉 110만, 〈바람난 가족〉 174만, 〈친절한 금자씨〉 365만!
〈피에타〉 베니스 영화제 초청작 흥행불패 신화를 잇는다!**

베니스 국제영화제는 지난 1987년, 한국영화로는 처음으로 임권택 감독의 〈씨받이〉를 공식 경쟁부문에 초청하며 주연배우 강수연에게 여우주연상 수상의 영예를 안겨주었다. 그 이후 2000년대부터 김기덕, 이창동, 임상수, 박찬욱 등 대한민국에 내로라하는 감독들이 매해 베니스를 방문하며, 한국영화를 세계에 알렸다. 베니스 영화제 초청 작품들은 그 예술성뿐만 아니라, 대중적인 사랑까지 독차지하며 국내 흥행신화를 이룬 이색 경력을 가지고 있다.

본격적으로 베니스 국제영화제 흥행불패 신화가 시작된 것은 2002년 이창동 감독의 〈오아시스〉 때부터이다. 베니스 국제영화제 특별감독상과 신인여배우상을 수상한 설경구, 문소리 주연의 영화 〈오아시스〉는 무거운 소재의 한계에도 불구하고 약 110만 명이라는 높은 관객 수를 달성했다. 이듬해에는 임상수 감독의 〈바람난 가족〉이 베니스 국제영화제 초청 및 호평에 막판 뒷심을 얻어 관객 수 173만 명을 달성, 흥행에 성공했다. 2005년에는 박찬욱 감독의 〈친절한 금자씨〉가 또 한번 365만 명이라는 기록적인 스코어를 달성했다.

한편 2012년에는 〈피에타〉가 그 뒤를 이어 그간 베니스 공식 경쟁부문 초청작들이 보여준 흥행불패 신화를 이어갈 것이다. 또한 파격적인 연기변신을 예고하고 있는 김기덕 감독의 새로운 뮤즈 조민수와 '나쁜 남자' 이정진은 영화 〈피에타〉를 통해 신선하면서도 소름끼치는 폭발적 연기력으로 세계 영화 팬들을 단숨에 사로잡을 예정이다.

ABOUT PIETA Ⅳ

〈영화는 영화다〉〈풍산개〉 김기덕 사단의 센세이션 신작!
흥행영화 제작자 김기덕,
새로운 화법으로 관객들에게 돌아오다!

김기덕 감독 작품의 연출부로 시작해 현재까지 충무로에서 맹활약을 펼치고 있는 수제자들을 일컫는 '김기덕 사단'. 김기덕 감독만큼 많은 감독을 데뷔시킨 연출자도 드물며, 직접 그들의 제작자로 나서기도 했다. 특히 2008년 〈영화는 영화다〉, 2011년 〈풍산개〉 제작을 통해 작품성과 대중성이라는 두 마리 토끼를 모두 거머쥐는 저력을 보여주었다. 김기덕 감독의 작품은 다소 어렵다는 인식과 다르게, 그가 제작을 맡은 영화들을 미루어 보아 김기덕이라는 브랜드는 대중과 밀접하게 맞닿을 수 있음을 여실히 증명한 것이다.

연출자로 다시 돌아온 김기덕 감독은 또 한번 관객들에게 다가서기 위해 〈피에타〉를 제작했다고 고백한다. 〈피에타〉는 악마 같은 남자 '강도(이정진)' 앞에 어느 날 엄마라는 '여자(조민수)'가 찾아와 두 남녀가 겪게 되는 혼란, 그리고 점차 드러나는 잔인한 비밀을 그린 작품이다. 이처럼 김기덕 감독의 신작 〈피에타〉는 현대 자본주의 사회의 비극을 다루며 대중들이 보편적으로 공감할 수 있는 메시지를 전하는 동시에, 김기덕 감독의 색이 그대로 녹아 있어 더욱 기대를 모은다. 〈영화는 영화다〉, 〈풍산개〉에서 평단과 대중의 고른 지지를 받으며 새로운 제작 시스템을 구축하게 된 김기덕 감독의 신작 〈피에타〉는 그의 최고 흥행작 〈나쁜 남자〉를 뛰어넘는 대중적 센세이션을 선보일 것이다.

ABOUT PIETA Ⅴ

김기덕 감독은 대한민국 TOP 배우들의 등용문?
이번엔 결코 용서받을 수 없는 두 남녀, 조민수-이정진!
새로운 뮤즈와 페르소나의 소름 끼치는 파격 변신에 주목하라!

김기덕 감독은 세계 3대 영화제에서 그랜드슬램을 달성했을 뿐만 아니라, 하정우, 장동건, 조재현, 주진모, 이나영 등 그와 함께한 배우들의 이름만 나열해보아도 대한민국 영화계의 역사를 짚어볼 수 있다. 또한 오다기리 죠, 장첸 등 해외 유명 스타배우들도 김기덕 감독의 러브콜에 망설임 없이 출연을 결정했으며, 간혹 내한 스타들에게 "한국감독 중에 어떤 감독과 작업하고 싶은가?"란 질문의 답변에 가장 많이 등장하는 감독이 바로 김기덕이다. 이와 같이 기라성 같은 배우들의 뜨거운 신뢰를 얻고 있는 김기덕 감독은 배우들의 잠재되어 있는 내면을 들춰내며, 폭발적인 연기력을 이끌어내는 것으로 유명하다. 그렇기에 그의 작품에 출연한 기성 배우들의 파격적인 이미지 변신은 늘 관객을 놀라게 해왔다.

영화 〈피에타〉에서는 브라운관을 통해 자주 만났던 배우 조민수와 영화, 드라마, 예능까지 전방위 활동으로 다재 다능한 매력을 선보이고 있는 배우 이정진이 함께했다. 이번에도 역시 그 누구도 예상하지 못한 캐스팅 조합이라는 평이 이어지는 가운데, 배우들의 파격적인 연기 호연에 기대가 모아지고 있다. 김기덕 감독의 새로운 '나쁜 남자' 페르소나로 등극한 이정진은 모든 것으로부터 결핍된 잔인한 남자 '강도'를 완벽하게 소화해내 2001년 당시 센세이션을 일으켰던 〈나쁜 남자〉의 계보를 이어갈 것이다. 그리고 '강도' 앞에 갑자기 나타나 그의 인생을 송두리째 뒤흔드는 미스터리한 '여자' 역에는 동물적인 연기 감각으로 김기덕 감독에게 '흑발의 마리아'라는 찬사를 받은 조민수가 열연해 치명적인 매력과 놀라움을 선사한다.

ABOUT PIETA Ⅵ

자비를 베푸소서... 〈피에타〉 제목에 숨겨진 통렬한 슬픔!
미켈란젤로, 고흐 등 세기의 예술작품의 뒤를 잇는
'피에타' 신드롬이 시작됐다!!

영화의 제목이자 주제를 관통하는 '피에타'는 이탈리아어로 '자비를 베푸소서'라는 뜻으로, 성모 마리아가 죽은 예수를 안고 비탄에 잠겨 있는 모습을 묘사한 미술 양식을 통칭한다. 미켈란젤로, 들라크루아, 고흐 등 세기의 예술 작품에 이어, 새로운 〈피에타〉를 탄생시킨 김기덕 감독은 '피에타'가 지닌 고유의 통렬한 슬픔을 극적인 영상으로 재해석해냈다.

〈피에타〉는 강도와 엄마라는 여자 사이의 묘연한 관계를 통해 '피에타'에 대한 새로운 해석을 제시한다. 심장을 파고드는 강렬한 슬픔을 고스란히 스크린에 옮겨낸 영화 〈피에타〉는 21세기 형 '피에타' 신드롬 열풍의 시작을 알릴 것이다.

한편, 김기덕 감독은 "현대의 모든 큰 전쟁부터 작은 일상의 범죄까지, 이 시대를 사는 우리 모두는 공범이며 죄인이라고 생각한다. 이처럼 그 누구도 신으로부터 자유롭지 못하므로 신에게 자비를 바라는 뜻에서 〈피에타〉라고 제목을 정했다."는 제목이 담은 깊은 의도를 밝혔다.

점차 드러나는 잔인한 진실 앞에, 피도 눈물도 없는 사채 청부업자 강도와 엄마라는 미스터리한 여자가 용서와 구원의 자비를 얻을 수 있을지 관객들의 궁금증이 증폭되고 있다.

PRODUCTION NOTE

#1 김기덕이 선택한 배우
: 동물적인 연기 감각 조민수, 백지처럼 흡수하는 마력의 이정진

지난해 11월, 〈피에타〉의 시나리오가 완성되었다. 잔인한 악행을 서슴없이 저지르지만 내면은 유아기 상태에 머물러있는 남자 강도, 그에게 용서를 구하지만 어딘가 정체가 묘연한 엄마라는 여자. 그리고 그 둘의 충돌에서 오는 거친 심리변화를 소화해낼 수 있는 배우가 필요했다. 스태프들의 깊은 고민이 이어지는 가운데, 김기덕 감독은 단숨에 배우 조민수, 이정진을 캐스팅보드에 떠올렸다. 캐스팅 후보는 단 2명, 통상 한두 달간의 섭외 과정이 필요한 최종 캐스팅 결정까지는 단 10일 밖에 걸리지 않았다. 그 거침없는 결단에 부응하듯 두 배우는 소름 끼치는 연기력으로 현장을 장악해 김기덕 감독의 혜안을 입증시켰다.

산 닭, 산 장어를 맨손으로 휘어잡으며 얼음판 맨발 투혼까지 불사한 배우 조민수에 대해 김기덕 감독은 "한 장면에 a안, b안, c안을 모두 다 갖고 있어 연기 디렉션이 따로 필요하지 않은 배우."라며 극찬을 아끼지 않았다. 또한 놀라울 정도의 흡입력을 보여준 배우 이정진에 대해서도 "백지와 같은 배우. 그래서 그 백지에 그림을 그릴 수 있게 해주는 배우."라며 그의 놀라운 연기 흡수력에 애정 어린 찬사를 아끼지 않았다.

#2 김기덕을 선택한 배우
: 조민수, 이정진이 바라본 인간 김기덕, 그리고 감독 김기덕

김기덕 감독은 자신이 배우를 선택한 동시에, 반대로 자신이 선택 받은 것이라고 말한다. 그 운명적 만남을 함께한 배우 조민수와 이정진이 〈피에타〉를 통해 그간의 이미지를 뒤엎는 파격적인 연기 변신에 도전했다. 두 배우는 세계적인 거장 김기덕 감독에 대한 깊은 신뢰를 바탕으로 출연을 결정하게 되었다고 고백하며 지난 촬영 소감을 전했다.

열일곱 편의 작품을 통해 그만의 색깔로 전 세계를 열광시켰던 김기덕 감독. 그 색깔이 대체 어떤 것인지 궁금해서 출연을 결정했다는 배우 조민수는 "여태까지 연기를 하면서 돈을 받아왔지만 이 작품에서는 열정을 받아왔다. 그만큼 엄청난 에너지를 준 작품"이라는 출연 소감을 밝혔다. 배우 이정진 또한 "처음 시나리오를 받고 고민을 했지만 김기덕 감독의 작품이었기에 오히려 쉽게 풀이 됐다."고 깊은 신뢰감을 표현했다. 한편 많이 알려져 있는 이미지와 달리, 유머러스하고 부드러운 성품을 지닌 김기덕 감독에 대한 놀라움 또한 감추지 못했다. 배우 이정진은 "감독님은 예능 프로그램 제작자를 해도 괜찮을 것 같다."며 언론과 대중들의 선입견과는 다른 인간 김기덕의 진짜 모습을 전했다.

독특한 캐릭터, 하지만 배우로서 놓칠 수 없는 강렬하고 매력적인 시나리오, 그리고 그 뒤를 견고하게 받쳐주는 김기덕 감독과 두 배우가 완벽한 호흡을 빚어냈기에 영화 〈피에타〉가 마침내 탄생될 수 있었다.

#3 〈피에타〉의 촬영감독은 김기덕?
: 고도의 집중력과 긴장감이 가득했던 현장 비하인드 스토리

〈피에타〉의 촬영현장은 상대배우와 감독에게 집중하지 않으면 촬영이 이미 끝나버릴 정도로 빠르게 진행됐다. 또한 현장의 효율성을 높이기 위해 두 대의 카메라가 동원됐다. 조영직 촬영감독이 A카메라 그리고 김기덕 감독이 연출과 동시에 B카메라를 잡았으며, 전체 촬영 분의 비율은 7:3 정도로 나눴다. 현장은 서로 약속한 앵글로 원활히 촬영이 진행되었지만, 중간중간 두 배우의 감정이 고조됨에 따라 김기덕 감독도 함께 몰입하다가, 자신이 들고 있는 B카메라가 A카메라에 점차 가까이 다가가는 웃지 못할 해프닝이 벌어지기도 했다. B카메라가 깊숙이 들어올수록, A카메라의 앵글에는 촬영에 열중한 김기덕 감독의 뒷모습만이 담기게 된 것. 그러면서 김기덕 감독은 촬영감독을 탓한다며 배우들의 후일담 폭로가 이어지기도 했지만, 그만큼 대단한 몰입도를 보여주어 현장의 긴장감을 고조시켰다. 이처럼 효율성을 극대화한 동시에, 배우를 포함한 전 스태프의 고도의 집중력을 이끌어내는 김기덕 감독은 그들의 폭발적인 본능을 깨우는데 성공했다.

#4 영화의 또 다른 주인공, 청계천
: 역사 속에 사라져가는 공간을 남기다

과거 한국 산업 발전의 모태이자, 개발이라는 미명아래 점차 역사 속으로 사라져 가고 있는 청계천. 청계천은 교과서가 든 가방 대신 무거운 짐을 짊어지고 청계천을 오갔던 김기덕 감독의 유년시절의 기억이 담긴 곳이자, 여전히 작업 차 그가 자주 오가는 공간이다. 김기덕 감독은 청계천의 역사와 함께 잊혀져 간 사람들의 이야기를 다루고자 주 촬영지를 청계천으로 선택했다.

먼저 청계천에서 사채 청부업자인 강도의 집과 그가 찾아가는 채무자들의 일터를 찾기 위해 오래된 가게들을 섭외하기 시작했다. 촬영에 필요한 판금, 금형, 절단, 프레스 등 다양한 기계와 금속이 즐비한 가게를 찾아 헤맸다. 특히 이 공간은 〈피에타〉의 시작이 됨과 동시에 미스터리의 키를 쥔 여자의 정체가 밝혀지는 중요한 공간이기 때문에 심혈을 기울여만 했다. 결국 촬영 날짜는 다가왔고, 완벽하게 마음에 들지 않는 공간에서 촬영을 시작해야만 했다. 그런데, 촬영을 하루 앞두고 제작팀이 자포자기의 심정으로 주위를 둘러보고 있을 때, 매일 다니던 길 옆의 현대식 건물이 갑자기 눈에 띄었다. 무언가에 홀린 듯 건물에 들어가보니, 그 안은 너무나 오래된 과거 청계천의 모습이 고스란히 남아 있었다. 전 스태프들이 쾌재를 부르며 그 운명적인 공간의 역사적인 모습을 스크린을 통해 기록할 수 있었다.

CHARACTER & CAST

"미안해, 널 버려서……"

잔인한 비밀을 지닌 여자

어느 날 느닷없이 '강도' 앞에 나타나 "널 버려서 미안해.."라며 엄마임을 고백하는 '여자'. '강도'에게 지난 날에 대한 용서를 구하지만 '강도'는 그녀를 좀처럼 받아들이지 않는다. 시간이 지날수록 '강도'가 자신에게 조금씩 다가오는 순간, 그녀는 홀연히 사라진다.

> "베니스, 아름다운 곳으로 초대해주셔서 감사합니다.
> 배우로서 많은 열정을 얻었던 영화 〈피에타〉가
> 또 한번 좋은 소식을 전하게 되어 너무 기쁩니다."
>
> —베니스 국제영화제 초청 소감

조민수

성스러우면서도 도발적인 매력을 풍기는 정체미상의 여자 역할을 동물적인 감각으로 완벽하게 소화해낸 베테랑 연기자 조민수. 김기덕 감독에게 '흑발의 마리아'라는 호평을 받을 정도로 열연을 펼친 그녀는 〈밀양〉의 전도연, 〈시〉의 윤정희 사이 새로운 제너레이션의 여배우로서 세계적인 주목을 받을 치명적인 매력과 놀라움을 선사한다.

Filmography

영화 〈피에타〉〈맨?〉〈난 깜짝 놀랄 짓을 할거야〉〈 청 블루 스케치〉〈신의 아들〉 | TV 〈내 딸 꽃님이〉〈크리스마스에 눈이 올까요?〉〈청혼〉〈얼음꽃〉〈대망〉〈불꽃〉〈피아노〉외

"그 여자가 찾아오기 전까지, 나는 악마였다."

악마 같은 남자, 강도

모든 것에서 선택 받지 못했기에, 잔인해질 수밖에 없었던 남자 '강도'. 사채를 쓴 채무자들의 돈을 끔찍한 방법으로 받아내며 살아가던 그의 앞에 갑자기 엄마라는 '여자'가 찾아온다. 그는 30년 동안 느껴보지 못했던 격렬한 감정의 혼란을 느끼며, 점차 그녀에게 무섭게 빠져든다. 하지만 '여자'는 홀연히 사라져 버리고 그와 그녀 사이의 잔혹한 비밀과 마주하게 되는데…

> "어떤 결과물을 바라고 일을 하진 않습니다.
> 하지만 이번 베니스 국제영화제 공식 경쟁부문 초청 사실을
> 알았을 때, '배우로서 평생 이런 영광을 또 얻을 수 있을까'
> 하는 생각에 만감이 교차했죠."
>
> -베니스 국제영화제 초청 소감

이정진

영화, 드라마, 예능을 오가며 젠틀한 이미지로 여심을 사로잡았던 배우 이정진은 모든 것으로부터 결핍된 남자 역할로 마초적인 매력을 선보이며 파격 변신에 성공했다.
연기 인생의 터닝포인트를 맞이한 〈피에타〉의 이정진은 세계적인 거장 김기덕 감독의 새로운 페르소나로서, 2001년 당시 센세이션을 일으켰던 〈나쁜 남자〉의 계보를 이어갈 것이다.

Filmography

영화 〈피에타〉 〈원더풀 라디오〉 〈돌이킬 수 없는〉 〈해결사〉 〈마파도〉 〈말죽거리 잔혹사〉 〈해적, 디스코 왕 되다〉 〈해변으로 가다〉 | TV 〈도망자 Plan.B〉 〈사랑해, 울지마〉 〈9회말 2아웃〉 〈러브 스토리 인 하버드〉 외

DIRECTOR

"〈섬〉, 〈수취인불명〉, 〈빈 집〉에 이어 〈피에타〉가 공식 경쟁부문에 초청되어 너무 행복하고 감사합니다. 〈피에타〉는 돈 중심의 극단적 자본주의 사회 속에 사람과 사람 사이에 믿음이 사라지고, 불신과 증오로 파멸을 향해 추락하는 우리의 잔인한 자화상에 대한 경고의 영화입니다. 〈피에타〉의 충격적인 라스트 장면이 현실이 되지 않기를 진심으로 바라면서, 우리의 문제를 진단하고 치료하는 기회를 가졌으면 좋겠습니다."

—베니스 영화제 초청 소감

세계 3대 영화제를 휩쓴 전대미문의 감독, 김기덕

1996년 〈악어〉로 데뷔, 16년 동안 열일곱 편의 작품을 쉴 새 없이 쏟아내며 칸, 베를린, 베니스 세계 3대 국제영화제를 석권한 김기덕 감독. 그는 지난 세월 동안 사회의 중심부에서 벗어나 누구도 주목하지 않았던 사회의 밑바닥 계층에 대한 시선을 끊임없이 거두지 않았다. 김기덕 감독의 열여덟 번째 영화 〈피에타〉는 사채 청부업자 강도와 그를 찾아온 엄마라는 여자의 이야기를 통해 비극적인 자본주의 세계를 말한다. 돈이라는 거대한 울타리에 갇힐 수 밖에 없는 자본주의 현대사회. 그 안에서 우리 모두는 본의 아니게 피해자이자 가해자로 전락한다. 바로 〈피에타〉는 가해자인 동시에 피해자인 사람들의 이야기이다. 김기덕 감독은 이 영화를 통해 우리가 살고 있는 이 극단적이고 개인주의적인 자본주의에 대해 다시 한번 생각해볼 수 있는 시간을 마련하고 싶었다는 연출 의도를 밝혔다.

특히 김기덕 감독은 이번 영화 〈피에타〉를 통해 기존의 왜곡된 자신의 이미지를 스스로 깨도록 대중과의 따뜻한 소통을 고대하고 있다. '그의 영화는 대중에 불친절하다'는 편견을 깨고, 16년 만에 세상 밖에 나온 그의 행보가 주목된다.

Filmography

연출

〈악어〉(1996) 〈야생동물 보호구역〉(1997) 〈파란 대문〉(1998) 〈섬〉(2000) 〈실제상황〉(2000) 〈수취인불명〉(2001) 〈나쁜 남자〉(2002) 〈해안선〉(2002) 〈봄 여름 가을 겨울 그리고 봄〉(2003)

〈사마리아〉(2004) 〈빈 집〉(2004) 〈활〉(2005) 〈시간〉(2006) 〈숨〉(2007) 〈비몽〉(2008) 〈아리랑〉(2011) 〈아멘〉(2011) 〈피에타〉(2012)

제작

〈아름답다〉(2008) 〈영화는 영화다〉(2008) 〈풍산개〉(2011)

주요 수상 내역
제64회 칸 국제영화제 주목할 만한 시선 - 아리랑
제27회 브뤼셀 판타스틱 영화제 오비트 경쟁 부문 - 비몽
제11회 디렉터스 컷 시상식 올해의 제작자상 - 영화는 영화다
제28회 한국영화평론가협회상 감독상 - 비몽
제30회 황금촬영상 시상식 신인촬영상 - 시간
제42회 시카고국제영화제 플라크 상 - 시간
제54회 베를린국제영화제 은곰상(감독상) - 사마리아

제09회 부산국제영화제 넷팩상(아시아영화진흥기구상) - 빈 집
제38회 카를로비바리 국제 영화제 카를로비바리 상 - 해안선
제51회 산세바스티안국제영화제 관객상 - 봄 여름 가을 겨울 그리고 봄
제41회 대종상 영화제 최우수작품상- 봄 여름 가을 겨울 그리고 봄
제24회 청룡영화상 최우수 작품상- 봄 여름 가을 겨울 그리고 봄
제35회 시체스영화제 오리엔탈 익스프레스-최우수작품상 - 나쁜 남자
제16회 후쿠오카 아시아 영화제 최우수작품상 - 나쁜 남자
제19회 브뤼셀 판타스틱 영화제 금까마귀상 - 섬

베니스국제영화제
제57회 베니스국제영화제 공식경쟁부문 진출 - 섬
제58회 베니스국제영화제 공식경쟁부문 진출 - 수취인불명
제61회 베니스국제영화제 공식경쟁부문 은사자상(감독상), 젊은비평가상, 국제비평가협회상, 세계가톨릭협회상 수상 - 빈 집

DIRECTOR's INTERVIEW

Q 4년 만에 대중에게 돌아온 소감

A 〈아리랑〉과 〈아멘〉이 있었지만 아쉽게도 국한적으로 국내 개봉을 했었다. 그러나 이번 영화 〈피에타〉는 극장에서 오랜만에 대중들과 만나게 되는 기쁜 기회가 생겼다. 그렇다고 그것이 뭐 새로운 것이 있다거나 특별하거나 하지는 않다. 일단 영화를 만들면 어쨌든 대중들이 보고, 대중들이 영화가 가진 주제라든지 의미라든지 또는 오락적인 재미를 느꼈으면 하는 마음이 감독으로서 분명 존재하고 있다. 내 영화들이 다소 모호한 부분이 있고 재미보다는 의미가 있다고 생각하는데, 그런 면에서 〈피에타〉는 조금 대중적이라는 생각을 하면서 만들었다. 과연 그 결과가 어떨지 궁금하다. 그렇다고 크게 예전과 달라졌다고는 생각하지 않는다. 다만 조금 더 친숙하고, 보편적으로 우리가 알고 있는 그런 이야기를 한 것 같다.

Q 〈피에타〉의 연출의도

A 내가 〈피에타〉를 통해 하고 싶은 이야기는 극단적 자본주의 세계라고 생각한다. 돈이 있어야만 뭔가 되는 시대이다 보니, 무리하게 돈을 빌리는 등 여러 가지 현상들이 있고 그에 따른 폐해가 생긴다. 〈피에타〉는 100% 돈에 대한 이야기는 아니고, 자본주의에서 사람과 사람 사이에 어떤 트러블이 생기고, 그 트러블이 어떻게 전개되고 그것이 어떻게 서로 간의 감정을 만들어내느냐에 대한 이야기이다. 이 시대를 사는 대부분의 사람들, 돈으로 살아야 하는 현대사회는 어쩌면 돈이라는 거대한 울타리

에 안에 갇힐 수 밖에 없다는 것이다. 그 거대한 울타리에 안에 갇히는 순간 모두는 '피아(彼我)'가 된다. 가해자와 피해자, 사람들은 본의 아니게 이 두 가지 역할을 하게 된다고 생각한다. 〈피에타〉는 가해자인 동시에 피해자인 사람들의 이야기라고 생각한다. 그를 통해 우리가 살고 있는 이 극단적 자본주의, 개인주의적 자본주의에 대해서 한번 생각을 심각하게 해보면 어떨까 하는 의미로 만들었다.

Q 캐릭터를 만들어가는 과정
A 시나리오는 보는 사람마다 여러 가지 캐릭터 해석이 가능한데, 나는 습관자체가 배우들에 맞춰 시나리오를 바꾼다. 배우들이 섭섭하게 생각할 수 있지만 이 역할은 누구 것이다라는 개념은 없다. 두 분을 각자 한번씩 뵙고, 그 이미지를 가지고 2-3일 고민을 했다. 대화를 나눴을 때의 감정, 목소리 등을 염두하며, 플러스 마이너스를 계산해서 캐릭터와 붙이려고 노력했다.

Q 두 배우와 함께 작업한 소감
A 짧은 시간 안에 다 칭찬을 할 수 없을 정도다. 나는 이렇게 만나게 된 것이 굉장한 운명이라고 생각한다. 앞으로 어떤 길을 가든 그 시간을 함께 살았다는 것이 중요한 것 같다. 그 살면서 만든 결과물이 바로 〈피에타〉이다. 선택 했지만, 반대로 나도 선택 받았다고 생각한다.
조민수 씨는 오래 전부터 좋아한 팬으로서 언제 꼭 작업을 함께 하고 싶었는데 〈피에타〉를 통해 하게 되어 행복하다. 〈피에타〉에서 여자의 소름 끼치는 연기를 내가 시나리오를 쓸 때의 느낌을 그대로, 또는 그 이상의 영감을 주셔서 감사하다. 이정진씨는 백지 같은 투명한 배우로 〈피에타〉

의 잔인하지만 유아(幼兒)적인 남자를 잘 연기 해주셨다. 앞으로 다양한 캐릭터를 소화할 수 있는 좋은 연기자가 될 것을 의심하지 않는다.

Q 영화 속 배경, 청계천

A 내가 16세부터 20세까지 일했던 곳이기도 하지만 한국의 기계산업과 전자산업의 수많은 새로운 모델이 개발된 곳이다. 현재 한국의 IT와 기계산업 기초아카데미로 중요한 산실이라고 생각한다. 지금 자본주의 논리에 의해 곧 철거될 수밖에 없는 것이 안타까워 영화에 담아두고 싶었다.

Q 영화 〈피에타〉의 관전포인트

A 〈피에타〉의 관전포인트는 세 가지라고 손꼽을 수 있을 것 같다. 엄마가 없는 남자에게 다가오는 헌신적으로 모든 것을 버리는 어머니의 장면, 어머니를 만나면서 잔인한 모습이 사라지는 아들의 장면, 그리고 모든 비밀이 풀리면서 어머니와 아들의 비극적인 슬픈 라스트 장면이 여러분에게 아프지만 슬프고 슬프지만 감동적으로 여운이 남기를 바란다.

Q 마지막으로..

A 〈피에타〉는 극단적인 현대 자본주의에 대한 이야기이다. 자본주의 중심인 돈이라는 것에 의해 사람과 사람 사이에 일어나는 불신과 증오와 살의가 어떻게 인간을 훼손하고 파괴하며 결국 잔인하고 슬픈 비극적 상황을 만들어 가는지를 보여주는 영화라고 할 수 있다. 〈피에타〉를 통해 돈이면 다 된다는 무지한 우리의 현주소를 돌아보고 더 늦기 전에 진실한 가치로 인생을 살기를 깨닫기를 기원한다.

CREDIT

CAST

조민수
이정진
우기홍 강은진 조재룡

STAFF

배급 | NEW
제작투자 | 김기덕 김우택
투자총괄 | 장경익
투자책임 | 김형철
마케팅책임 | 박준경
배급책임 | 김재민

제작 | 김기덕필름
각본/감독 | 김기덕
프로듀서 | 김순모 (PGK)
촬영 | 조영직
조명 | 추경엽
미술 | 이현주 (별난수도)
의상 | 지지연
분장 | 최나영
동시녹음 | 정현수 (SoundSpeed)
편집 | 김기덕
음악 | 박인영
조감독 | 문시현
Sound Supervisor | 이승엽
시각효과 | 임정훈 (Digital Studio 2L)

[제작부서]
제작팀 | 강승헌 김솔(수정)

[연출부서]
연출팀 | 강찬기 김재원
스크립터 | 정윤희

[촬영부서]
촬영B | 김기덕
촬영팀 | 김용현

[조명부서]
조명팀 | 김정호

[동시녹음]
붐오퍼레이터 | 이석준 (SoundSpeed)

[세트부서]
대표 | 전성호 (Mengganony)
세트팀 | 이종일 탁기성 전관호

[의상]
의상팀 | 신혜옥 박광해

[분장]
분장팀 | 김은아 한수민

[미술]
미술팀장 | 장미선
미술팀 | 김진혁 곽봉철 김민주

[편집]
현장편집 | 최우주
편집팀 | 김소희 김민정

[사운드]
Audio Post production | STUDIO K

[시각효과]
Visual Effects by | Digital Studio 2L

[현상]
현상 | SDL (Sebang Digital Lab)

[NEW]
투자관리총괄 | 서동욱
투자회계총괄 | 김송원
투자기획진행 | 변승민 김수연 송아름 위주경
투자 진행 | 김수연 변승민 위주경
국내배급 | 박은정
국내배급진행 | 김민호 김종민
해외배급 | 김태원
마케팅진행 | 양은진 이인성 이상경 송윤영
투자회계책임 | 박향
투자회계진행 | 김보영 진경선 권정희 최은지 김기하

[해외배급]
해외배급 | FINECUT
해외배급 총괄 | 서영주 김도훈
해외배급 책임 | 김윤정 권유라 김희연
해외배급 진행 | 이승희 김남영 심윤정 이세진 정재은

[마케팅 대행]
마케팅홍보 | (호호호비치) 이채현 이나리 조민아 조정임
광고디자인 | (프로파간다) 최지웅 박동우
포스터 사진 | (랜덤비주얼스튜디오) 장원석
예고편제작 | (줌) 이동근 박윤선
온라인마케팅 | (하나애드IMC) 유미영 이재정
광고대행 | (㈜이노션) 임범 서정우 한수민
인쇄 | ㈜대경토탈

[매니지먼트]
어썸엔터테인먼트
조민수매니저 | 김종한
이정진매니저 | 김윤규
마이네임이즈엔터테인먼트
권세인매니저 | 김동규

[프로덕션지원]
보조출연 | I.D
장비지원 | 이스트픽쳐스 명지대학교 영화뮤지컬학부

[보험]
LIG 손해보험 | 오영익 팀장

[협찬]
Energizer, Bobby Brown, 데코토닉